公事宿事件書留帳五

背中の髑髏《どくろ》

澤田ふじ子

幻冬舎文庫

公事宿事件書留帳五

背中の髑髏《どくろ》

目次

背中の髑髏《どくろ》

一

「これを頼むぞ——」

田村菊太郎《きくたろう》は風呂屋の暖簾《のれん》をくぐった。

番台に座る湯番頭に湯銭《ゆせん》を払い、下《さ》げ緒《お》を柄《つか》にかたく結び付けた脇差《わきざし》をかれに渡した。

公事宿《くじやど》「鯉屋《こいや》」が店をかまえる大宮通り姉小路《あねこうじ》を、東にちょっと行った風呂屋の明石湯。畳でなら二十畳敷きぐらいの板間の脱衣場は、それほど混《こ》んでいなかった。

「これは鯉屋の若旦那、今日はどうしはったんどす」

湯番頭の仁八は、両手で菊太郎から脇差を受け取り、半ば腰を浮かせ、番台の後ろにもうけられている刀掛けにそれをすえた。

「糠袋《ぬかぶくろ》をくれぬか」

「へえ、承知しました。けど今日はいったいどないしはりましたんやな。こんな町風呂へ、滅多にきていただけしまへんお人がおいでになりますと、やっぱりききとうおすわな」

仁八は白髪ばかりの髷《まげ》の頭を小さくうなずかせ、菊太郎に二度までたずねた。

土間から脱衣場に上がるとき、自然と女湯の脱衣場に目がいき、白い豊満な女たちの身体《からだ》が、ちらっと見えた。

もっとも中には、湯銭をゆっくり払い、土間にいつまでも立っている男もときにはいた。主《あるじ》や湯番頭の仁八とたわいない話を交わし、女たちが着物を脱いだり着たりしているのを、好色な目でしみじみ眺めているのだ。

明石湯では男女の脱衣場に、粗末な板屏風《いたびょうぶ》が立てられているだけで、むこうをのぞきこもうとすれば、簡単にできたのである。

「おおそれか、今日、鯉屋の風呂桶《ふろおけ》が新しいものに取り替えられるのじゃ。されば今日と明日ぐらい厄介《やっかい》になる」

菊太郎は顔見知りの仁八にすんなり答えた。

「さようでございましたんかいな。それはそれは、ようおいでやしとくれやした。するとお店《たな》のみなさまがたも、そのうちおいでやすんどすな」

「主の源十郎やお多佳《たか》どのは、ここにまいられようが、手代の喜六《きろく》や丁稚《でっち》の鶴太は不精者ゆえ、二、三日湯に入らぬぐらいなんでもないともうしていた。お店から湯銭をもろうても、懐《ふところ》に入れて終わりじゃろう」

脱衣籠《かご》を足許《あしもと》におき、菊太郎は帯を解きながら微笑して答えた。

「そらそんなお人もおいでどすやろ。十日、二十日湯に入らんかて、死にはしまへんさかい」

「ところで誰かきているのじゃな」

大小の二刀が番台の刀掛けに横たえられているのに気づき、菊太郎は親指を立ててみせた。

「西町奉行所の旦那が、女湯のほうにきてはります。もう半刻（一時間）ほども風呂場にいてはりますわいな」

仁八は声をひそめていい、含《ふく》み笑いをもらした。

「なんと。お役目を口実にしたところで、よくも半刻も湯船につかったり、洗い場におられるものじゃ。よほど厚かましいか、女好きな奴じゃな」

「へえ、おいでやしたらいつもどす。お目当てにしてはる女子はんが、いてはるのかもしれまへん。西町奉行所同心の赤間弥九郎さまどすわ」

「赤間弥九郎、はて、きいたことがないなあ」

江戸の八丁堀の者でも同じだが、京都東西両町奉行所の与力や同心は、役得として女風呂に入るのを許されている。

江戸ではこれが八丁堀の七不思議の一つといわれていた。だが実のところは、男湯からきこえてくる話から、犯罪捜査の手掛かりを得るのが目的とされていた。

「もっとも仁八、わしも軽々しくもうしたが、ご当人はひどく真面目で、茹《ゆ》で蛸《だこ》になって頑張っておられるのかもしれぬぞ」

「いわれてみればそうどすなあ。これはすんまへん。ところで鯉屋の若旦那、三助をよんで背中でもこすらせまひょか」

仁八は話題を変え、褌《ふんどし》一つになった菊太郎にたずねた。

「久しぶりにそうしてもらうか。では頼むといたそう」

かれの返事をきき、仁八は膝許《ひざもと》においた拍子木を鋭い音で叩《たた》いた。

お客はんやでと、奥にむかって叫んだ。

三助とは客の身体を洗ったり、湯をわかしたりする風呂屋の雑役《ざつえき》。明石湯は脱衣場の二階が座敷になっており、ここには碁《ご》・将棋《しょうぎ》がそなえられ、一面、町内の社交場の役目も果たしていた。

菊太郎は褌を脱ぎ捨て、手拭《てぬぐ》いで前を被《おお》い、引戸を開けて中に入った。

江戸でも大坂でもそうだが、町風呂は朝から営業していた。

式亭三馬の『浮世風呂』によれば、朝の客はだいたい遊郭《ゆうかく》帰りの若者や、丁稚をつれた大《おお》店《だな》の隠居。女湯では囲い者や茶屋女などだった。

午後になると、寺子屋をすませた子どもたちがどっと繰《く》りこんでくる。また夜の商売にたずさわる男たちや、月に一、二度の休みがやっととれる町商《まちあきな》いの棒手振《ぼてふ》りたちが、骨休めにくるのである。

風呂場に入ると、むっとした熱気が菊太郎の身体を包んだ。

着物姿の菊太郎は華奢《きゃしゃ》に見える。だが一糸まとわぬ身体は、要所要所に筋肉がつき、鞭《むち》のようなしなやかさを漂わせ、ところどころに刻まれている刀傷が、只者《ただもの》でないと感じさせた。

湯船にゆっくり浸《つ》かり、高い天井の明り窓に目をやる。

広い洗い場では、七、八人の男たちが、糠袋や洗い粉でせっせと身体をこすったり、歯磨き粉で歯を磨いたりしていた。

湯船のほうから、かしましい声や笑い声がきこえてきた。

風呂屋は当時、京都では男湯と女湯に分れていた。だがまだ伏見などでは、釜焚《かまた》きの費用を安くあげるため、男女混浴の「入込湯《いりこみゆ》」が営まれていた。

平戸藩主松浦静山が著した『甲子夜話《かっしやわ》』では、「江戸の町中にある湯屋、予が若年まではたまたまは男湯女湯と分りても有りたるが、多くは入込とて、男女群浴することなり。よって聞き及ぶに、暗所又夜中などは、ほしいままに姦淫《かんいん》のこと有しとぞ」と記している。

寛政の改革で風紀を重んじて、風呂屋は厳密に男湯と女湯に分けられた。だが三日法度《はっと》といわれるほど、改革は行きとどかなかった。

そのあと水野忠邦による天保の改革で、再び入込湯は禁止された。それでも場末になれば、入込湯はどこにでもみられ、また男湯と女湯を分けた風呂屋でも、湯船の仕切り板の下には大きな隙間《すきま》があり、湯船の中のそこをくぐれば自由に行き来できたのである。

女たちは好色な男の手から身を守るため、湯文字（湯巻）をつけたり、一塊《ひとかたまり》になって入ったりしており、不埒者《ふらち》は総掛かりで追い返すなどおおらかであった。

「鯉屋の若旦那、そろそろ上がってお身体を洗わせてくんなはれ」

ひたいから汗が流れはじめたころ、釜場の戸が開き、これもまた顔馴染《なじ》みの三助の市兵衛が現われた。かれは蘇合香《そごうこう》の樹皮から採取して調合した蘇膏《そこう》と、小桶をかかえていた。

この蘇膏で身体を洗うと、汚れがよく落ち、皮膚がなめらかになるといわれている。

「市兵衛、わしは糠袋を持っているが――」

「そんなもん、そこいらに置いときやす。わしが蘇膏とへちまたわしで、しっかり洗わせてもらいます」

市兵衛は短い筒袖《つつそで》に六尺褌姿で、菊太郎に近づいてきた。

洗い場には数人の男たちの姿が見られる。

「もう桜の蕾《つぼみ》がふくらんできたがな」

「桜どころやないで。このところ日照りつづきで、きのうなんか五、六月並みの暖かさやったわいな。今年の夏はどないなるのやろうなあ」

「春がすぎたらすぐ夏、一年のたつのがほんまに早いわ。こうもゆったり湯屋でくつろいでたら、すぐ師走になってしまうで――」

「あほらし。おまえ、えらい年寄りじみたことをいうやないけえ。ぼけてきたのとちゃうか。ちょっと仕切り板をくぐって、女湯をのぞき、頭をはっきりさせてきたらどうやねん。少しは若返るはずや――」

「へん、それこそあほらし。そないにみっともないことができるかいな。わしにも体面いうもんがあるさかいなあ」

若い男二人が、身体を洗いながら気安くやり取りしている。

女湯のほうからも、わんわん声がひびいていた。

菊太郎は女湯にいる西町奉行所の同心、赤間弥九郎について、ちょっと想像をめぐらせた。かれが朱色の湯文字を身につけた若い女たちにまじり、男湯の話し声にじっと耳をそばだてている。

女の身体に見入ってばかりいるわけでもあるまいが、目の前を若い女や熟れ切った年増女の白い裸体が、行ったり来たりすれば、やはり平穏な気持ではいられないだろう。

同心の視線を気にして、つつましげに下肢を洗い流す女。湯気でほんのり赤く染まった胸や腰。そんな場面は、思い切ったことができなければ、男には役得どころか、拷問に近かった。

市兵衛が蘇膏の粉を背中にかけ、へちまたわしでごしごしこすってくれる。

長く湯船に浸かっていたせいか、手拭いで幾度顔をぬぐっても、すぐ汗が噴き出てきた。

湯気でかすんではっきり見えないが、菊太郎の右手で、先ほどたわいない話をしていた若い男二人とは別の二人連れが、黙々と身体を洗っている。

一人は踵《かかと》を軽石でこすっていた。

このとき、誰かが引戸を開け入ってきたらしく、風呂場の湯気がすっと薄れた。

――ほおっ、これはたいした刺青《いれずみ》じゃ。

菊太郎は二人の男の背中を見て、胸の中でつぶやいた。

刺青はほりもの、入黒痣《いれぼくろ》、入痣《いれあざ》、くりからもんもんなどという。文身、黥などとも書き、処刑の入墨とはちがい、江戸文化のなかでの刺青は、美的芸術品の域に達するものもあった。これをほどこしているのは男伊達《だて》、鳶《とび》の者（火消人足）、大工や駕籠《かご》かき、船頭などのほか、ならず者が多かった。

一人の男の刺青は、鬼若丸が大鯉をかかえこんでいる図。大鯉の鱗《うろこ》の一つひとつまでが克明に彫り出され、鬼若丸の全身は赤色、なかなかの迫力だった。

若い男のこれに対し、三十近い男の背中では、墨と朱色で彫られた二頭の龍《りゅう》が、上下にからみ合いながら躍動していた。

鬼若丸にかかえこまれた大鯉は、円山応挙《まるやまおうきょ》が描く鯉に似ており、二頭の龍は、奇想の画家といわれる曾我蕭白《そがしょうはく》の奔放な龍にそっくりだった。

「あのお二人はんのほりもの、立派なもんどっしゃろ」

市兵衛が小声でささやいた。

背中を洗い終え、かれは菊太郎の両肩に手拭いを広げてかけ、湯船から小桶で湯をくんではざっとかけつづけた。

それが菊太郎にはなんとも快かった。

「お父ちゃん、なんでやねん——」

このとき風呂場の左手のほうから、泣きそうな声がとどいてきた。

先ほどまで三十すぎの父親と、うっとり湯船につかっていた七つか八つの男の子の声だった。

「浅吉、おまえはほんまにききわけのない子やなあ」

堅気な暮らしをしているらしい父親が、子どもを小声でたしなめた。

「お父ちゃん、お父ちゃんはわしにききわけがないというけど、あんな背中の絵、わし好きやねん。くりからもんもんというのやろ。あれ、勇ましそうでええわ。第一きれいで、見てても楽しいがな。それに人に見せたらびっくりして面白いわいな。なあお父ちゃん、わしお父ちゃんに、あんなふうにしてもらいたいねん。真っ白なだけで、背中になんにもないのは淋しいわい。なんでお父ちゃんは、くりからもんもんをせえへんのや」

男の子の声は、風呂場の中にがんがんひびいた。

「おまえ、あほなこというたらあかんがな。お父ちゃんはお父ちゃん、あのお人たちはあのお人たち。それでええねん」

父親は刺青を入れた二人の男に気兼ねして、低声で子どもをさとした。

「わし嫌じゃ。わしはお父ちゃんに、くりからもんもんをしてほしいわい」

子どもの声は、風呂場にこだましていた。

あまりの大声のため、女湯のざわめきが一瞬、静まり返った。

大鯉と二頭の龍を背中にした二人の男が、じろりと親子を眺めた。

自分たちの刺青がけなされているわけではない。子どもが父親に刺青をせがんでいるだけだ。しかしもしかれらが親子に文句をつけたら、菊太郎は割って入ろうと目を配った。

「さあ、浅吉、洗い場を早う使うて去《い》の。今日はお母ちゃんが久しぶりにかしわを用意して、わしやおまえを待っててくれはるわ」

父親はあわてて我が子をせきたてた。

湯気ではっきり見えなくても、父親は刺青を入れた男たちの強い視線を、如実に感じたようだった。

「お父ちゃんのばか、あほう。わしのため、くりからもんもんをしてくれな嫌じゃ。なんでお父ちゃんだけが、背中になんにもないのやな」

「いつまでもわからんことをいうてたらあかん。背中にほりもののないお人は、仰山《ぎょうさん》いてはるわいな。さあ早う去の去の。これ浅吉――」

父親は逃げかけた我が子の腕をつかみ取ったとみえ、早々に板戸を開け、脱衣場に姿を消していった。

浅吉のわめく声が、なお脱衣場からきこえてきた。

「ふん、面白いことをぬかす餓鬼《がき》じゃ」

二人の男が、顔を見合わせにんまり笑っていた。

男湯女湯とも、すぐもとの喧噪《けんそう》を取りもどした。

「鯉屋の若旦那、あの親子は、この明石湯の裏店《うらだな》に住んでいる鋳掛け屋《いかけや》の伊助と、こどもの浅吉どす。浅吉の奴、くりからもんもんをしてはるお人を見ると、いつもああして駄々をこねますねん」

市兵衛が菊太郎の耳許《みみもと》でささやいた。

「父親に刺青を入れてくれとせがむのは珍しいが、見事な刺青は誰が見ても美しい。子どもの願いとはもうせ、無理からぬものがあるわい」

鋳掛け屋は町歩きをして、鉄や銅の鍋釜《なべかま》の破損を直す職業。天秤棒《てんびんぼう》でふいごと道具をかつぎ、木綿半纏《はんてん》に股引《ももひ》きをはき、町筋で声をはり上げて商いをするのである。

「鋳掛け、鋳掛け、鍋釜のお直しのご用はございまへんかあ――」

それが鋳掛け屋の呼び声であった。

「子どもの願いとはもうせ、無理からぬものがあるとは、若旦那もわやをいわはりますのやなあ」

市兵衛が菊太郎の言葉に腹を立て、かれの背中から濡《ぬ》れ手拭いを荒々しくはがした。

二

「これはなかなかの肴《さかな》じゃ。いくらでも酒が飲める。なるべくならこんな肴は、ご遠慮いたしたいものじゃな」

禁裏付《きんりつ》きの赤松綱《あかまつつな》が、箸《はし》でつまみ取った小魚に食らいつき、あわてて口許に手をあてがった。

ふくらんだ小魚の腹から、小さな卵がこぼれ落ちたのだ。

染付《そめつ》けの平皿に、大きさのそろった白い魚、諸子《もろこ》が並んでいる。琵琶《びわ》湖から行商の川魚屋が運んできたもので、胴に青い筋がすっとのびていた。

薄塩をかけ、遠火で焼かれており、骨まで透《す》けて見えるほど上手に調理されていた。

「綱どのはさようにもうされながら、すでに銚子《ちょうし》を三本も空《あ》けられましたぞよ」

「菊太郎どのにお会いするのは一年振り、おなつかしいのと肴が旨《うま》く、酒が思いのほかすすみますのじゃ」

禁裏付きの赤松綱は、京都東町奉行所・同心組頭をつとめる菊太郎の異腹弟・田村銕蔵《てつぞう》の懇意でもあった。

今日の綱は武士の姿ではなく、お店者風《たなものふう》、前掛けまでかけ、風呂敷包みもかかえていた。

四条の御幸町《ごこまち》でばったり出会い、菊太郎が高瀬川筋の川魚屋にかれを誘ったのである。

禁裏付きは江戸幕府の職制の一つ、京都では御《お》付き武士と呼ばれ、老中に直属している。

かれらが禁裏の御門警護に当っているのは表むきで、実は朝廷や公家《くげ》の動きに目を配っていた。

政治の実権を江戸幕府に奪われた天皇や公家が、その奪還《だっかん》を企てれば、天下の大事になる。

かれらは朝廷の内部だけではなく、堂上《どうじょう》公家や女房、地下《じげ》の諸役人にまで監視の目をいきとどかせていた。京都所司代や東西両町奉行所とも、密接につながっているのだった。なにかあれば服装を変え、「市歩《いちあるき》」と称する探索にも出動していた。

「綱どのの格好からして、なにかございましたのじゃな」

川魚屋の二階の一室に案内され、注文をきいた仲居が去ると、菊太郎はすぐかれにたずねた。

「まだ世上の噂《うわさ》になっておりませぬが、いろいろ厄介な事件が、持ち上がっておりましてなあ」

「厄介な事件とはなんでござる。公事宿鯉屋に居候《いそうろう》しておりながら、わしの耳にはなにもとどいておりませぬが。鋏蔵の奴もそれらしいことをもうしておりませなんだ」

「公事宿は庶民の揉《も》め事の訴訟手続きを代行し、目安（訴状）や差紙《さしがみ》（出頭命令書）を、相手にとどけるのが業務。遠くからやってきた訴人に宿を貸し、書類の代作などを稼業とされている。血なまぐさい吟味物《ぎんみもの》（刑事事件）には、あまり関わりがござるまい。それゆえ鋏蔵どのも、わざと黙っておられるのでございましょう」

赤松綱は、窓辺から高瀬川の流れを見下ろし、菊太郎に答えた。

川沿いの柳がすっかり若葉をそろえていた。

燕《つばめ》が何羽も川面に垂れた柳の枝をかすめ、夏めいてきた青い空に飛び上がっていった。

「すると内々市歩きをして、なにかを探索いたされているのじゃな」

「いかにもさようでございます」

「道理でなかなかお目にかからなかったわけじゃ」

「今年の春はいかがでございました」

「ともうされると、綱どのは――」

菊太郎は改めて綱の顔を見つめた。

「去年の秋から正月まで、駿府《すんぷ》のお城下に滞在し、春は尾張の名古屋城下におりもうした」

「なんと、されば名古屋城下の桜はいかがでござった」

「桜など悠長《ゆうちょう》に眺める余裕はございませなんだわい。菊太郎どのはあちこち桜見物にまいられ、さぞかし酒量を上げられたにちがいございますまい」

「綱どのがなにやらご苦労されておいでの最中、まことにもうしわけないが、花見の酒なら存分にいただきましたわい」

「皮肉ではなく、それはようございましたなあ」

ここで二人の会話は中断された。

川魚屋の仲居が、突き出しの諸子の白焼きと銚子を膳《ぜん》にのせ、二階へ階段を上がってきたからであった。

かれと赤松綱はふと口をつぐんだ。

小奇麗な仲居がすぐ声をかけ、襖《ふすま》を開いた。膳をむかい合わせにすえ、彼女は二人に銚子をかざした。

公家髷《まげ》の侍《さむらい》とお店者、こんな取り合わせにも不審がらないのは、さすがに京の料理屋だからであろう。

「店もこれから夜の支度で忙しくなるはず。酒と注文した肴は、おいおい運んでもらうとして、わしらは勝手にやるゆえ、どうぞほっておいてもらいたい」

菊太郎は綱から話をきくため、仲居に小粒銀をにぎらせ遠ざけた。

「これはもうしわけありまへん。ありがたく頂戴《ちょうだい》いたします」

仲居は手渡された小粒銀に目をやり、びっくりした顔で礼をのべた。

「この男はわしの幼なじみどすけど、奇麗な女子はんを見ると、いつもそうして口説《くど》きよりますねん。仲居はん、気をつけておくれやっしゃ」

赤松綱がお店者の言葉づかいで、思いがけない冗談を飛ばした。

「そ、そなた——」

短く声を放ち、菊太郎はかれを咎《とが》めた。

相手の綱はへらへらしている。

「へえおおきに。気をつけさせてもらいます。けどこないなお侍さまどしたら、一度ぐらい口説かれてみとうおす。お気の毒さま――」

彼女は綱に悪戯《いたずら》っぽく笑いかけ、座敷から退《の》いていった。

「ちえっ、あの女子め――」

彼女が注《つ》いでくれた盃《さかずき》の酒をぐっと飲みほし、綱は悪態をついた。

「綱どの、なかなかの化けっぷりじゃ。物腰といい言葉づかいといい、全くお店者になり切っている。見事なものじゃ」

「市歩きをいたす御付き武士なら、これくらい誰でもこなし、朋輩《ほうばい》の中には、奇怪な術を会得している者もおりもうす」

かれは菊太郎に銚子を差しむけていった。

「ご禁裏のご門に張り付いているはずのさような御付き武士の面々が、駿府から尾張、さらにはこの京で、なにを探索しておいでになるのじゃ」

「もうせば長くなりまする」

「短く物語っていただけばよい」

「ならばおきかせいたすが、妙な盗賊の一味を追うているのでござる」

「妙だとは、なにゆえでござる」

「この盗賊、江戸の火付け盗賊改めから巧みに逃れ、駿河国にもぐりこんだあと、名古屋城下にひそみました。妙とは、各地で門跡寺院の末寺だけにねらいを定め、押し込みを働くゆえでござる」

「門跡寺院の末寺ばかりをねらうのじゃと」

「いかにも、金をかすめるのはもちろんでござるが、奴らは本山ともうすべき京の門跡寺院から、末寺にくだされた天皇《みかど》のご下賜品を、主に奪っておりまする。されば所司代から御付き武士に、探索が命じられた次第でござる」

「門跡寺院の末寺では、当然、そなえは手薄でござろう」

「されど押し込んだとて、たいした銭もなく、天皇からご下賜された品ともうしても、せいぜい人形か団扇《うちわ》、短冊《たんざく》の類《たぐい》。金目の品ではござらぬ」

門跡寺院とは、天皇を頂点として、皇族や五摂家《ごせっけ》などの子弟があとを継ぐ寺をいう。京では仁和寺《にんなじ》、大覚寺、青蓮院、知恩院など十三カ寺を宮《みや》門跡、実相院、三宝院《さんぼういん》など六カ寺が摂家《せっけ》門跡。准《じゅん》門跡として東西両本願寺など六カ寺。尼門跡として宝鏡寺など十五カ寺が数えられた。

「門跡寺院の末寺ともうせば、東西両本願寺の末寺も、襲われておりまするのじゃな」

「いやいや菊太郎どの、それは別物。宮門跡、摂家門跡、尼門跡にかぎられておりもうす」

「盗むものは人形か団扇、短冊の類ともうされましたが、綱どの、これが意外にも、そこその金子《きんす》に化けるのではあるまいか」

「いかにも、所司代どのもさような意味のことをもうされていた」

「短冊でも、天皇が詠《よ》まれて記されたものとなれば、ありがたがって百両二百両の銭を出す者もいるわい。もしそれをねらっての盗みとなれば、なかなか目のつけどころがよい。天晴《あっぱ》れな盗賊じゃ」

「菊太郎どの、さように盗賊の奴らを褒《ほ》めてくださるまい」

「昔、京の古老からきいた話だが、気の利いた天皇は、門跡寺院や貧乏なお蔵米公家《くらまいくげ》の台所を潤すため、ご自分の詠草《えいそう》をおりにつけ何十枚も短冊にいたされ、お下げ渡しになられたそうじゃ。たった一枚のご詠草を手放しただけで、寺の山門の普請《ふしん》を果たした尼門跡もあったというわい。門地のない武士や成り上がった商人たちは、己《おのれ》を飾るため天皇のご詠草なら、いくら高価でも家宝としてほしがるであろう」

　菊太郎は苦笑していった。

　お蔵米公家とは下級公家をいい、かれらは一家が暮らしていくのがやっとほどのお蔵米を、勘定奉行に支配される二条蔵奉行から給されるのであった。

　例えば菅原道真の後裔《こうえい》で、五条権大納言為庸《ためのぶ》の四男長義にいたって家を興した菅六家の一つ桑原家は、三十五石のお蔵米公家。二条蔵奉行につく幕臣の旗本が、だいたい本高が百五十石、役米四十石程度であるのにくらべると、どうしようもないほど微禄《びろく》だった。

お蔵米公家は、江戸時代を通じて二十七家あり、英明な天皇になれば、かれらの困窮を助けるため、しばしばひそかにご詠草を授けて金に代えさせていた。

天皇や公家は世間知らずと思われがちだが、歴代の中には、意外に世情に通じた人物もいたのである。

「綱どの、これはわしがふと思ったことで、なんの根拠もない。されど門跡寺院の末寺だけをねらう盗賊の正体は、案外、その値打ちを知る雲上人の血をひく輩《やから》かもわかりませぬなあ」

「公家の血を享《う》ける者の仕業《しわざ》ともうされまするか」

「公家の中には、歌道は冷泉《れいぜい》、飛鳥井《あすかい》、烏丸《からすまる》。衣紋《えもん》道は山科《やましな》、高倉《たかくら》ともうすように、家職をもって暮らしをたてている家もござる。しかし大方は、だいたい暇をもてあましておる。それが何代にもわたって子どもをなし、その子どもがそれぞれ勝手に動いておれば、枝葉のように分れた血筋の中には、盗人も大酒飲みも、博徒《ばくと》や女たらしの類まで、なんでもいるものじゃろう。とにかく人間ともうすものは、何代も前にさかのぼれば、どこの誰に行きつくか知れませぬわい」

「もうされる意味はよくわかりまする」

赤松綱が手許の銚子をすべて空けたため、菊太郎は階下に声をかけようと立ち上がった。だがそのとき、高瀬川に沿う木屋町（樵木町《こりきちょう》）を、上《かみ》にあがっていく親子連れを見て、ふと動きを止めた。

「鋳掛け、鋳掛け、鍋釜のお直しのご用はございまへんか——」

天秤棒の前にふいご、後ろに鋳掛け道具を振り分けた伊助が、威勢のいい声を上げ、町筋を北に上がっていくのだ。

息子の浅吉が股引きをはき、手伝いのため後ろについていた。

鋳掛け屋は一軒の家から鍋釜の修繕を頼まれると、道端でふいごを動かし仕事をはじめる。すると不思議に修理の仕事が集まってきた。

鍋釜の底がひびわれたの、取っ手がとれたのと、界隈《かいわい》の女たちがどっと集まってくるのだ。

「鋳掛け、鋳掛け屋でございます。鍋釜のお直しはございまへんかあ」

威勢のいい声がまたひびいた。

菊太郎が明石湯でかれら親子を見てから、二カ月ほどたっていた。

「菊太郎どの、いかがされたのでござる」

赤松綱も立ち上がり、窓辺に寄ってきた。

「あの鋳掛け屋の親子を見ているのじゃ」。

「存じ寄りの者でございまするか」

「いやそうではない。実は鯉屋に近い町風呂の明石湯で、浅吉ともうすあの子どもが——」

菊太郎は当日、自分が見ききした刺青《いれずみ》についての顛末《てんまつ》を、綱に語ってきかせた。

「江戸ほどではござらぬが、京でも駕籠かきなどいなせな連中は、身体にほりものをしておりもうす。子どもが父親に刺青をしてくれとせがむのは、いささか奇異ではあるが、男の子だけに、わからぬでもございませぬなあ」

「子どもからしつこくねだられ、それで鋳掛け屋の伊助は、背中に刺青を入れたかどうかじゃ。息子の浅吉が、父親の仕事を覚えるためとはもうせ、あのように機嫌よく町商いにしたがっている。さればもしかすると、伊助はついに背中にくりからもんもんをほどこしたのかもしれぬ。親は我が子には弱いからのう」

伊助の掛け声が遠ざかっていた。

燕がまた柳の枝をかすめていった。

三

「若旦那、昨夜はどこでお泊りやしたのやな」

鯉屋の帳場から主の源十郎が、膝に猫のお百《ひゃく》を抱き、あごを撫《な》でている菊太郎にたずねかけた。

「源十郎、妙な詮索《せんさく》をいたすな。わしが手足を伸ばして寝るところといえば、この鯉屋とお信《のぶ》の家しかないぐらい、そなたも存じていよう」

田村菊太郎は当然といいたげに答えた。

お信はいまでも三条の「重阿弥《じゅうあみ》」で働き、三条大橋東・法林寺裏の長屋に住んでいる。

彼女が仕立てたのか、今日の菊太郎は新しい単《ひとえ》を小ざっぱりと着ていた。

「それならよろしゅうおすけど、浮気をしはっても、お信はんのことだけはお忘れになってはいけまへんで」

「わしが浮気を――」

かれは源十郎にむかい、眉《まゆ》をひそめた。

「な、なんどす。そ、その剣呑《けんのん》な目付きは。わたしはただちょっというてみただけどすがな。するとと若旦那、なにか胸に覚えでもございますのやな。男とは卑《いや》しいもんで、そら外に出ていたら、いろいろありまっしゃろ。そやけどなにがあっても、女房のお多佳にも黙ってますさかい、わたしにだけはきかせておいとくれやっしゃ。銭もご入用のはずどすさかいなあ」

源十郎は菊太郎を丸めこんだ気持になっていった。

「ばかをぬかすまい。源十郎、そなたいま帳場で書きものをしているが、おそらくそれは奉行所で糺《ただし》(審理)をいただくための目安。どこかの大店《おおだな》で離縁話がこじれにこじれているのであろう。きっとそれにちがいあるまい」

菊太郎は険《けわ》しい眉を解き、もとの平静にもどっていた。

「若旦那、若旦那の慧眼《けいがん》にはおそれいります。全くどんぴしゃり、その通りどすねんやわ」

「離縁話などともうすものはな、理によって白黒のつくものではないわい。突き詰めれば、男女それぞれに是《ぜ》もあれば非《ひ》もある。どんな話かききたくもないが、出入物《でいりもの》(民事訴訟)にまですれば、奉行も裁許(判決)に困ろう。そなたも公事宿の主なら、面倒でも相手をどこまでも説き伏せ、内済《ないさい》(示談)にもっていき、穏やかにことを収めるのじゃな」

「菊太郎の若旦那、わたしに意見をしはるんどすかいな」

「さようなつもりはないが、そなたとわしは互いにご意見番。いまもそなたはわしに、浮気の有無をたずね、意見をいたそうとしたではないか」

「へえ、お言葉はごもっともどす。そないに菊太郎の若旦那がおいいやすのなら、もう一遍《いっぺん》、わたしも考えさせていただきますわ。相手のほうも公事宿仲間の奈良屋に、出入物として掛け合いを頼んでいるみたいどす。そやさかい奈良屋と相談して、運ばせてもらいますわ」

「源十郎、そういたせ。それが一番じゃ」

菊太郎がかれにいいきかせたとき、大宮通りの表で、子どものわめき声が起こった。

先ほど町同心と捕り方数人に囲まれ、何者かが、町奉行所に連行されていった気配だったが、それと無関係ではないようだった。

「わしんとこのお父ちゃんが、いったいどんな悪さをしたんやな。この野郎、おまえは役人風を吹かせ、弱いうちのお父ちゃんみたいな者をいじめるんかいな。お天とうさまが空からこれをじっと見てはるのが、おまえにはわからへんのか。ご政道《せいどう》とは、弱い立場で稼いでいるわしのお父ちゃんみたいな者を、温かい目で見ていてくれるもんとちゃうんかい。わしはまだ子どもでようわからへんけど、折角の骨休めの日やというのに、いきなり長屋に踏みこんできて、お父ちゃんをしょっぴいていくのは、あんまりひどすぎるがな」

男の子はよほど利かん気とみえ、一気にまくしたてていた。

「若旦那、あれはなんどす」

「ああ、只事《ただごと》ではないようじゃ。それにしてもあの子どもの声、どこかできいた覚えがある」

「そうどしたら、ちょっと外を見ておいやすな」

菊太郎は源十郎にうながされ、急いで土間に下り、「公事宿・鯉屋」と白く染めぬいた黒暖簾を外にはね上げた。

そしておやっと目を見張った。

異母弟の銕蔵《てつぞう》と、その手下らしい同心の一人が、明石湯で見た鋳掛け屋伊助の息子の浅吉を、羽交い締めにしていたからであった。

「い、痛い。この餓鬼、わしの手に嚙《か》みつきおったな」

「それがどうしたんじゃ。おまえらはわしの家族の心に嚙みついているんじゃわい」

浅吉のいうのももっともだった。

ただの腕白ではなく、頭脳の明晰《めいせき》な子どもだとはっきりわかった。

「おいおい銕蔵ではないか。そんな子どもを捕らえ、なにを手こずっているのじゃ」

「これは兄上どの――」

「兄上どのではないわい」

「わたくしはなにも、兄上どのからお叱《しか》りをうける筋合いはございませぬ」

「筋合いはあるぞよ。そなたが東町奉行所の同心組頭とはもうせ、子どもに横着をいたしておれば、文句をいわねばならぬ。その子どものいう通り、役人風を吹かせてはなるまい。だいたいこの世の中、偉い奴と役人を見るに、ろくな人物がいない。庶民はなにかにつけ怒っておるぞよ」

「兄上どの、わたくしどもはこの子どもに、横着などいたしておりませぬ」

「なればなにをしているのじゃ」

菊太郎は浅吉を両手で抱えている若い同心にむかい、その手を離してやれというように、声を荒《あら》げた。

大宮通りの騒ぎをききつけ、互いに店をむき合わせている公事宿の下代《げだい》（番頭）や丁稚《でっち》たちが、表に姿をのぞかせていた。

その中には、先ほど鯉屋の源十郎が相談してみるといっていた奈良屋の下代の佐兵衛もみられた。

京都の公事宿は、二条城の南・大宮姉小路の一画《いっかく》に軒をつらねている。公事宿はいまの弁護士事務所の役割を果たし、遠くから民事訴訟を起こすため、出かけてくる人々の宿舎もかねていた。

裁判所のまわりに、弁護士や司法書士が事務所を構えているのと同じだった。

「兄上どの、わたくしは同心たちに命じて、吟味《ぎんみ》いたさねばならぬ男を、奉行所に引っ立てさせたのでございます。ところがその男の子どものこ奴が、いまわめき散らしたような雑言を吐き、父親のあとを追うてきて、迷惑しているのでございまする。この子どもに手荒をいたす気は毛頭ございませぬ」

「その子どもの父親ともうすのなら、鋳掛け屋の伊助じゃな」

菊太郎の一声で、浅吉の動きがぴたっと止まった。

「鋳掛け屋の伊助をご存じでございまするか」

「ああ近所の長屋に住む鋳掛け屋なれば、よく存じておるわい。その子どもの名前は浅吉、なあ——」

菊太郎は浅吉に笑いかけた。

この微笑が浅吉を誘ったのか、かれは脱兎《だっと》の勢いで同心の腕から逃れ、菊太郎のそばに駆け寄ってきた。

「銕蔵に手下の同心、お互いにかっかといたしていても仕方があるまい。されば鯉屋に入って、わしに伊助を捕らえた理由を話してきかせぬか。浅吉、わしは田村菊太郎ともうし、この公事宿鯉屋で、居候をいたしている男じゃ。その威張りくさった同心組頭の腹違いの兄でなあ。そなたはわしを知らいでも、わしはそなたや父親の伊助をよく存じている。悪いようにはいたさぬわい」

菊太郎は自分の腰に強く抱きついている浅吉に、いたわる口調で告げた。

「うん、そんならわしはそれでええ」

浅吉にいわれ、銕蔵も渋々うなずいた。

「これは銕蔵さま、いったいどうしはったんどす。まあ上に上がっとくれやすな」

鯉屋の源十郎が、騒ぎ声をききつけ、奥から出てきた女房のお多佳や手代の喜六たちとともにかれを迎え、板の間に誘い上げた。

浅吉はあぐらをかいて座った菊太郎の横にちょんとひかえた。

「ところで鋳蔵、小太郎は丈夫に育っておろうな。ぼつぼつ伝い歩きをいたしていよう」

「はい、お陰をもちまして、息災に育っておりまする」

「一度、わしも甥《おい》の顔を見に参上いたさねば、義母上《ははうえ》さまや奈々《なな》どのの父上・播磨屋助左衛門どのに、もうしわけがたたぬ」

「それほどお気づかいいただかなくてもようございます」

「わしを毛嫌いいたすようにもうすな。わしは小太郎に取り入り、蕩児《とうじ》にいたすつもりなどないわい」

「兄上どの、なにをもうされまする。わたくしは兄上どのを蕩児とは、決して思うておりませぬ」

鋳蔵は異腹兄の菊太郎が、自分に家督《かとく》を継がせるため、蕩児を装い、田村家から出奔したことを知っていた。

「まあそれはほんの冗談。それで鋳掛け屋の伊助が、なにをいたしたのじゃ。まずそれをきかせてもらいたい」

菊太郎は身をのり出して銕蔵にたずねた。

横に座る浅吉が、ごくりと生唾《なまつば》を飲みこむ気配が伝わってきた。

「それでございまするが、伊助の奴に強請《ゆす》られたと、訴人がございましたのじゃ。それゆえ不審のかどもありますれば、捕らえたにすぎませぬ」

「伊助が人を強請ったのじゃと——」

「はい、上京《かみぎょう》の佐竹町で鍋釜の直しをしたあと、客の女子に代金を高く吹っかけ、それを脅《おど》し取ったと、町年寄から訴えがございました」

「代金を脅し取ったのじゃと——」

「そんなもん、うそ、嘘《うそ》じゃわい。わしのお父ちゃんが、そんなことするかいな」

銕蔵にむかい、浅吉が目を怒らせて叫んだ。

「浅吉、そなたは父親の伊助について、町商《まちあきな》いに出かけているようじゃが、そなたが見たほんとうのところはどうなのじゃ。嘘をもうしてはなるまいぞ」

「わしもお父ちゃんも、嘘なんかいわへんわい。お父ちゃんはいつも人にぺこぺこ頭を下げ、小さくなって鋳掛け屋をしてはる。お父ちゃんに偉そうな態度で仕事をさせ、いざ代金を払う段になると、高いの下手《へた》だのといい、なかなか銭を払ってくれへん女子はんかていてるわい。あのときは、わしそばにいてあんまり腹が立ったさかい、お父ちゃんにちょっと着物を脱いで、見せてやりいなとすすめたんや。お父ちゃんはわしのいうことをきいて、着物を脱がはった。お父ちゃんの背中のくりからもんもんを見て、それまで値切りたおしていた客の女子はんが、おとなしく当り前の銭を払わはっただけのこっちゃがな。それがどうして強請《ゆすり》になるのやな。わしにはわからへんわい」

「浅吉、いまなんともうした」

「公事宿のおっちゃん、わしたいしたこというてへんで――」

「そなた、父親の伊助が、客に背中を見せたともうしたな」

「それがどないしたんじゃ」

「改めてそなたにたずねるが、そなたの父親の伊助は、背中に刺青など入れておらぬはずだが――」

「おっちゃん、それ知ってたんかいな」

「ああ、わしは明石湯でそなたが、父親にくりからもんもんをどうしても入れてほしいとせがんでいるのを、きいたことがあるのじゃ。見ようによれば刺青は美しいが、普通に暮らす人間には縁のないものでもある」

「そらそうやけど、わしは堅気のお人が、くりからもんもんをしたお人を怖《こわ》がるのを、よう知ってる。お父ちゃんが町商いに出かけ、いつも小さくなっているのが、わし、たまらんかったんじゃわい。そやさかい威勢のいいお父ちゃんになってもらうため、背中にくりからもんもんを、彫ってもらったんじゃ」

「うむ、なるほど。あの伊助が彫りものをなあ」

菊太郎は明石湯で見た親子のやり取りを思い出し、小さくうめき、銕蔵の顔を眺めた。

浅吉のもうし条には一理あった。

「銕蔵、これでは――」

「兄上どの、わたくしとて確かに浅吉のもうし開きに、筋が通っていると思うております。されど真の詮議《せんぎ》は、伊助の刺青にあるのだとお思いくださりませ。背中一面に刺青を彫るのは、ちょっとやそっとの金でできることではございませぬ。伊助は、浅吉が刺青を入れてくれと泣いてせがむのを見た男が、気の毒がって、刺青を入れる金をほどこしてくれたと、つい先ほども長屋でもうし開きをいたしました。されどそれだけでは、引き下がるわけにはまいりますまい。これからそれを糺《ただ》さねばなりませぬ」

「銕蔵、それで伊助が背中に彫った刺青とはいかなるものじゃ」

「それがはなはだ奇怪な絵模様。尼御前《あまごぜ》が小さな髑髏《どくろ》を胸に抱え、野面《のづら》に座っている姿でございます。丁寧にもすすきの穂まで、彫りこまれておりました」

「野面に尼御前が座り、髑髏を抱えている図だと。それは思うだけでも気色《きしょく》が悪いなあ。刺青としても、いささか並みではない」

「さようでございましょう。図柄が並みでないうえ、彫りものにくわしい同心にたずねましたところ、伊助の刺青は、おそらく十両、二十両の金子《きんす》がかけられているとの答えでございました」

京大坂では、刺青を処刑のそれと区別するため、入黒痣《いれぼくろ》と呼んでいた。

江戸初期の刺青は、仲間同士で彫り合う粗末なものだった。だが中期になると、専門の彫り物師が誕生し、下絵を町絵師に描かせ、熟練した技によって精巧な刺青が現われてきた。

「十両、二十両もなあ。これ浅吉、それで伊助はいつ刺青をしたのじゃ」

菊太郎は急に意気消沈した浅吉にたずねた。

「この春先、明石湯でおっちゃんに見られてから、間もなくやったと思いますけど――」

「だいたいをきいただけじゃが、尼御前が髑髏を抱いて座っている図柄ともなれば、そこそこ日数もかかり、しかも相当痛いぞよ」

「お父ちゃんは十日ほど家を留守にして、もどってきたときには、刺青を入れてはりました。着物を脱いで、わしにそれを見せてくれはったんどすわ。お奉行所のおっちゃん、お父ちゃんの刺青に不審があるとは、どういうことどす。わしにも教えとくれやすな」

「そなた、立派な口をきいても、まだまだ子どもじゃのう。見知らぬ男が、どうして十両二十両の金をかけて、他人に刺青をさせるのじゃ。いくらその男が、そなたの気持を哀れんだとしても、訝《いぶか》しいとは思わぬか。図柄もおそらく、そなたの父親が好んで選んだものではあるまい。金を出した人物が、決めて彫らせたのであろう」

銕蔵にいわれ、浅吉は前にもましてうなだれ、反対に菊太郎の目が険《けわ》しく光った。

「ところで浅吉、家族は誰と誰じゃ。まさか親子二人ではあるまい」

「へえ、お母ちゃんと四つになる妹がいてます」

「銕蔵に源十郎、ちょっと奥に入ろうぞよ。お多佳どのに喜六、この小僧になにか甘いものでも食わせてやってくれ」

菊太郎は急に、二人を両腕でせきたてるようにして中暖簾《なかのれん》をくぐり、密談のため奥に消えていった。

しばらくあと、再び浅吉の前にもどってきた銕蔵の顔は、異様に緊張していた。

兄の菊太郎から、伊助の長屋に腕の立つ同心を昼夜、警戒してひそませるのと、念のため、伊助の刺青を見たいといわれたからであった。

「浅吉、そなたの父親の身については、わしの弟でもあるこのお役人に、危害がくわえられぬよう頼んでおいた。ありていにもうせば、親父《おやじ》の伊助には、とんでもない危ない出来事が待ち構えていそうじゃ。わしの思いすごしであればよいのだが、おそらくそれは的中していよう。そなたは親父とおっ母《か》さまや妹を、守らねばならぬ。わしや奉行所の連中を信じて、何事にも騒がず、しっかり落ち着いてもらいたいのじゃ。どうじゃ浅吉、この公事宿のおっちゃんに任せてもらえぬか」

表の帳場にもどってきた菊太郎は、浅吉の両肩に手をおき、かれの顔をじっと見つめていった。

「うん、わしおっちゃんにならら任せられる」

浅吉は目に涙を浮かべて大きくうなずいた。

四

「鋳掛《いか》け、鋳掛け、鍋釜の鋳掛け直しはございまへんか——」

伊助の威勢のいい掛け声が、町筋にひびいている。

天秤棒を肩にしたかれの後ろには、きゅっと口を引き結んだ浅吉がしたがっていた。

ときどき浅吉も、幼い声を町屋にむかい張り上げていた。

路地の奥から、町女房が手鍋を下げて走り出てくる。

「へえ、ありがとうさんでございます」

伊助は天秤棒のふいごを下ろし、すぐ火をおこしにかかった。

かれが町筋の邪魔にならない場所を選び、鋳掛け直しをはじめると、別の新しい客が、今度は両手で大釜をかかえ、直しを頼みにやってきた。

「毎度、ご贔屓《ひいき》にしておくれやして、おおきに」

客に対するかれの態度は、背中に髑髏《どくろ》の刺青《いれずみ》を入れたいまでも、依然として卑屈で変わらない。だが親子はなにかに必死に耐え、平静を装い、商いに励んでいるようすだった。

「わしと東町奉行所の同心組頭田村銕蔵のほか、腕利きの同心が数人、それに禁裏付きの赤松綱ともうす手練《てだれ》が、それぞれ扮装《ふんそう》して、そなたたち親子をしっかり守っておる。そなたを決して殺させはいたさぬ。このまま見過ごして引っ込んでおれば、伊助、そなたはいずれ殺されてしまうのじゃ。つらつら考えるに、それは万に一つのちがいもあるまい。世の中にいくら酔狂な男がいるとはもうせ、大金をはたき、なんの目的もなく、それほど見事な刺青を、他人に入れさせるとは考えられぬ。たとえ浅吉の奴が、そなたの意気地のない商いぶりに腹を立て、泣いてせがむのを哀れに思うたとしてもじゃ。恐ろしかろうが、自分の身を守るため、いつも通りの顔で、町を流して商いをいたすのじゃ」

東町奉行所の一室で、田村菊太郎は伊助の着物を脱がせ、小さな髑髏を抱いた尼御前《あまごぜ》の姿を、しみじみと眺めた。

そのあと、やっと少し落ち着いた伊助と子どもの浅吉に、厳しい口調でいった。

お店者の格好をした赤松綱が、おそまきながら奉行所に駆《か》けつけ、かれも伊助の刺青を見て、顔をくもらせた。

「どないな事情で、わしの命が危ないのでございます。そらお奉行所のお役人さまが、その通りにせいといわはったらさせてもらいます。そやけどわしは金持でもなし、どうして狙《ねら》われなならんのか、わからしまへん」

伊助は鋳掛け賃を高く脅《おど》し取ったとの理由で、召し捕らえたのではないと、銕蔵からいいきかされ、いくらか安堵《あんど》していた。

だが今度は新たな不安におびえながら、菊太郎と銕蔵にたずねた。

「公事宿のおっちゃん、なんでお父ちゃんの命が危ないのか、はっきりいうてもらわな、わしらも対応ができへんがな。なんや悪い奴を捕まえはるようやさかい、お父ちゃんとわしは囮《おとり》どすのやな」

「囮には相違ないが、おそらく相手は、簡単に罠《わな》にかかるような生易《なまやさ》しい奴ではあるまい。狙うのは金などではなく、伊助の身体そのものを奪うのが目的。陰惨で忌《い》まわしい快楽を考えているのじゃ。伊助をかどわかし、それからゆっくり始末にかかろう。浅吉、そなたにもしっかりしてもらわねばならぬぞ。これはそなたが、父親にくりからもんもんを入れてくれとせがんだことが、相手に付け込む隙をあたえたと、いえなくもないのじゃ」

「わしにそんなことというてもらっても困るがな」

「まあそれはよいといたそう。されど浅吉、そなたはまだ八つの子どもじゃが、父親の命を守るためなら、どんな勇気でも出すわなあ」

「そらわし、お父ちゃんのためならなんでもするわい。そやさかい、お父ちゃんにくりからもんもん入れさせてくれたお人が、なにを考えているのか、本当のことを教えてほしいねん」

父親の伊助より、子どもの浅吉のほうがしっかりしていた。

性格にもよるだろうが、父親にしたがい、町商いをするうちに、自《おの》ずと身にそなわったものにちがいなかろう。

おそくに駆けつけてきた赤松綱に、菊太郎は親子から少し離れて、伊助の刺青について説明した。

その折、次第に綱の顔が、緊張の度合いを深めてきた。

こうしたあとの親子への説得だった。

「菊太郎どのに銕蔵どの、この親子にはすべてを打ち明けねば、もはやどうにもなりますまい」

綱の言葉にも、菊太郎はすぐにうなずかない。銕蔵の表情にも逡巡《しゅんじゅん》がうかがわれた。

「このおっちゃん、お店者の格好をしてはるけど、お武家さまかいな。さては変装して、悪い奴を探してはるんやな」

浅吉は子どもらしく、目を輝かせてたずねた。

「浅吉、そなたは賢い奴じゃ。さればなにもかも打ち明けてとらせる。落ち着いてよくきくのじゃぞ。そなたの父親に髑髏を抱いた尼御前の刺青を入れさせた男は、伊助を殺して背中の皮を剝《は》ぎ、その刺青の絵柄を得るのが目的。それゆえ伊助のために大枚の金を払うたのじゃ。これは鬼畜にも似た行ない。だがわしの推察によれば、相手は確かにそれを狙っておる。いままでなにごともなく無事にすごしてこられたのが、不思議なくらいじゃ」

菊太郎が、意を決して親子に明かした。

「わ、わしを殺して背中の皮を剝ぐやなんて——」

伊助が息をのみ、悲鳴に近い声をほとばしらせた。

「そ、そんな鬼みたいなことを誰がするのやな」

浅吉も喉《のど》をあえがせた。

「伊助に浅吉、世の中にはどれだけ残忍で惨《むご》いことでも、それを好んでいたす魔性をそなえた奴がいるものじゃ。茶湯《ちゃのゆ》の数奇者《すきしゃ》はやきものを多く収集いたすが、心のゆがんだ狂気の数奇者は、人が考えもいたさぬ珍奇な品を集めると考えねばなるまい。今度の件では、人の生《なま》皮《かわ》を剥いでその刺青を手に入れるのが目的じゃ」

赤松綱が、鋭い声で親子に説いた。

「そやけど、わしの刺青よりもっと奇麗で見事な彫りものをしたお人は、世間に仰山いてはりますがな。なんでわしの刺青だけが狙われますのや」

伊助は青ざめた顔でたずねた。

「大鯉や酒呑童子《しゅてんどうじ》など、さまざまな絵柄をほどこした男は、確かに多くおる。だがな伊助、そなたの背中の皮を手に入れようと企《たくら》んでいる男は、当初からその絵柄の刺青を狙っていたのじゃ。自分の好みの絵柄を一通りそろえるため、ある物語の一齣《ひとこま》を選んで、そなたに刺青をさせたのよ」

「ある物語とはなんどす。はっきりいうとくれやす」

それなりの度胸を決めたのか、伊助は声をふるわせながらも、目をすえた。

「それは平家物語。おそらく、おそらくじゃが、そなたに髑髏を抱いた尼御前の刺青を彫らせた男は、すでに幾人か人を殺しているはず。平家物語に語られたこれはと思う絵柄を、同じように人の背中に彫らせ、当人を殺害して、好みの絵柄を手に入れ、ひそかにほくそ笑んでいるのであろう」

「そんな惨い話、わしには信じられしまへん」

伊助は自分の身に降りかかっている災厄を、少しでも否定したかった。

「そなたは認めたくなかろう。されど世の中の悪を、さまざまな事実として見てきたわしにいわせれば、惨いことを平気な顔で行なえる人間も、確かに世間にはいるのよ。狂気ではあるが、当人にはなにがしかの理由があり、自分が惨いことをしているとは、おそらくさして思うてもおるまい」

「伊助、わしは禁裏付きの侍。ゆえに所司代さまのご命令で、各地に散らばる門跡寺院の末寺ばかりを狙い、金子や天皇から公家に下賜されたご詠草《えいそう》の短冊《たんざく》などを盗んでいる盗賊を、いま探索いたしている。そなたの背中の絵柄は、菊太郎どのによれば、平家物語の髑髏尼事《どくろのあまのこと》を描いているのだともうす」

「髑髏尼事——」

伊助の喉がごくりと鳴った。

再び顔が恐怖で引きつった。

「平家物語に平経正《つねまさ》とその北の方の話が記されている。平経正は有名な平清盛の弟・経盛の嫡男。この経正は幼少のころ、仁和《にんな》寺宮《じのみや》覚性《かくしょう》入道《にゅうどう》親王《しんのう》に稚児《ちご》として仕え、青山《せいざん》と名付けられた琵琶《びわ》を拝領したほど、琵琶の名手であった。一ノ谷の合戦で討死したが、平家一門が都落ちするとき、この琵琶を仁和寺宮に返上していったともうす。北の方は六歳になる若君とともに、仁和寺裏の山に逃れたが、源氏の侍どもに探《さが》し出され、若君は六条河原で首を切り落された。そのあと北の方は、我が子の生首《なまくび》をかき抱き、都の中をさまようておられた。大原上人と人から崇《あが》められていた僧が、この北の方の姿を哀れみ、大原の来迎院《らいごういん》で出家させられた。だが北の方は、我が子の髑髏を胸に抱いて出奔、難波の四天王寺に詣《もう》でて、浮浪者のようにしておられたという。そしてついには、渡辺橋とかもうす橋の上から西にむかい、高声に念仏を唱えて、髑髏を抱いたまま入水《じゅすい》された。平家物語の髑髏尼事は、さように書いており、そなたの背中に彫られたのは、まさしく平経正の北の方と、髑髏と化した若君の絵柄。されればかような刺青を欲しがる奴は、そこそこ教養もそなえ、仁和寺など門跡寺院と、なにがしかの関わりのある者に相違あるまい。またいま禁裏付きの赤松綱どのが追うておられる盗賊は、公家の関係者にちがいないと、わしは考えておる。公家の世界をなつかしみ憎み、どうしようもないほど心を歪《ゆが》めてしまった奴じゃわい。身分の高い者の子として生まれながら、邪魔者として扱われ、惨《みじ》めな境遇におかれて育てば、公家にかかわる門跡寺院の末寺だけに狙いを定め、復讐《ふくしゅう》のため悪事を働きたくもなってまいろう。こう考えてくると、この二者は不思議に重なってまいるなあ」

ふいごの柄をにぎり、風を送りながら、伊助は自分たちを警護しているはずの公事宿の菊太郎や赤松綱を、ちらっと目で探した。

東町奉行所の同心たちも変装して、自分と浅吉を守っていてくれるときかされていた。

寺町筋で自分に声をかけ、刺青を入れる金を出してやろうと、優しくうながした男は四十歳前後、宗匠頭巾《そうしょうずきん》をかぶった人物だった。

伏見の船宿に泊まりこみ、十日余りかけ、大坂から招いたという彫り師から、刺青をほどこされたのである。

「いつもご贔屓にしておくれやして、ありがとうさんどす」

伊助は最後の客に鋳掛け直した鍋を手渡し、昼から三条大橋を渡り、聖護院村《しょうごいんむら》のほうにむかった。

「鋳掛け、鋳掛け屋でございます。鍋釜のお直しはございまへんか——」

遠くに熊野権現の社《やしろ》が見えている。

右に小さな藪《やぶ》がつづき、西は桑畑。前方から大八車を引いた三人連れがやってきた。

三人はいずれも日除《ひよ》けの笠をかぶり、暑いというのに頰《ほお》かぶりをしていた。

「鋳掛け屋はん、ちょうどいいところで出会いました。直してほしい釜を積んでますのやけど、やっておくれやすか」

行きちがおうとしたとき、大八車が止まり、一人から声をかけられた。

「へえ、させていただきます」

伊助は頭を下げ、天秤棒を下ろした。

大八車には五、六枚の筵が積まれ、妙にあたりに人影は絶えていた。

「伊助、藪の中へ逃げこむのじゃ」

青く繁《しげ》った桑畑から大声が飛ばされたのは、大八車の梶が下ろされ、三人が親子に近づいてきたときだった。

桑畑から田村菊太郎とお店者姿の赤松綱が、地を蹴《け》って現われた。

同時に北と南から、さまざまな風体をした男たちが忽然《こつぜん》と姿を見せ、脱兎《だっと》の速さで駆け寄ってきた。

同心組頭の田村銕蔵の姿もあった。

「おのれ、さては謀《はか》りおったな。覚悟いたせ——」

憎々しげに叫ぶ声が、浅吉の手をつかみ、藪の中に逃げこむ伊助の背筋をぞくっとさせた。

自分に優しい声をかけた男のものだった。

「おのれたちこそ覚悟いたせ。おのれの猟奇な好みからの企み、すでに露見したと思うがよい。伊助と息子の浅吉を殺し、その大八車の筵に巻き、いずこかへ運ぶつもりでいたのじゃな。もはや容赦いたさぬぞ」

菊太郎は、匕首《あいくち》を構えて突進してきた一人を、右脇腹から胸にかけ、抜き打ちざまに斬《き》りすてた。

赤松綱が脇差をひらめかせ、もう一人と渡り合っている。

伊助と浅吉親子は、林立する青竹の中で立ちすくみ、四人の乱闘に目を見張った。

自分たちを追いかけた首領らしい男が、身体をひるがえした。二人の手下を斬り倒した菊太郎と赤松綱に向き直った。

「やい、惜しいことをしたわい。なにもかもこうまで見透かされて捕り方に迫られたら、わしももうおしまいじゃ。あの男の背中から、髑髏尼の刺青を剝ぎ、みんなそろえて愉《たの》しみたかったわい。い、ひひひ――」

かれは笠も頰かぶりも取り捨て、不気味な顔で笑った。そして右手にもった匕首で、自分の左首をぐっと抉《えぐ》り欠いた。

鮮血が竹の葉や幹に、ざっと音をたてて噴《ふ》き上がった。

仁和寺から京都所司代を通じ、鋳掛け屋の伊助に真新しい琵琶《びわ》一つが贈られたのは、十日ほどあとであった。

「青山《せいざん》の琵琶をとらせるわけにはまいらぬが、いかなる音でも奏《かな》で、背中の母子をなぐさめてやってほしいとの、宮門跡さまのお言葉じゃ」

自刃した男は、やはり門跡寺院の仁和寺と、なにがしかの関わりがあった人物らしかった。

「あの事件以来、伊助は町の女子どもから、青山の鋳掛け屋と呼ばれ、大変繁盛しているそうでございますわい」

菊太郎と源十郎は、銕蔵からこうきかされ、ほっとしていた。

奇禍《きか》が幸いに転じたというべきだった。

醜聞
しゅうぶん

一

「今日もまた暑うおすなあ――」

「大文字の送り火まで、あと五日どすさかい、夏の暑さももうしばらくどすわ」

編み笠をかぶり、着流し姿の田村菊太郎は、ゆったり扇で風を送りながら、姉小路通りを公事宿《くじやど》「鯉屋《こいや》」にむかい歩いていた。

昨夜は、三条鴨川東の法林寺脇《わき》のお信《のぶ》の長屋で泊り、おそい朝食をすませ、店にもどる途中だった。

夏の陽が頭上近くまで昇りかけていた。

麻のきものが、挨拶《あいさつ》を交わすお店者《たなもの》たちがぼやく通り、暑く感じられた。

旧暦七月初旬、いまなら八月の勘定になる。

京都ではお盆をはさみ、この月は年の暮れほど忙しい時期であった。

ほどほどの店では、棚卸しや井戸替えが行なわれ、精霊も迎えねばならない。また節季《せっき》の払いをすませ、町内や主だつ親類に手土産をたずさえ、息災をたずねに出かける。

なにかと物要りで、せわしい月だった。

大小の店が並ぶ姉小路通りも、思いなしか人が気ぜわしく動いていた。

行く手の右に、二条城の本丸が大きく見えてきた。南北に走る室町通りのつぎは衣棚《ころものたな》通り、ついで新町通りになる。

かれはその新町通りを目前にして、おやっと立ち止まった。訝《いぶか》しそうに顔をくもらせ、ぱたぱたと扇をあおいだ。

「これは妙だな――」

小さくつぶやき、扇の手を一旦ゆるめ、眉《まゆ》をひそめた。

だがまた扇をせわしくあおぎ、鼻の穴を大きくふくらませ、くんくんと匂《にお》いを嗅《か》いだ。

どこからともなく、いい匂いがただよってくるのである。

菊太郎がこれまで、一度も嗅いだ覚えのない匂いであった。

女性の脂粉《しふん》の匂いとはちがっている。

女性のそれには、思いなしか生ぐさい脂《あぶら》の匂いがくわわり、さらには人間の業《ごう》ともいえる色欲や悪徳の匂いがにじんでいた。

だがいま菊太郎が鼻をうごめかせている匂いは清潔清純、それでいて荘厳さを感じさせた。

「これはどこかで香木を焚《た》いているに相違ない。しかもこれは、なかなかの名香のはずじゃ。しかし妙だな。こんな町通りに面したところで、風流人が香を聞いているのであろうか」

日本人はお茶を飲むにすぎない行為を、「茶道」にまで高めた。またさまざまな香木を焚き、その種類を当てたり、匂いを楽しむ行ないを、「香道」とする知恵を持っている。相手を斬《き》って殺す血なまぐさい剣法も、「剣道」といわせ、求道《ぐどう》にむかわせた。花道もそうだが、いわばなんでもないものに付加価値をあたえ、単純なものを高い精神性をそなえた道に変える巧みな国民性を有していた。

もっとも、そうしなければならない動乱の時代背景が存在した。

数日後、合戦なり大きな商いが待ち構えているとき、武将にしろ商人にしろ、酒池肉林《しゅちにくりん》におぼれていては、勝つ算段がはじき出せない。

勝利するには「静寂」が必要。茶湯や庭、花も香もそれに不可欠で、日本文化を代表する幾多のものの背景には、すさまじい実相が隠されていたのである。

香道において、匂いを嗅ぐのを聞くという。

菊太郎が不審がるように、普通、こんな町辻《まちつじ》で名香が嗅げるわけがなかった。

かれは立ち止まったまま、あたりを見回し、香木の匂いがどこから流れてくるのかをたどってみた。

そして一軒の店に釘付けになった。

諸古道具買入所「大黒屋」の看板と暖簾《のれん》をかかげた小さな店が、目についたのだ。

香木の匂いは、確かにそこから外にただよい出ていた。

古道具商は書画、陶磁器にはじまり、あらゆる骨董品《こっとう》をあつかい、市民の趣味的生活を豊かにしている。

菊太郎は鰯《いわし》の匂いを嗅ぎつけた猫のように、香木の匂いに誘われ、大黒屋に近づいた。

暖簾の間から、妙《たえ》なる匂いがなおただよってくる。

さほど広くもない店の上《あ》がり框《がまち》に、二人が腰を下ろし、さらに二人が帳場近くの床《ゆか》に座っていた。

暖簾をはね上げ、菊太郎は店の中に入った。

「おいでやす。なにをお求めでございましょう」

四人の客となにか雑談をしていた前掛け姿の男が、腰を浮かせてたずねた。

店の客たちが一斉に菊太郎を見つめた。

「なにをというのではない。ただわしは表を通りかかり、そなたたちがいまそこの手火鉢で焚いている香木の匂いに誘われ、つい足をむけてしもうたのじゃ」

菊太郎は店の中に立ちこめる香木の匂いを、満腔《まんこう》に吸いこんで答えた。

「これはこれは、さようでございましたか。わたくしがこの大黒屋の主《あるじ》・長兵衛でございます。よう立ち寄っておくれやした」

長兵衛は中肉中背。古道具商は商売柄、道具ばかりか人の値踏みを、まず揉《も》み手をして笑顔の裏でする。

それだけにこすっからい人物が多いが、かれにそんな気配はない。その代りたいして儲《もう》けもせず、いまの稼業《かぎょう》をつづけているとみえ、店に置かれた壺《つぼ》や皿、ほかの骨董品にも金目のものは見かけられなかった。

「お侍《さむらい》さま、やっぱりこれ、外でもええ匂いがしてましたんかいなあ」

手火鉢からまだかすかに白い煙を昇らせている香木に鼻を寄せ、上がり框に腰を下ろした中年すぎの客がたずねた。

江戸とはちがい、京大坂の町人は、武士をさほど恐れたり避けたりしない。気楽に口をきいた。

「ああ、たいそう妙なる匂いがしたぞよ。それでつい誘われ、わしはこの店に入りこんできたのじゃ」

「お侍さま、ほんまにようういうとくれやした」

大黒屋長兵衛が、手火鉢を取り囲んだ男たちの顔を眺めて、言葉を強めた。

いずれも中年すぎか初老の男たちで、かれらの服装は悪くなかった。

商家の主か隠居らしい風体《ふうてい》の男たちだった。

「そやけど大黒屋はん、いくらさるお家から売却を頼まれた希代《きだい》の名香やというても、見ただけでは、香木か枯れ木かわかりしまへん。削《けず》って焚いていただき、匂いを嗅がせてもらわな、納得できしまへんがな」

「ほんまにそうどすえ。香木か枯れ木かわからへんもんに、どうして五両も出せますかいな。少しは買うほうの身にもなっておみやす」

二人の客が、つづけて長兵衛に抗弁した。

「それはその通りどす。そやさかい、こうして幾度も焚いて、匂いを嗅いでもろうてますやおへんか。そのうえ、いまきはったお侍さまが、妙なる匂いに誘われ店に入ったのやと、いうてくれはりましたがな。これは希代の香木にちがいありまへん。香に明るいお人に鑑定していただいたら、とんでもない名香やと断言しはりまっしゃろ」

「大黒屋はん、それはどうどっしゃろなあ。古い木だということは、わたしらにかてわかります。けどどんなもんでも削って火にくべたら、なにがしかの煙が出て、匂いぐらいしますわいな。古い木に鼠《ねずみ》の小便がしみこんでて、それが匂うているのかもしれまへんがな」

白髪を小さく結んだ男がいい立てた。

「三河屋はん、それは無茶どっせ。きのうも今日も店にきはって、この香木を削って火にくべ、まだそんなことをおいいやすのかいな」

大黒屋長兵衛は、もう泣きそうな顔でいい返した。

「大黒屋はん、五両もするもんを、そうそう迂闊《うかつ》に買えますかいな。よく確かめさせてもらわな、得心できしまへん」

「そらわたしも同じで、三河屋清右衛門はんがいわはる通りどす」

「鎰富《かぎとみ》の旦那さままでどすかいな。今日もきのうもおといも店にきはって、香木か枯れ木かわからへんとおいいやして、削っては焚き、何遍も匂いを嗅いではりますのやで。そやさかい折角の香木が、目に見えて小さくなってしまいましたがな」

長兵衛は古紙の上にのせた黒っぽいものに、目を落として嘆いた。

古びた箱がかたわらに置かれている。

香木はその箱に入れられていたのだろう。

香木とは、香気を発する木材をいうが、香道では、ただ匂いを発するだけでは香木とは呼ばない。それは〈沈《じん》〉にかぎられていた。

沈とは沈水香《じんすいこう》の略。水中に入れると沈むため、こう名付けられた。

沈は東南アジアの熱帯地方に太古繁茂していた樹が、湿気をおびた地下に埋もれ、樹脂が特定の部分に凝結《ぎょうけつ》した物質。芳香《ほうこう》に富み、凝結濃度《のうど》の高いものほど、芳香が強いという。

この種の香木を伽羅《きゃら》といい、伽羅はサンスクリット語のカーラーグル、重いとか黒いという意味。日本には、推古天皇の時代に伝えられ、宮中では沈といわれた。武家や町人の間では、鎌倉時代からずっと伽羅とか奇南香《きなんこう》の名で呼ばれた。

有名なのは奈良・東大寺の蘭奢待《らんじゃたい》。天下第一の名香と評され、黄色がかった肌をしており、長さは約五尺二寸、太さは約七寸から一尺四寸、重さは約三貫。のこぎりで二寸ほど切り取ったあとがある。

この蘭奢待の一部を、臣下で最初に拝領したのは源頼政。ぬえ退治の功を賞せられてだといい、足利義政、織田信長、徳川家康の截香《さいこう》記録が残されている。

蘭奢待には秘事ありといわれるが、この蘭奢待の文字の中に、東大寺の三文字が隠されていることを指すのだろう。

三河屋の隠居や鎰富の富右衛門たちに、がやがや騒がれている香木の大きさは、大人の拳《こぶし》を二つつないだほどであった。

だがここ数日、店にやってきた客たちに、香木か枯れ木かわからないといわれ、そのたびに小刀で削って焚かれ、だいぶ小さくなっていた。

客たちが香木か枯れ木かわからないというのも道理だ。大黒屋長兵衛は、売りたいために香木を削った。

客たちは香木の匂いを嗅ぎたく、あれこれ理屈をつけ、長兵衛に削らせた。

この分では、やがて売り物にならないほど小さくなり、ついには消滅してしまうことになりそうだった。

「大黒屋の長兵衛はん、人ぎきの悪い。ようもそんなことをおいいやすわ。見ただけではわからへんさかい、小刀で削って焚いてみておくれやすと、おまえさまが最初にいわはったんとちがいますか。そやさかい、削って確かめさせていただいてますのやがな。大枚五両の品物、しっかり改め、納得させてもらわな、買えしまへん。これは嫁をもらうのといっしょどすわ。よくよく吟味しとかな、あとで後悔しますさかいなあ」

大黒屋長兵衛から、鎰富の旦那さまと呼ばれた初老の男が、当然だといわぬばかりにのべた。

鎰富は受領名を持った菓子屋。店は姉小路の近くに構えられ、初老のかれが主、名前は富右衛門。三河屋は町内の鏡屋、お互い骨董好きの仲間であった。

「ここにきはったお侍さまも、ええ匂いに誘われたというてはりますさかい、これは明らかに名香どす。三河屋のご隠居さまか鎰富の旦那さま、誰でもええさかい、何卒《なにとぞ》、もうこれを買《こ》うとくれやすな」

長兵衛は店先の客に哀願した。

「大黒屋はん、売りたい気持はようわかります。けどなにしろ値は五両、大金どっせ。失礼どすけど、このお侍さまはさくらかもしれまへん」

三河屋の隠居清右衛門がぬけぬけといった。

「そ、そなたはわしを、さくらではないかともうすのじゃな」

「お気を悪くさせたのどしたら、堪忍しておくれやす。買い物は慎重にせなあかんと思うあまり、ふと口にしただけどすさかい」

かれが土間に立ったままの菊太郎に、軽く頭を下げたとき、大黒屋の表に大八車が止まった。

小柄で色の黒い男が、両腕に西瓜《すいか》を一つずつかかえ、ごめんよと入ってきた。

店の中から自分を見つめる客たちを、かれは険《けわ》しい目で眺め、大黒屋長兵衛にむかい、西瓜を床に転がした。

「へ、へえ、毎度あいわかりました」

長兵衛は帳場の銭箱から、数枚の二朱銀を取り出し、急いで懐紙に包み、相手に手渡した。

「ほな、もらっておくわい。今度は年の暮れや。それまでしっかり商いをするのやなあ」

かれは身体を引いて立つ菊太郎に憫笑《びんしょう》をくれ、暖簾をはね上げ、表に出ていった。

すぐがらがら大八車が動きだした。

京では四季、やくざな男たちがこの手で、商家から金を強請《ゆす》っている。それにしても大黒屋の主とのやり取りが、少しすんなりいきすぎていた。

「これは驚いた。そなたのところの暖簾には、諸古道具買入所と染め出されているが、西瓜まで値踏みもいたさずに、買い入れておるのか――」

菊太郎はあきれた顔で長兵衛にたずねた。

「そんなご冗談を――」

「冗談ではない。まこと問うているのじゃ」

「お侍さまに、商いの難儀はわからしまへん。御所様《ごっさん》のご機嫌を取ってたら、食べていかれるんどすさかい」

鎰富の富右衛門がぼそっとつぶやいた。

御所様とは公家言葉《くげ》、親王家や清華家《せいが》の当主をいう。大黒屋に集まった客たちは、菊太郎を公家侍と思いこんでいるようすであった。

商いの気合いが、この件で急に殺《そ》がれた。

菊太郎も気持を少し白けさせ、邪魔をしたなとみんなに声をかけ、きびすを返した。

名香の匂いが、鼻にまだかすかに残っていた。

二

大黒屋の表に出ると、陽は頭上に昇っていた。

菊太郎は眩《まぶ》しげに空を見上げ、編み笠をかぶって紐《ひも》を結び、手に持ったままの扇を、また開いた。

風はそよともなく、炒《い》られるように暑かった。

姉小路を往来する男女は、いずれも汗をかき、げんなりしたようすだった。

野良犬が北の軒下にできているわずかな陽陰を選び、菊太郎の先を急いでいった。

居候《いそうろう》先の公事宿「鯉屋」にもどったあとは、夕刻まで昼寝を決めこんでやる。

猫のお百が寄りついてきたら、さぞかし暑苦しいだろう。

とりとめのないことを考えながら、歩きはじめた菊太郎は、大黒屋から四、五軒先の商家の前に、大八車が止まっているのにふと気づいた。

車の荷台には、西瓜を入れた大きな籠《かご》が、いくつものせられていた。

あまり人相のよくない男が三人、大八車につき、中の一人は梶棒をにぎり、質屋の暖簾をうかがっていた。

菊太郎は足を止め、かれらをじっと見つめた。

すぐ暖簾が動き、先ほど大黒屋で見かけた色の黒い小柄な男が出てきた。

金色に光るものを掌でひけらかし、得意そうにほくそ笑んだ。

「七蔵の兄貴、どうやったんやな」

梶棒をにぎった男がたずねた。

「仕上げはこの通り、上々の出しっぷりじゃわい。一両、小判一枚じゃぞ」

「そら上出来やがな。質屋の親父、一両とは弾《はず》みよったもんやなあ」

「なんのこともないわいな。どうせ盗品でも買うたんか、なんぞ後ろ暗いことでもあるのやろ」

七蔵と呼ばれた男は、仲間に見せびらかした一両小判を、懐《ふところ》から出した巾着《きんちゃく》に入れ、再び懐にもどした。

巾着はたっぷりふくらんでいた。

「さあ、つぎに行こかいな——」

かれはみんなに指図の声をかけ、ふと菊太郎に気づいた。

動きを止め、菊太郎が近づいてくるのを待ち構えた。

「お侍、わしらになんか文句がありますのかいな」

「いや、文句はないが、西瓜の一つや二つで二朱銀数枚、また一両とはうまい儲《もう》けじゃな。まさかまことに、西瓜を売り歩いているわけでもあるまい。服装からして百姓とも思われぬ」

「へん、わしらが西瓜をどれだけの金額で売ろうが、勝手やろう。どの店も西瓜を持っていったら、それぞれの分別で値段をつけ、買うてくれるんじゃわい」

七蔵は小鼻をひくつかせ、いい返した。

「わしはそれをうまい儲けだともうしているのじゃ。まさか西瓜の中に、金目の品が仕込まれてはおるまいわなあ」

「なにをぬかしているのやこの青侍《あおざむらい》め。てめえ、わしらをおちょくっているのやな」

「いや、わしは大真面目でたずねておる」

「こきゃがれ。それをおちょくっているというんじゃい」

「ところでそなたは先ほど、大黒屋で今度は年の暮れだともうしていたが、盆と暮れにこんな稼ぎようをしているのか。それで年の暮れにはなにを持参いたすのか、後学のために教えてもらいたいものじゃ」

「太吉、この青侍、わしらにふざけたことをきいてくれるぜ」

梶棒をにぎった若い男に、七蔵は顔をむけた。

「兄貴、どこの青侍か知らんけど、それで暮らしができるとは、結構なご身分やわいな。どうせのこっちゃ。教えてやったらええがな」

「なにをもうす。それくらいわしとて存じているわい。いずれ門松《かどまつ》か注連縄《しめなわ》であろうが。かつてさような商いをしている男を知っていてな」

「この野郎、承知でわしらにたずねているんじゃな」

七蔵が菊太郎にむかって吼《ほ》えた。

「いやいや、もしかしてもっとましなものではないかと思い、問うたまでよ」

この手の強請《ゆすり》なら、普通、かつて下駄の歯入れ屋の三次がそうだったように、小さくちまちまとなされる。

かれらが多勢で大八車に西瓜をのせ、堂々と商家を強請って歩いているのは、その背後に大きな陰の存在があってだと、菊太郎は感じていた。

「あほぬかせ。やい青侍、やっぱりわれは、わしらに文句をつけたいのやな」

姉小路を往来する人々は、関わりを恐れ、両者のやりとりにちらっと目をくれるだけで、足早にすぎていった。

かれらから西瓜を押しつけられた店屋の暖簾からも、誰も顔をのぞかせなかった。

「文句をつけていいものかどうか、わしはいま迷うているところじゃ。わしは白昼、天下の往来で、人を四人も叩《たた》き斬《き》るほどの度胸はないでなあ」

菊太郎は扇を閉じたり開いたりしながら、嘲笑《ちょうしょう》気味につぶやいた。

「こいつ、腕が立つわけでもないくせしてからに、口だけはいっぱし、小面《こづら》憎いことをぬかしよって――」

「どうせ腰の刀は飾り物なんやろ」

七蔵に太吉がつづけた。

「この腰の刀、飾り物ではなく、わしが西瓜を叩き割るのも、おぬしたちの首を斬り飛ばすのも似た行為だともうしたら、いかがいたす」

「こきゃがれ。いにしえの宮本武蔵でもあるまいに、そない簡単に、首を斬られてたまるかいな。生兵法《なまびようほう》は大怪我のもとというで。もうええかげんにしたらどうやな。わしらはまだまだ忙しいのじゃわい」

七蔵がいやに落ち着いた菊太郎に、いまいましげにいった。

「まだまだ忙しいとは、小癪《こしやく》な。商家に西瓜を一つ二つ持ちこみ、二朱銀数枚、質屋では一両もせしめながら、なお強請をつづける了見じゃな。きき流せぬ。さればどうせなら、わしを強請ってみぬか――」

菊太郎ははっきり七蔵たちを挑発した。

「なんやと。口だけで喧嘩《けんか》は勝てへんねんで」

七蔵は太吉とうなずき合い、ほかの二人にもゆっくり顎《あご》をしゃくった。

太吉が梶棒を乾き上がった道に下ろした。

「やい青侍、てめえわしらと本気でやるつもりなんやな。逃げるのやったら、いまのうちやぞ。わしらは逃げる者を追うほど、暇やないさかいなあ」

自分たちの態度にもひるまない菊太郎に、七蔵たちはちょっと戸惑いながら、念を押した。

「そなたたちこそ、大八車を引いて逃げるなら、見過ごしてとらせる。それでどうじゃ」

「こいつ、おとなしく相手になっていれば、付け上がりよってからに。よっしゃ、その大きな口をきく顔を、西瓜みたいに腫《は》れ上がらせたろうやないか」

かれらは喧嘩馴《な》れしているとみえ、七蔵の一言で、さっと菊太郎を取り囲んだ。

土埃《つちぼこり》が姉小路通りの路上にぱっと立った。

「西瓜みたいにか。四人もの首を、斬り飛ばす度胸はないともうしておいたゆえ、そうはいたさぬが、わしに殴《なぐ》られると痛いぞよ」

「こきゃがれ。いまのうちになんとでもぬかすがええわい」

七蔵たちは一斉に身構えた。

菊太郎はここで扇をぱちんと閉ざした。

微笑し、編み笠の中から相手の動きをうかがった。

ひ弱な青侍と見込んでいただけに、かれらは自分たちの恫喝《どうかつ》にも動じない相手に、少し奇妙なものを感じた。

相手の身体は微動だにしない。編み笠だけが小さく揺れた。

武芸を心得る者なら、かれらが感じた奇妙なものが殺気であり、容易な相手でないことがすぐわかるはずだ。だが町のならず者に、それが理解できるわけがなかった。

七蔵がまず拳《こぶし》を固めて地を蹴《け》った。

「この野郎、くたば――」

かれの言葉は突然、ここで途切れ、あとはぐわっと悲鳴に変わり、かれは路上にうずくまった。

菊太郎がひょいと身体をそらし、七蔵の口の中に、扇の先を突き入れたのである。

すぐさまかれは、扇を腰の帯に差しもどし、ついで殴りかかってきた太吉の横っ面《つら》を張り飛ばした。

「ぎゃっ――」

太吉は数間《けん》ふっ飛び、商家のごみ箱に頭をぶちつけ、四肢をのばして気絶した。

七蔵は路上に両膝《ひざ》をつき、苦しそうに口から血を吐き、むせていた。

「おいあとの二人、そなたたちもこうなりたいのか。それとももっと血を見たいかな」

菊太郎は息もはずませずにいい、腰から初めて刀を引き抜いた。

刀身が陽光にきらっと輝いた。

「や、やめてくんなはれ——」

二人は怖《お》じけて後ずさった。

「侍が腰の刀を抜いたからには、そうもなるまいぞよ。峰打ちにでもいたしてくれる」

児戯《じぎ》にひとしいと思いながらも、菊太郎は大八車にむかい歩み寄った。

刀をひらめかせ、そこに山と積まれている西瓜を、またたく間に叩き割ったのだ。

一瞬、西瓜の水しぶきと黒い種が、あたりに飛び交い、赤い汁がまわりを血のように鮮やかに染めた。

「ぎゃあ——」

無傷の二人が、軒柱に貼《は》りついてまた叫んだ。

「斬られたわけでもないのに、大げさな悲鳴を上げるではない。飛び散ったのは、そなたたちが強請に用いていた西瓜じゃ。盆と年の暮れ、こんなもので商家を強請るとは、けしからぬ所業。用心棒を口実にしたにしても、ほどがあるわい」

大八車のまわりには、大小に割られた西瓜が飛び散り、甘い匂いがわき立っていた。

「なるほど、これは甘い西瓜。なれども七蔵とやら、商人の弱腰に付けこみ、法外な金をまき上げるのは許されぬぞ」

菊太郎は足許から、西瓜の切れ端をひろって一口かじり、七蔵にぷっと種を吐きかけた。

「ぐのぎゃどう——」

七蔵はこの野郎といったのだろうが、言葉にはなっていなかった。

「しぶとい男じゃなあ。口の中の傷は、二、三日もすれば治るわい。わしをただの青侍とみたのが大間違い。人に喧嘩を売るときには、よくよく相手を確かめてからにいたせ。強請をするにしては、まだまだ修業が足りぬぞ」

菊太郎は編み笠の中からいい、腰に差した扇を抜き、ぱちっと開いた。

襟《えり》をくつろげ、汗ばんだ胸元に風を入れ、その場から遠ざかっていった。

陽射しがさらに強くなってきた。

菊太郎が大宮通り姉小路上ルの鯉屋に帰りついたのは、それから間もなくだった。

「これは菊太郎の若旦那さま、ええところへおもどりどした」

手代の喜六《きろく》が、さも用ありげに出迎えた。

「誰かきておるのか——」

鯉屋の土間に女物の草履《ぞうり》が二足、きちんと並べられている。

菊太郎はそれに目をやり、喜六にたずねた。

猫のお百がにゃあと鳴き、帳場の隅から歩いてくる。

真夏、店ではそこが一番涼しい場所なのだ。

「へえ、組頭屋敷から大奥さまと銕蔵《てつぞう》さまの奥さまが、そろっておいででございます」

「なにっ、義母上《ははうえ》さまと奈々《なな》どのがまいられているとな」

「はい、さようどす」

「さては父上さまか小太郎に、なにかあったのじゃな」

菊太郎の父親次右衛門は、ここ何年も中風を患い、寝たり起きたりしてすごしている。

祇園の茶屋娘の子として生まれた菊太郎は、異腹弟の銕蔵に家督《かとく》をゆずるため、蕩児《とうじ》をよそおって屋敷を出奔。諸国遍歴の末、公事宿・鯉屋の居候を決めこんだのであった。

「いいえ、そうやおへん。お屋敷の旦那さまにもお坊ちゃんにも、変わったことはございまへん。大奥さまが、奈々さまとごいっしょにお越しなさいましたのは、若旦那さまの夏のきものを仕立てられ、お持ちになられたごようすどす」

「夏のきものじゃと――」

「はい、お二人さまともいたってご機嫌よく、奥の座敷で源十郎の旦那さまが、お相手されておられます」

喜六にいわれ、菊太郎はお百をかかえたまま、奥座敷に姿を現わした。

「若旦那、お待ちしてたんどす」

先に源十郎から声をかけられ、菊太郎はお百を手放し、葦簀障子《よしずしょうじ》のかたわらに座った。

「義母上さまに奈々どの、よくおいでくださいました。小太郎は息災にすごしておりましょうか。お屋敷におうかがいもせず、不調法をいたしております」

かれは正座して軽く低頭した。

「いいえ、菊太郎どのがお元気なら、それでよいのですよ。小太郎はお陰さまで息災にしております。お父上さまは口だけいよいよお達者。ご機嫌の悪いときにおもどりでしたら、かないませぬゆえ、気楽にお考えくだされ」

「義母上さまにはお気遣いばかりいただき、まことにもうしわけございませぬ」

「いえいえ。ところで今日は菊太郎どのに夏のきものを仕立て、お届けに上がりました。身丈も裄《ゆき》もわかっておりますゆえ、すぐにでも着られるはずでございます」

義母の政江は、奈々が左脇に置いていた風呂敷包みを目でうながした。

自分の膝元に移させると、包みを開き、小絣《こがすり》のきものを取り出した。

ついで二枚の女物のきものを広げた。

「これはお信《のぶ》さまとお清《きよ》さまのきもの。柄《がら》はわたくしと奈々どのとで、多分こんなものがお似合いであろうと、勝手に決めました。余裕をもって仕立ててありますゆえ、お召しになって大きければ、ちょっと縫い直していただいてくだされ」

「義母上さま――」

「なんです。情けない声を出されまして」

政江は菊太郎がまだ子どもだった頃のような態度で、かれをたしなめた。

彼女が自分とお信の仲を案じてくれているのは明らかであった。

「もうしわけございませぬ。奈々どのにもお手をわずらわせました。ありがとうございます。義母上さま、いつか前にもこんなことがございまして、お信が大変、恐縮しておりました」

「そんなことはどうでもいいのですよ。それよりなんでしょう菊太郎どの、帯のところになにか赤いものがついておりますが――」

政江は立ち上がり、菊太郎のそばに寄ると、帯の前についたものを手でつまんだ。

「おや、これは西瓜の切れ端、なにゆえかようなものが」

「いや、これはどうしたのでございましょう」

瞬間、菊太郎は路上での乱闘を思い出したが、素《す》っとぼけてごまかした。

「お屋敷の大奥さま、菊太郎の若旦那は行儀がお悪いのどすよ。口から西瓜を食べるのは面倒、直接、お腹で召されたのでございましょう」

源十郎の冗談で、座敷がわっとわいた。

庭の百日紅《さるすべり》が、真紅の花を咲かせている。

雀がきて止まり、お百が枝のゆれに、じっと目を注いで身構えた。

三

五山の送り火はすんだが、京は涼しくなるどころではなかった。

毎日、うだるような暑い日の連続だった。

田村菊太郎は閼伽桶《あかおけ》を下げ、洛東・金戒光明寺《こんかいこうみようじ》の墓地から出てきた。

墓守《はかもり》小屋に桶をもどし、本堂に辞儀をして、急な石段を下りかけた。

金戒光明寺は、吉田山（神楽岡《かぐらおか》）の東南に構えられ、京の人々から黒谷《くろだに》さんの異称で親しまれている。

平安時代末期、比叡山西塔《さいとう》の黒谷青龍寺《せいりゆうじ》で修行していた法然《ほうねん》が、やがてこの地に草庵《そうあん》を結んだため、黒谷の名で呼ばれはじめたのだ。

同寺は、堅固な石組の上につくられ、南は京都の出入り口の一つ・粟田口《あわたぐち》をのぞんでいる。

江戸幕府の「隠し砦《とりで》」の役目を果たし、幕末、京都守護職についた会津藩主・松平容保《まつだいらかたもり》がここを旅宿としたのは、そんなわけからであった。

急な石段の下に、大きな山門が構えられている。

菊太郎はきのうお信の長屋に泊り、今日、鯉屋にもどるに先立ち、金戒光明寺に改葬した生みの母の墓参にきたのだ。

——いずれあの世でお目にかかりまするが、まあ元気にやっておりますよ。親父どのは中風で倒れてしまいました。いくら茶屋の娘とはもうせ、母上さまに手を出し、わたくしを生ませた罰が当ったのかもしれませぬな。おっと、これは親をあなどってもうすではありませぬと、お叱《しか》りをこうむりましょうな。わたくしをお育てくださいました政江の義母上さまは、なにかとわたくしにお気をつかわれ、いまも息災にお暮らしでございます。もっともわたくしが田村家を継《つ》いでいたら、すぐ問題を起こし、とっくにお取り潰《つぶ》しにあっていたにちがいございませぬ。お陰さまで堅苦しい宮仕えもせず、気楽にすごさせていただいておりまする。これについては、親父どのにお礼をもうさねばなりませぬ。わたくしが子連れのお信と仲睦《なかむつ》まじくしているのは、お信母子に、母上さまと自分の姿を見ているのかもしれませぬ。はいはい、どれだけでも軟弱な男とお思いください。気まま者ゆえ、今度はいつ墓参にまいるかわかりませぬが、何卒、その点はお許しくだされ。

濛々《もうもう》と立ち昇る線香の煙の中で瞑目《めいもく》、両手を合わせ、胸で勝手なことをつぶやいてきた。

編み笠をかぶり、急な石段をしなやかな足取りで下りた。

石段の途中まできて、かれの足がふと躊躇《ためら》った。

山門の太い柱にもたれ、一人の男が足を組み、休んでいるのを目にしたからである。

かたわらに朱色で「切もぐさ」と書かれた箱荷を置いていた。

足に草鞋《わらじ》と脚絆《きゃはん》をつけ、身ごしらえは軽そうだった。

ただのもぐさ売りではない。警戒しなければならぬ気配が匂い立っていた。

菊太郎は山門をくぐって表道に出ようと考えていたが、用心して基壇《きだん》の手前で左にと曲がりかけた。

「菊太郎どの、わしじゃわしじゃ。避けられずともよいわい」

もぐさ売りの男が、かれに声をかけてきた。

きき覚えのある声であった。

「誰かと思えば、禁裏付《きんりつ》きの赤松綱《あかまつつな》どのではござらぬか。今日はもぐさ売り、市歩《いちある》きをしておられるのじゃな」

幕府が禁裏の動きを探るため、宮門警護を名目に配した武士を、禁裏付きという。

禁裏ではかれらを御付《おつ》き武士と呼んでいた。

この禁裏付きの武士たちは、多くが小者《こもの》の服装をしているが、武芸の達者ぞろい。困難な事件が持ち上がると、所司代や町奉行所に加勢してひそかに動いた。

かれと菊太郎は、東町奉行所同心組頭の異腹弟・銕蔵を通して昵懇《じっこん》だった。

「いやいや菊太郎どの、市歩きというわけではございませぬわい」

赤松綱は、うんざりした顔でいった。

「するとさては、この隠し砦にひそみ、敵の動きを見張っておられるのじゃな」

「菊太郎どの、当らずといえども遠からずでござる」

「これは驚きました。されば詳細をきかねばなりませぬな」

菊太郎は高い位置からいいかける赤松綱に、編み笠の縁に手をかけて答え、ひょいと山門の基壇に飛び上がった。

「お見事、たいしたものでござる」

「お相手が赤松どの、あたりに人の気配もございませぬゆえ」

「いまごろ京の町中がみな昼寝じゃ。寺の坊主とてそれは同じ」

「よくよくお役目に飽《あ》きておられるごようすじゃな」

「いかにも。この手の役目には、もう飽き飽きしておりますわい」

「この手のものともうされるからには、なにか仔細《しさい》がございますのじゃな」

「町奉行どのから、極秘に調べてもらいたいとのおもうし入れがあり、ここ十日余り、もっぱらその役目に当っているのでございますわい」

かれは再び太柱にもどり答えた。

大きな山門が涼しい陰をつくり、吹きすぎる風が快かった。

「事件なら、吟味物・出入物ともすべてに関わるのが町奉行所の任務。それでお奉行どのはなにを調べてほしいと、禁裏付きにご依頼なのじゃ」

「それが気のすすまぬ中身。奉行所の与力同心に任せては、まことがわかりかねる。内々でかばい、もみ消されてしまうのではないか。さらに要らざる怪我人が、出るかもしれないとのご配慮であろう。しかしながら、わしらにいたせば嫌な調べでござる」

「さては東西両町奉行所のしかるべき人物が、相当な悪事に加担しているのじゃな」

「それはいささか大げさ。たかだか強請《ゆすり》でござるが、ならず者の強請の上前をはね、奴らの行ないを見て見ぬふりをしているのじゃわい。そのご当人は、東町奉行所の吟味役。切れ者と評判されているご仁《じん》だけに、わしも迷惑な役目を仰せつけられたものよ。町奉行所の役人が、商人に強請をかけて暮らすならず者の上前をはね、自身は女子を囲うとは世も末。いくら切れ者とて許せぬ奴じゃ」

「なるほど、それでわかりもうした」

「身に覚えがござろう」

綱は菊太郎に笑いかけた。

「いかにも、ここ十日余り、わしはときどき人につけられている気配を感じていたわい。ところがその気配、実に雑《ざつ》なときもあれば、それは巧妙に気配を消し、忍びの術を心得たつけようをしている折もござった。まるで綱どののなされる如きになあ」

「明かしてしまえば、菊太郎どのをつけていた一方はこのわし、もう一方は、菊太郎どのに恨《うら》みを持つ町のならず者でござる。その奴らが頼りにしている男が、そもそも町奉行から、内々に調べてほしいと依頼された人物でござるのじゃ」

「やはりさようでございましたか。綱どのには、お礼をもうさねばなりませぬな。東町奉行所に仕える切れ者の吟味役、自分の悪事がわしの口から露見するのを恐れ、そのならず者たちに、わしを殺せと命じたのでございましょうかな」

赤松綱からこれだけをきいた菊太郎には、自分をつけ狙《ねら》っている連中が、もう誰かわかっていた。

大八車に西瓜を積み、大黒屋界隈《かいわい》の商家を、強請って歩いていた七蔵たちに決まっている。七蔵には、口の中に軽い怪我をさせ、もう一人の太吉を気絶させてやった。

かれらが強請に用いていた西瓜は、微塵《みじん》に砕き、路上にひろげ散らした。

西瓜自体はさしたる金額にはならないが、大きな顔で渡世《とせい》をつづけてきた七蔵たちの立場が、なくなったことは確かだった。

復讐《ふくしゅう》のためにも、自分の始末を企《たくら》んでいたのだろう。

菊太郎を七蔵たちがつけ狙っていたとき、同時に赤松綱も、かれらのあとをつけていた。

七蔵たち地回りの存在は、東町奉行所吟味与力・青地十兵衛の線からすぐに割れた。

ならず者たちが、卑怯《ひきょう》な飛び道具で菊太郎を仕留めるのを心配して、護衛についたつもりであった。

つい数日前、綱は一度、わざとかれらに咎《とが》められてやった。

町奉行の依頼を、なるべく表沙汰《おもてざた》にせず、当の青地に推察させるのと、さらにくわしく調べるのを目的とした接近だった。

菊太郎をいつもつけ歩いているのは六人。七蔵の兄貴と呼ばれているのが大将格。若いならず者の一人が、常に背中に竹籠《たけかご》を負っていた。

赤松綱は禁裏付きの武士として、忍びにも通じている。竹籠の中身がなにかぐらい察せられた。

こまかな灰に、唐辛子《とうがらし》や胡椒《こしょう》をまぶした目つぶしにちがいなかった。

尋常な方法では勝てないと読んだ七蔵たちは、菊太郎を取り囲んだとき、薄紙に包んだ目つぶしを一斉に投げかける。

相手が視力を失い、目から涙を流し、咳《せき》やくしゃみをして立ち往生している隙《すき》に、襲いかかるつもりなのであろう。

「やいもぐさ売り、てめえわしらのあとを、ずっとつけているみたいやけど、さてはなんぞ魂胆でもあるのやな」

菊太郎は東山・高台寺脇の妾宅《しょうたく》にいる鯉屋の先代・宗琳《そうりん》（武市《ぶいち》）の許《もと》を訪れるため、四条河原の流れ橋を渡り、縄手筋《なわてすじ》の藪道を曲がっていった。

そのとき、綱の尾行《びこう》に気づいた七蔵が、藪の生け垣の陰からいきなり現われ、赤松綱に詰問した。

「と、とんでもありまへん。わたくしはただなんとなく、みなさまのあとを歩いていただけどす。みなさまはあのお侍さまに、なんぞお仕掛けやすのかいな」

かれはずばっとたずねた。

「こいつ、もぐさ売りのくせしてからに、ようもはっきりききよるもんや。さてはそれを嗅ぎつけよって、あの侍とわしらの立ち回りを、見物しようとでも思うているんやな」

「えらいすんまへん。実はそんな気持どしたんやわ。せやけど、なんか手伝えいわはるんどしたら、なんでもさせていただきまっせ」

赤松綱は、市歩きをして犯罪捜査にも当っているだけに、京言葉に巧みだった。

「この野郎、たかが行商人が、ごっつう度胸のええことをいうやないか。わしらはなあ、渡世の意地があって、あの青侍を叩きのめさな、どうしても胸が癒《い》えへんのじゃわい」

「それはそれは。そやけどあのお人は、確か姉小路大宮の公事宿・鯉屋に居候してはるお侍さまどっしゃろ」

「それくらい、わしらもとっくに調べているわい」

「ご存じなんどしたら、なお無茶を仕掛けたらあかんのとちがいますか――」

「やいもぐさ売り、それはなんでじゃ」

七蔵はこいつただのもぐさ売りではないなと、警戒ぎみにたずねた。

「こうなったらいわせていただきますけど、公事宿に居候してはるお侍さまに、乱暴して怪我でもさせはったら、それこそみなさまがたのお頭《かしら》さまが、お困りになりまっしゃろ。相手はただの居候とはちがい、町奉行所がかかえている厄介な事件の相談にも、乗ってはるほどのお人。表沙汰にしたら、みなさまのお頭・東町奉行所の青地十兵衛さまのお立場がございまへん。それとも青地さまが、あのお侍をひそかに殺せと、お命じにならはりましたのかいなあ。もしそうやったら、わたしももぐさ売りをやめて、正体を明かさななりまへん。まあできたら少々の恨《うら》みみたいなものは捨て、穏便《おんびん》におすませやす。公事宿に居候してはるあのお侍、目つぶしぐらい投げたかて、手に負えしまへんねんで――」

七蔵や太吉たちは、奇妙な顔をして赤松綱をじっと見つめた。

自分たちが地回りとして、商人に強請をかけていられるのも、後ろ盾に青地十兵衛が、にらみを利かせているからだった。

もぐさ売りの格好をした男は、その青地十兵衛の名前まで挙げている。

もちろん十兵衛と自分たちの関係が深いことを、知ったうえでの制止に相違なかろう。

指摘されてみれば、かれのいう通りだった。

「も、もぐさ売り、お、おまえただの行商人とちゃうな」

「へえ、あんさんの観察は正しおす。お上《かみ》には、隠《かく》し目付《めつけ》という役目もございますさかいなあ。そうしたもんは、この京にもいてまっせ。そやけど、青地十兵衛さまの敵では決してございまへんさかい、そこはよう承知しておいておくれやすや。青地の旦那に、今日のことをお話しやしたら、旦那はなにかはっきり気づかはるはずどすわ。ほんならこれでお別れしましょうかいな」

七蔵たちはにわかに怖《お》じけづいていた。

かれらは箱荷を背負い、すたすた縄手道に遠ざかっていく赤松綱を、立ちすくんだまま呆《ぼう》然《ぜん》と見送っていた。

翌日、綱は禁裏付きの長官・伊奈播磨守に、自分が調べ上げた青地十兵衛の悪行を、すべて仔細に報告した。

　地回りをひそかに手なずけての恐喝。弱みを持つ商人に、盆暮れに金をせびっている一件。また島流しに処せられている罪人の留守宅に顔をのぞかせ、早期のご赦免に尽力してやるといい、若い女を妾《めかけ》同然にしていること。さらに賭場《とば》の開帳に目をつむり、寺銭《てらせん》をまき上げているなどの一切を、箇条書きにして提出したのであった。

　そのとき綱は、青地十兵衛が目をかけている地回りと、田村菊太郎の関係をたずねられた。

「そなたが調べてくれたこの箇条書き、東町奉行の小田切土佐守さまに、そのまま届けるつもりじゃ。されどもし、その田村菊太郎が襲われでもいたせば、穏便にすませたいとする土佐守さまの計らいも無になる。これまでのお役目ご苦労じゃが、本日からなおひそかに、田村菊太郎の警護をいたしてくれ」

　播磨守から改めて命じられたため、赤松綱は引きつづき、かれの尾行に当っていたのだ。

　縄手の藪で七蔵たちと話を交わしてから、かれらの姿は、全く菊太郎の身辺から消えていた。

「なるほど、さようなわけだったのじゃな。いやいやわしの身を守るため、暑い毎日の尾行、もうしわけない次第でございました」

「なんのこれしきのこと。六尺棒をたずさえ、ご禁裏さまのご門に立っているよりましでござる」

「して綱どのが、ご禁裏付きの長官にさし出された青地十兵衛の罪状、いかが処置されましょうなあ」

「菊太郎どの、東町奉行の小田切土佐守どのは、おそらくそれを握りつぶし、青地十兵衛に一身上の都合か病気を理由にして、致仕《ちし》を求められようよ。仲間の落度《おちど》はかばい合わねば、政治《まつりごと》ともうすものはできまいでなあ。それがお上《かみ》のやりようじゃ」

赤松綱は金戒光明寺の大きな山門を仰ぎ、高い声で哄笑《こうしょう》した。

四

「おもどりやす――」

田村菊太郎が公事宿・鯉屋に帰ると、店の表で小女のお与根《よね》が、道に水を撒《ま》いていた。

陽は西に沈みかけていたが、蒸し暑さがひどかった。

暖簾の間から店の中をのぞく。帳場はがらんとして誰の姿も見えなかった。

「これお与根、店に誰もおらぬが、いかがいたしたのじゃ」

菊太郎は右手で暖簾を少しかかげたまま、お与根にたずねた。

「へえ、下代《げだい》の吉左衛門はんも手代の喜六はんも、にわかな公事のため、きのうから大忙しなんどすわ。みんなが差紙《さしがみ》（出頭命令書）を、相手に届けに出かけてます」

「なに、にわかな公事だと。差紙を届けにまいったとなれば、すでに目安（訴状）で、相手を訴えておるのじゃな」

「へえ、きのう旦那さまと吉左衛門はんが目安を書き、東町奉行所へお届けになりました。すると今朝、妙なことに奉行所から、対決（口頭弁論）と糺《ただし》（審理）をいたすとのお沙汰が早くもございまして、急に大忙しになったんどすわ」

お与根は手桶の最後の水を道に撒き、右手で汗に濡《ぬ》れたほつれ毛をなで上げた。

「町奉行所が、それほど素早く訴訟に応えるとは変だな。どの年も、夏は暑いせいもあって公事も少なく、役人たちは面倒がり、目安もろくに読みたがらぬが。出入物・吟味物とも、だらだら引きのばしているのが、いまの奉行所の悪いところだともうすのになあ」

「菊太郎の若旦那さま、お裁きがだらだら引きのばされてたら、公事宿が儲《もう》かると、悪口をいうてるお人もいてはります。そやさかい、奉行所はお裁きを早められたのかもしれまへんなあ」

「お与根、もうしてはなんじゃが、お上とは、さように噂《うわさ》されたからといい、いままでのやり方を、すぐ改めるところではないわい。公事宿は依頼人の勝ち負けのため、お裁きを引きのばすなど駆《か》け引《ひ》きをいたす。だが実際、進み工合《ぐあい》がおそいのは、大概、町奉行所に原因があるのじゃ。それにしても、目安を受理してすぐ差紙を出すとは、奇怪極まる。してお与根、公事の内容はなにかきいておるのか」

「それがなにやら、奇天烈《きてれつ》な出入物みたいどっせ」

「どう奇天烈なのじゃ」

「鯉屋へ訴えの相談にきはったのは、富小路二条上ルで、三味線のお師匠はんをしてはる杵屋右京大夫といわはるお人どす。姉小路通りの古道具商の大黒屋に、古くから伝わる香木を預け、五両で売ってもらうはずどした。けどいつまでたっても返事がもらえしまへんさかい、取りにいくと、その香木が削っては焚かれており、三分の一ほどに減ってしまっていたというのどすわ。大黒屋に出入りしていた客が、香木か枯れ木かわからへんといい、毎日のように削っては焚いていたそうどす。杵屋はんはその話をきかはり、あんまりやないかと腹を立て、大黒屋の主と香木を削らせた店の主だつお客はんを訴えはったんどす。菊太郎の若旦那さま、こんな公事、鯉屋でも初めてやと、旦那さまや吉左衛門はんが愚痴《ぐち》ってはりました」

「姉小路通りの古道具商ともうしたな」

「へえ、あのあたりに何軒か道具屋がありましたさかい、そのうちの一軒どすやろ」

「これは面白い。大黒屋の香木なら、わしも匂いを嗅いだわい。もっとも表を通りがかり、

あまりよい匂いゆえ、ついつい店に入ったにすぎぬが、確かに嗅ぐには嗅いだ。こうなれば
わしも微妙な立場じゃわい」

菊太郎は一旦、自分の部屋に落ち着き、肘枕《ひじまくら》をして庭を眺め、団扇《うちわ》をゆるがせていた。

そのうち源十郎や吉左衛門、それに手代の喜六たちが、つぎつぎ店に帰ってきた気配をききつけると、やおら立ち上がり、のっそり帳場に現われた。

「なんどす菊太郎の若旦那、もどっておいでどしたんかいな」

鯉屋の源十郎が帳場から見上げた。

女房のお多佳は、用足しに出かけたまま、まだ帰っていなかった。

「お与根から耳にしたが、なにやら珍奇な事件じゃなあ。相手は姉小路の古道具屋と店の顧客、香木をめぐってだというが——」

「三味線のお師匠はんから引き受けたもんの、菊太郎の若旦那、これは厄介な公事どすわ。いまわたしは大黒屋へ差紙を届けにいき、主の長兵衛はんの言い分もきいてきました。大黒屋も公事宿に頼み、杵屋右京大夫と争うというてます。見ただけで香木やとわからんかったら、買いそうな客に削って焚き、匂いを嗅いでもろうたらええと、お師匠はん自身が許してるんどすわ。そして売値を五両と決め、引き受けた商売。いくら香木が、結果的に三分の一になってしもうていたかて、依頼主の言葉通りにしていたもんを、公事に持ちこまれたら、

こっちも意地になるよりほかありまへん。そう大黒屋が怒ってましたわいな」

「源十郎、わしもその大黒屋の前を通りかかり、店の土間にも入り、少しは香木の匂いを嗅いでおる。いささかわしにも責任があるのかな。しかしながら、香木が半分どころか三分の一にも減じておれば、やっぱり持ち主は腹が立とうわなあ」

「菊太郎の若旦那、もうこの一件にからんではりましたんかいな。少しでも香木の匂いを嗅いだんやったら、若旦那もただではすまんかもしれまへんねんで。困ったことやなあ」

「源十郎、わしを疫病神《やくびょうがみ》のように見るではないわい。大黒屋はわしがお信の許《もと》や、三条の重阿弥《じゅうあみ》にまいる道筋に構えられておる。通りがかりにいい匂いを嗅ぎ、ふと立ち寄ったまで。そなたの論法でいけば、大黒屋で香が焚かれていたとき、表を通りすぎ、いい匂いに気づいた者は、すべてこの公事と関わりがあることになろう。その点はどうじゃ」

「ものがあとに残らない匂い。誰がどれだけ削ってくれというたか、誰が焚いたか、また誰がどんだけ匂いを嗅いだか、正確にははっきりさせられしまへん。どう相手を追及していったらええものやら、ともかく難儀な事件どすわ。訴訟を起こされた大黒屋は、斜めむかいの公事宿橘屋にすべて委《まか》せるといい、今夜、打ち合わせをするそうどす。それに妙なことがもう一つ、吟味物を扱うておられた切れ者の青地十兵衛さまが、にわかにお役替えになられ、出入物のお調べをされることになってました。今度の公事は、その青地さまが当られるそうどす。急なこれはなんでどすやろ。お屋敷の銕蔵の若旦那さまにでも、おたずねしてみなあきまへんなあ」

源十郎が口にしているのは、菊太郎の異母弟・同心組頭の田村銕蔵のことだった。

「青地十兵衛がこの公事の調べに当るとは、役替えがあったにしても、少し変じゃな」

「菊太郎の若旦那はどないにお考えどす」

「さようなこと、わしにわかる道理がなかろう」

かれは七蔵たちの強請の一件や、町奉行から依頼された禁裏付きの赤松綱が、青地十兵衛の行状を洗い出したことなど、なにも源十郎に語らなかった。

七蔵たちをこらしめ、大八車に積まれた西瓜を、叩き割った経緯《いきさつ》もだった。

「それでいつ、奉行所へ出頭するのじゃ」

「それが急なことで、明日の昼からなんどすわ。全くお奉行所は、どないなつもりでいてはりますのやろなあ」

源十郎が無茶だといいたげに愚痴った。

京都は翌日も猛暑に見舞われた。

鯉屋源十郎は依頼人の杵屋右京大夫を店に迎え、それから東町奉行所に出頭した。

杵屋右京大夫は、六十歳ほどの温厚な人物だった。

「青地十兵衛がどんな取り調べをいたし、どう裁きを下すか、わしも見てみたい。源十郎、是非、わしも連れてまいれ」

「そらそうしていただけたら、わたしも助かりますわ」

鯉屋から源十郎と菊太郎のほか、手代の喜六も奉行所の門をくぐった。

公事宿の主は、法廷で依頼人のため弁護士的役割を果たした。

いまなら民事訴訟事件に当る出入物や、刑事訴訟事件に当る吟味物でも、取り調べには、与力や同心の役部屋につづく白州が用いられた。

白州部屋は、長い棟《むね》をいくつも区切った造りになっている。

荒筵《あらむしろ》を敷いた足許は、漆喰《しっくい》塗りの土間。訴訟人や被疑者が座る目前は縁側。一段上の畳敷きに、吟味役人が座っている。

縁側と畳敷きの小座敷の間には、厚い板戸がもうけられ、常は閉じられていた。

「ご出座である——」

小役人の掛け声とともに、この厚い板戸が左右に開かれ、開廷となるのだ。

訴訟人、被疑者の双方に、公事宿の主がついている。

差紙で出頭を命じられた証人、また参考人たちは、双方のそばに座らされ、見習い同心二人が床几《しょうぎ》にひかえる。また白州部屋の後ろには、捕り方役人が六尺棒を持ち立っているのであった。

もっとも、世間をよほど騒がせた事件か、政治に影響する事件でないかぎり、町奉行は出入物・吟味物のいずれでも、直接、取り調べや裁許（判決）のいい渡しに当ることはなかった。吟味役に任せて報告だけをきき、刑の執行もかれらに委《ゆだ》ねていた。

ただし吟味役が刑の執行を言い渡すとき、「お奉行さまのご裁可をいただき」の言葉を、かならず冒頭につけた。

白州部屋は頭のあたりまで、分厚い壁になっている。その上は木格子、明るい光が射しこんでいた。

「これはあのときのお侍さま——」

杵屋右京大夫についで、白州に源十郎と肩を並べて着座する田村菊太郎を眺め、大黒屋長兵衛が、驚いた顔で腰を浮かせた。横に座った中年すぎの男たちも、表情を堅くさせた。

一人は三河屋の隠居の清右衛門、もう一人はたしか富右衛門だった。

「これっ、双方のものども、騒ぐではない。ほどなく出入物吟味役さまのお出ましである」

床几に腰をおろす見習い同心から叱責《しっせき》されたとき、厚い板戸が左右に重々しく開かれた。

四十歳前後の肩衣《かたぎぬ》姿の男が、袴《はかま》をさばき、正面に着座した。

「吟味役の青地十兵衛じゃ。本日は東町奉行・小田切土佐守さまのご名代として、双方を取り調べる。さよう心得るがよい」

かれの声につれ、菊太郎たちは平伏した。

大黒屋長兵衛や富右衛門たちの顔が、ここでにわかに緊張し、青ざめた。

ここ数年、町内の商家を強請っている七蔵たちならず者の後ろ盾は、目前の青地十兵衛だと、かれらは知っていたからである。

早くも吟味の先行きが案じられた。

「さて双方とも、本日は杵屋右京大夫が大黒屋長兵衛に、金五両で売却を依頼した香木につき、目安にしたがい吟味いたす。そのため大黒屋長兵衛からも返答書を出させ、これより対決をもとめ、糺をいたすわけじゃ。それで出頭を命じておいた富右衛門以下四名、毎日のごとく大黒屋におもむき、香木を削らせ匂いを嗅いだことに、相違あるまいな」

「吟味役さま、その通りでございます」

真っ先に答えたのは、三河屋の隠居清右衛門だった。

「正直にもうしてくれ、まことにありがたい。証拠の品をいざこれに――」

青地十兵衛の声で、書き役の横にひかえていた同心が、三方《さんぼう》を両手で捧《ささ》げ、かれの前に持ってきた。

上にかぶせられた白布を取りのぞくと、みんなの手で削られてしまった香木が、小さく見えた。

「これはひどい。随分小さくなったものじゃ」

菊太郎が思わず口走った。

「そなたは誰じゃ。名をもうせ――」

「わたくしは田村菊太郎。公事宿鯉屋源十郎の介添え人として、お白州にまかり越しました者でござる」

「いまそなたは、香木が小さくなったともうしたが、さればその匂いを嗅いだ一人じゃな」

「いかにも、大黒屋からただよう妙香を嗅ぎつけ、確かにその匂いを楽しみましてござる」

菊太郎は青地十兵衛の吟味の運びに、まず手際のよいものを感じた。

「ここで双方にわしからもうしたいのじゃが、対決をいたせば、双方にそれぞれ言い分があろう。されど削って焚いてしまった香木は、もはやもと通りに復すのはかなわぬ。そこでわしは、誰がどれだけ香木を削らせ、どれだけ匂いを嗅いだかに応じて、金子《きんす》を払わせればよいとも考えた。しかしながら、これにも各自には文句があろう。そこでじゃが、わしが目をかけてきた地回りが、大黒屋はじめ町内の商家から、盆暮れ、すぎた駄賃をもらっていたそうな。そ奴らが今後、地道に暮らすといい、あけすけにもうせば、これまで強請ってきた金から、五両を差し出すゆえ、それで吟味を丸くおさめていただきたいと、もうし入れてきたのじゃ。その五両を、わしは杵屋右京大夫に受け取ってもらい、この白州を終えたいと思うている。鯉屋源十郎、ならびに田村菊太郎、それでいかがであろうなあ」

肩衣姿の十兵衛は、菊太郎の名を呼ぶとき、特に声を強めた。

菊太郎の存在を強く意識しているのだ。

「町内の厄介者の地回りを改悛《かいしゅん》させ、同時にかれらに香木の始末をつけさせるとは、なかなかの名案でございまする」

菊太郎の言葉につれ、白州の全員がはは っと深く平伏した。

東町奉行の小田切土佐守は、青地十兵衛にけじめをつける機会をあたえ、悪の花道を許したのだろう。

「青地十兵衛の裁きは、たいしたものでございましたわい。ところで小さくなった香木、どう処置されるのかを、たずねておくべきであった。あれはいい匂いだったでなあ」

東町奉行所の白州部屋を出て、鯉屋にもどる途中、菊太郎が源十郎につぶやいた言葉だった。

数日後、青地十兵衛が奉行所を致仕し、仏門に入ったとの知らせが、赤松綱を通じてもたらされてきた。

夏の暑さが弱まり、朝夕、涼しい風が吹きはじめていた。

佐介《さすけ》の夜討《ようう》ち

一

秋風も夜には冷たくなった。

これがあと半月もすぎると、木枯らしに変わるのである。

田村菊太郎は三条木屋町の料理茶屋「重阿弥《じゅうあみ》」で、公事宿《くじやど》「鯉屋《こいや》」の先代宗琳《そうりん》と、久しぶりに一献を傾けた。東山・高台寺脇《わき》の妾宅《しょうたく》に、駕籠《かご》で帰る宗琳とお蝶を見送り、大宮姉小路上ルの鯉屋にもどるため、三条通りを西に歩いていた。

「若旦那さま、今夜はだいぶおすごしでございましたゆえ、お駕籠をお使いやしたらいかがどす。足許《あしもと》がなんや、おぼつかのう見えますさかい――」

重阿弥の主《あるじ》彦兵衛にすすめられたが、菊太郎は少々、ろれつの怪しい舌で断わった。

鯉屋までは、酔《よ》い醒《ざ》ましに歩くのに丁度の距離。また歩かねば身体がなまってしまうといったのだ。

三条大橋東詰めの法林寺脇の長屋に住むお信《のぶ》の許《もと》に泊れば簡単。だがここ何日か、彼女の長屋に居つづけており、今夜は鯉屋にもどろうと決めていた。

「それでは気をつけてお帰りになってくださいませ」

彦兵衛は小僧に提灯《ちょうちん》の用意を命じた。

「わずかながら月明りもござれば、さような代物《しろもの》、支度していただくにはおよびませぬ。ご無用に願いたい——」

菊太郎は彦兵衛と見送りに出てきたお信に酔眼《すいがん》をむけ、また断わりをのべた。

高瀬川に架《か》かる三条小橋を西に渡り、誓願寺の長い築地塀《ついじ》に沿い歩きはじめた。

冷気の満ちた夜空に、鎌のように尖《とが》った月が輝いている。

吐く息はまだ白くなっていなかったが、自分でも酒臭いのがはっきり感じられた。

足許だけではなく、上半身もふらふらしている。

それにしても、宗琳と酒を飲むのはどれだけぶりだろう。

もっともかれが妾宅から店にわざわざ使いをよこし、重阿弥で一席もうけた用ぐらい、最初から菊太郎には察せられていた。

「再々、町奉行さまから吟味《ぎんみ》役与力として召し抱えたいとのご要請が、あるとうけたまわりました。若旦那さまはどうしてそれを、素直にお受けしはらへんのどす。勝手気ままな暮らしも、ほどほどにしておかなあかんのとちがいますか——」

宗琳はお蝶の酌でちびちび飲み、予想していた通り、菊太郎に意見をくわえてきた。

かれは中風で寝付いたままの父次右衛門や、義母政江の胸の内をいい、異腹弟鉄蔵《てつぞう》やその妻の父播磨屋助左衛門の気持ぐらい汲《く》んであげな、罰が当りますがなとつづけた。

「宗琳、そなた誰かに頼まれ、わしを口説《くど》き落とすため出向いてきたのじゃな。京に立ちもどって以来、再々もうしてきた通り、わしは鋳蔵のように毎日毎日奉行所へ出かけ、堅苦しい勤めをするのは真っ平なのよ。元来、わしは怠け者《なまもの》でなあ。たとえ物乞《ものご》いになっても、ぶらぶらしていたいのじゃわい。千石二千石の扶持《ふち》をもろうたとて、宮仕えはご免こうむりたい。それとも宗琳、鯉屋の源十郎が、菊太郎の若旦那には往生してます、どこへなと出ていってもらいとうおす、一つ口を利いてくんなはれとでも、そなたに頼んだのか。もしそうであれば別じゃが。さりとはもうせ、鯉屋の居候《いそうろう》はやめても、わしはやはり扶持にありつこうとはいたさぬぞよ」

「と、とんでもない若旦那、源十郎の奴が、なんでそないなことを頼みますかいな。あいつはあくどうおすさかい、店の商いのため、若旦那を生涯、鯉屋で飼い殺しにしたいと思うてますやろ。公事宿に知恵者の若旦那がいてはったら、気強うおすさかいなあ」

「まこと、あいつはわしを使いすぎる。そこのところがけしからぬ」

「若旦那、そないに源十郎をこき下ろしたらんといておくれやすな。人の揉《も》めごとに白黒をつけなん稼業《かぎょう》どすさかい、少々のことで胸なんか痛めへん根性をもたな、やっていけしまへん。あいつは若旦那をそれほど頼りにしてますのやがな」

宗琳はうっかりいい、これで義母政江からかけられた相談も、あっさりご破算にされた。

町奉行所への出仕は遠慮したいが、田村家は曾祖父《そうそふ》の代から東町奉行所同心組頭。そんな家に生まれただけに、菊太郎は出入物《でいりもの》（民事訴訟事件）、吟味物《ぎんみもの》（刑事訴訟事件）にかかわらず、事件解決のため働くのは嫌いではなかった。

誓願寺の築地塀をすぎると寺町通り。どこからともなく犬の遠吠《とおぼ》えがきこえてきた。

四つ（午後十時）をまわったせいか、三条通りに人影は絶えていた。

「今は何をか包むべき。我この山に年経たる。大天狗《てんぐ》は我なり、君兵法《きみひょうほう》の大事を伝へて平家を滅ぼし給ふべきなり。さも思し召《おぼ》されば。明日参会もうすべし。さらばと言ひて客僧は。大僧正《だいそうじょう》が谷《たに》を分けて雲を踏んで飛んで行く、立つ雲を踏んで飛んで行く——」

菊太郎が小声でうなっているのは、切能《きりのう》の「鞍馬天狗」。かれがただ一つ諳《そら》じている曲目だった。

「わしが謡本《ようほん》も見ずにうたえるのは、この鞍馬天狗だけじゃ。男がたしなむものには、能のほか茶湯《ちゃのゆ》や花など、さまざま数えられる。されど剣術を学ばんといたす者が、ほかの遊芸に心を奪われてはならぬ。たしなみ事に入れ上げる余裕があれば、その分、相手の打ち込みを早くかわす工夫でもいたせ。なにもたしなまぬのは興がないゆえ、わしはこの一曲だけを諳じることにしたのじゃ」

菊太郎が十歳のころから剣を学んだ岩佐昌雲は、道場でひと汗かいたあと、よくかれにいっていた。

「さらばと言ひて客僧は。大僧正が谷を分けて雲を踏んで飛んで行く、立つ雲を踏んで飛んで行く――」

かれはここのところだけをまたうなった。

幼名を牛若丸と呼ばれていた源義経《みなもとよしつね》は、『平治物語』によれば、昼は終日学問をし、夜は鞍馬山の僧正が谷で、天狗から武芸の稽古《けいこ》を授けられたという。

客僧とは天狗。かれが雲を踏んで飛んでいくところがいかにも気宇壮大で、菊太郎はこの条《くだり》を最も好ましく思っていた。

――鞍馬の天狗兵法か。生兵法《なまびょうほう》は大怪我のもとじゃぞ。

かれが胸裏でつぶやいたのは、なにか不快な異物が自分にむかい注《そそ》がれているのを、酔いの中にもふと感じたからである。

「まず御供の天狗。誰々ぞ筑紫《つくし》には彦山《ひこさん》の豊前坊、四州には白峯《はくふう》の相模坊。大山《だいせん》の伯耆《ほうき》坊、飯綱《いいづな》の三郎、富士太郎。大峰《おおみね》の前鬼《ぜんき》――」

不快な異物とは殺気だった。

それにそなえ、菊太郎は謡の調子を乱し、足許もいっそうおぼつかなくさせた。

相手を油断させ、同時にかれはすぐ敏捷《びんしょう》な動きに移れる構えをととのえたのであった。

どんな奴が自分を狙《ねら》っているのだ。

素速く胸でなぞったが、菊太郎には思い当るふしがなかった。

だが強《し》いて考えるまでもなく、公事宿鯉屋の居候として暮らし、数々の事件の解決に手を染めてきた。

道理はともかく、相手から恨《うら》まれることがあっても当然。かれは思案をめぐらせ、さらによろめくように歩いた。

南北にのびる堺町通りをすぎ、右手のむこうに曇華《どんげ》院《いん》の大きな伽藍《がらん》が見えた。

殺気は菊太郎の後ろから迫ってくる。

三条通りに店を連ねる商家の軒下を伝い、忍び足で自分をつけているようすだった。

巧妙な足運びだが、決して武芸を心得たものではない。どちらかといえば、喧嘩《けんか》馴《な》れした質《たち》のものであった。

菊太郎は再び謡の調子をもとにもどし、雲を踏んで飛んで行く、立つ雲を踏んで飛んで行くと、今度は声を高めてうなった。

殺気をはらんで迫ってくる相手を、挑発してみたのだ。

かれの考えた通り、鋭い殺気がここでふと動いた。

息を殺し、すでに数間後ろまで忍び寄っていた相手は、菊太郎の背中をめがけ突きかかってきた。

相当、手馴れた感じであった。

相手の匕首《あいくち》の切っ先が、一尺ほど背中に迫ったところで、菊太郎は素速く身体を傾けた。

無言のまま猪突《ちょとつ》してきた殺戮者《さつりくしゃ》は、菊太郎がふと小さく上げた左足につまずき、匕首は空をつらぬき、相手は三条通りにどっと転倒した。

「ぐわっ――」

男の口から激しい声がもれた。

そのあと菊太郎の動きは速かった。

一瞬のうちに相手に近づき、自分になにが起ったのかまだはっきりわかっていない当人のあごに、足蹴《あしげ》を食らわせた。

「ぐぎゃあ――」

身体を反転させ、相手は路上に悶転《もんてん》した。

匕首を持った手は、菊太郎の草履《ぞうり》の足で強く踏みつけられている。

いつ抜いたか不明だが、かれが腰から抜き出した刀が、黒鞘《くろざや》のまま口から血を流す男の腹をぐっと押さえこんだ。

「おのれ、なんのつもりでわしを殺《あや》めようとしたのじゃ」

菊太郎は意外に若い男を見下ろし、微笑してたずねた。

「こ、この野郎、さあ殺しやがれ」

相手は相当、向こう意気の荒い男とみえ、凶暴な顔で吼《ほ》え立てた。

「さっさとやりやがれ、畜生――」

匕首をにぎった手はびくとももう動かない。男は自分の顔をのぞきこみ、不気味に笑う菊太郎に毒づいた。

こうした状態では、どんな顔も不気味に見えるものであろう。

「こ奴、針鼠《はりねずみ》になっておる。わしに人から恨まれる覚えはないが、これは手前味噌《みそ》かもしれぬ。人にはそれぞれなにかの事情があろうでなあ。さればとて、わしも易々《やすやす》と殺されはせぬわい。侍ともうすものはいくら酔うていたとて、まことには酔うたりせぬものじゃ。おまえも迂闊《うかつ》な奴よ。さあ立つがよい。三条のむこうから駕籠《かご》屋がやってまいる」

菊太郎は男の利き腕を踏んでいた足をのけ、腹を押さえていた黒鞘を腰にもどした。

遠くまで客を送っていったのか、薄明りの中を、駕籠かきが駕籠をかついでやってくる。

男が起き上がったら逃さずに、自分を殺そうとした意図を問いたださねばならない。おそらく誰かに依頼されたに決まっていた。

男は菊太郎の態度を信じかねる顔付きで眺め、四《よ》つ這《ば》いになり、上目《うわめ》遣《づか》いをしながら立ち上がりかけた。

駕籠かきの足音がさらに近づいてきた。

男は匕首を持ったままじりじり立ち上がった。

そして菊太郎の目が自分から離れた一瞬をとらえ、匕首を腰に引きつけて構え、今度こそはという勢いで、再びどっと菊太郎に襲いかかった。

必殺の気迫であった。

「おのれ、甘い態度をみせれば、図にのりおってからに――」

菊太郎の低いつぶやきが消えたとき、短い悶絶《もんぜつ》の声を残し、男は長々と路上に横たわっていた。

腰からいきなりひらめいた刀で峰打ちをくらい、今度こそ男は気絶したのであった。

「まことに無鉄砲な奴じゃ。よほどわしに恨みがあるとみえる」

菊太郎は抜き身を鞘《さや》にもどした。

すぐ先で駕籠かきたちが立ちすくんだ。

「つじ、辻《つじ》斬《ぎ》り。人殺しじゃ」

駕籠かきの声はふるえ、いまにも駕籠を放って逃げ出しそうであった。

「やい駕籠屋、わしは辻斬りではないわい。わしを襲おうとしたやくざな男に、峰打ちを食らわせてやったまでじゃ。かような路上に見捨てておけば、野良犬に小便でも引っかけられるか、夜風に当って風邪でも引こう。疲れているところ相すまぬが、その空駕籠にそ奴を乗せ、わしの宿まで運んではくれぬか。礼ははずんでつかわす」

駕籠をかついだまま、棒立ちになっている駕籠かき二人に、菊太郎は穏やかな声で頼んだ。

「へ、へえ、そら運ばせていただきますけど——」

駕籠かきたちはまだ脅《おび》えていた。

「わしは別に怪しい者ではない。二条城南の公事宿鯉屋の者。ここにへたっている奴を、鯉屋まで運んでくれたらよいのじゃ」

「公事宿の鯉屋、はあ、そうどすか」

「そなたたちは鯉屋を知っているのじゃな」

「へえ、鯉屋の旦那さまに、たびたびご贔屓《ひいき》になったことがございますさかい」

「それなら幸い、その鯉屋にやってくれ。こんな時刻、どうせ二人とも、駕籠を長屋に持って帰るのであろう」

「そら、いわはる通りどすけど——」

先棒《さきぼう》をかついでいた中年の男が、ほっとした顔でつぶやいた。

江戸時代、駕籠かきは駕籠屋から、駕籠を借りて稼ぎに出かける。辻駕籠は主だつ町辻で客を待ち、店駕籠は駕籠屋にひかえて客待ちをする。

辻駕籠では一日の稼ぎを終えると、駕籠を店にもどして家に帰るのだが、夜分、遠くまで客を運んだときなど、駕籠かきは駕籠をそのまま家に持ち帰り、翌朝、改めて店に出ていた。

「これは駕籠代じゃ、取っておけ」

菊太郎は小粒銀二枚を先棒ににぎらせた。

「旦那、こんなにいただけしまへん」

駕籠は路上に下ろされている。

二人の駕籠かきは、小粒銀を眺め驚いていった。

「その代り、この男のことは店ではもちろん、誰にも口外いたすではないぞよ。さあ、それを承知したら、二人でこの男を駕籠に押しこんでくれ」

菊太郎は三条通りの東西に目をくばり、駕籠かきたちに命じた。

犬の遠吠えがまたひびいてきた。

二

「いったい、ここはどこや。やっぱり町奉行所の牢屋《ろうや》なんやろなあ」

それにしても、佐介はどこか場違いな感じを覚え、胸の中でつぶやいた。

頑丈な格子。小さな潜り戸《くぐど》には、南京錠《なんきんじょう》がしっかり掛けられている。

だが町奉行所の牢屋にしては小奇麗で、むしろ座敷牢に似ており、襖戸《ふすまど》の隙間《すきま》から薄闇の中に、庭らしいものさえ見えていた。

そのむこうの部屋で、明りがまたたいている。

気がついたら飲めとでもいうのか、頭のそばに赤銅《あかがね》造りの薬缶《やかん》が置かれており、なにがなんだかさっぱりわからなかった。

あの憎い侍に身をかわされ、足蹴《あしげ》にされた。そして相討ちを覚悟で再び突きかかった。だが当て身でも食らわされたのか、あとがどうなったのか、佐介の記憶はここでぷっつり途絶えていた。

頭がずきずき痛んでいる。

口が無性に乾き、不安がつのった。

かれはふてくされた顔であぐらをかいた。

不安をまぎらすのと喉《のど》の渇きを癒《いや》すため、やけっぱちになり、薬缶の口から水をごくごくと飲み、ほっと息をついだ。

「やい、誰かいいへんのか。わしをこんなところに閉じ込めよってからに。ここはいったいどこなんや。牢屋だったら、牢番がいてるやろな。ちょっと顔を出さんかい――」

佐介は牢の中で立ち上がると、頑丈な木格子を両手でつかみ、大声でわめいた。

厚板で隔《へだ》てられていたが、隣りにも同じような牢がありそうだった。

かれの大声は外にもとどいたはずだが、誰も一向に姿を見せなかった。

「この野郎、ああ、やっとわかったぞ。てめえたちは女子をかどわかしては、この座敷牢に閉じ込め、何人かまとめてどこかへ売り飛ばしているのやな。人を賭場《とば》に誘いこんでは金を巻き上げるのは、まあ仕方ないとしようかいな。そやけど奉行所の許しもなく色茶屋を営み、人の女房たちをうまく誘うて客を取らせるとは、外道《げどう》のやることやないけえ。わしの女房をさっさと返さんかい。三両二分の借金は、利子《りし》をつけて返したがな。畜生、わしの女房のお絹は、ここのどこかにいてるんやろ。猿轡《さるぐつわ》でもかませて、どこかに閉じ込めているんやな。誰がいくらお絹に横恋慕してたかて、お絹はよその男になびく女子やないねんで。もし舌でもかみ切って死なせでもしたら、わしはもう承知せえへん。きこえてんのか」

佐介はまたわめいた。

大声で怒鳴りながらも、かれは自分の軽率を悔《く》い、ぼろぼろ涙を流しつづけていた。

二年前まで佐介は、烏丸《からすま》三条の料理屋「魚清」で働き、そこそこの板場職人だった。

こんな職人にありがちな飲む、打つ、買う——の三拍子を何年もつづけ、それを当然としてきた。

上京の寺之内に住んでいた両親《ふたおや》は、かれが魚清に奉公してほどなく、相ついで亡くなっていた。

一人の弟は西陣の高機《たかはた》職人。真面目を絵に描いたような男だった。

魚清の調理場をすませると、佐介はいつもあちこちの賭場に出かけるか、それとも先斗町《ぽんとちょう》や祇園の色茶屋に行くかして、宵越しの金は持たない暮らしを、なんの疑いもなく送ってきた。

「佐介の兄貴のきっぷを見習わなあかんわいな。包丁をにぎる者は、ああやないとええ料理なんかできへんねんで」

同じ店で働く職人たちにおだてられると、かれはそれがお世辞だとわかりながらも、ついつい酒をおごったり小銭を貸したりして、得意になっていた。

「人の命は長く生きてもせいぜい五十年。けちけち小銭を溜《た》めたかて、料理屋の板場ぐらいでは、たかがしれてるわいな。石川五右衛門を真似《まね》るわけやないけど、太く短くがわしの身上じゃわい。銭なんかあの世に持っていかれへんさかいなあ」

かれは兄貴風を吹かせ、得意顔でいっていた。

「佐介の兄貴の包丁さばきは見事やわ。どんな生きのいい鯉でも、兄貴の手で俎板《まないた》の上に乗せられると、撥《は》ねるのをぴたっとやめよる。鯉かてこのお人にかかってはもう仕方がないと、あきらめよるのやで。そこを兄貴が包丁ですっとさばいていくのを見るのは、ほんまにたまらんわいな」

佐介は人のおだてに乗りやすかった。

仲間のその一言で、今夜は先斗町に繰《く》り込もうとなる。

本当をいえば自分は気の弱い人間。人から良く思われたいため、気前よく小銭を撒《ま》き散らしているぐらい、佐介は十分にわきまえていた。

だが一度身についた癖はなかなかやめられないまま、ずるずる月日がすぎ、佐介は二十七歳になっていた。

その年の冬、かれはお絹に会ったのだ。

魚清では魚介類は錦市場《にしきいちば》で買っている。

ところが野菜類は、西賀茂村の仲買人甚兵衛から、直接仕入れていた。

甚兵衛の采配《さいはい》で村の百姓が、店へ品物を納めにきた。夫婦者や年寄り、また幼い兄妹が、天秤棒《てんびんぼう》をかついだり、籠《かご》を背負ったりして運んでくるのである。

「寒いのに、遠いところからご苦労はんやったなあ。村へもどるとき、どっかで温かい蕎麦《そば》でも食べて帰り。これはわしからのおごりや」

賭場での稼ぎがあったときなど、佐介は村人たちに気前よく小銭をにぎらせた。板場頭の徳蔵が、余分なことをするなといいたげな目で眺めたが、佐介は意に介さなかった。

「おおきに、これだけもろうたら、もったいのうて蕎麦なんか食べられしまへん。正月に履《は》く下駄の一足も買いますわいな」

魚清の台所から、三拝九拝して辞していく百姓もいた。

「兄は八つか九つ、妹は一つ二つ下。いつもおどおどした態度で銭をもろうていくあの子たちの親は、どないしてんのやろうなあ。一遍、甚兵衛にきいてみなならんわい。日暮れの寒い道を、子どもの足でとぼとぼ西賀茂村まで帰るのやと考えると、わしらもたまらんようになるがな」

調理場で板場職人だけではなく、下働きも大勢いる仲居《なかい》たちもがいっていた。

板場頭の徳蔵も、幼い兄妹にはさすがに出来合いの食べ物を持たせたりして、佐介の行為にも苦い顔を見せなかった。

烏丸三条の魚清から西賀茂村までは、一里弱の距離になる。

まず北にむかいご禁裏《きんり》さまの西を通り、鞍馬口から小川村を抜けて、賀茂川の堤に出る。

その堤に沿って上《かみ》にすすむ。

途中、東に上賀茂村と上賀茂神社の大きな森を見て、やっと西賀茂村にたどりつくのであった。

秋から冬になると、京の市中と西賀茂村とは、ひどく温度がちがってくる。

わずか一里弱の距離だが、京では高低の差が大きいのだ。

たとえば有名な宮本武蔵と吉岡清十郎が戦ったと伝えられる大徳寺に近い〈蓮台野《れんだいの》〉の標高と、東寺《とうじ》五重塔の相輪《そうりん》の高さは同じ。下京《しもぎょう》で晴れていても、西賀茂村ではしんしんと雪が降っていることも珍しくなかった。

魚清の徳蔵と佐介たちが、そんなふうに兄妹の暮らしを案じはじめて間もなく、二十歳前後の娘に連れられ、いつもの兄妹が店に冬野菜を運んできた。

「うちは仲買人の甚兵衛はんのお世話になってる西賀茂村のお絹といいます。いつも弟や妹が、お店でありがたいものを数々いただき、もうしわけございまへん。一度はうちがお礼に参じなあかんと思いながら、なかなか果たせしまへんどした。どうぞ許してくんなはれ。今日は京に奉公に出ていた兄が、年季が明けてやっともどり、お礼かたがたうちが大根をとどけさせていただきました」

お絹は調理場に近づくと、畳二枚ほどの板間で品書きを作っている板場頭の徳蔵に、深々と頭を下げた。

「あれっ、おまえは重松はんの娘のお絹ちゃんとちがうか――」

「へえ、その絹どす」

「なんや、するとそこにいてる小ちゃな兄妹は、重松はんの子やったんかいな。わしらも毎日の仕事に追《ぼ》いたくられ、重松はんの姿が見えへんのに、うっかり気づかなんだわ。けどお絹ちゃんのことはよう覚えてるでえ。それにしてもお絹ちゃん、びっくりするほど奇麗になったんやなあ。どこから見ても、もう立派な娘はんやがな」

徳蔵は板間から立ち上がって声をひびかせた。

佐介は呆然《ぼうぜん》と立ちすくんでいた。

お絹ならかれも覚えている。

もっともかれの記憶の中にある彼女は、痩《や》せていつもおどおどした小娘にすぎなかった。

その彼女が、一皮も二皮もむけたように美しくなっている。彼女は徳蔵のつぎに、佐介にもむかい一礼した。

「まあ、台所にでも腰かけて、ひと休みしいな」

　徳蔵にうながされ、お絹は台所の隅に腰を下ろした。それからきかされたのによれば、重松は五年前、中風にかかって床に臥《ふ》し、さらに不幸にも母親のお貞《さだ》が、看病と野良仕事の無理がたたり死んだのだという。

「そら、わしらも迂闊《うかつ》やったわ。お絹ちゃんが小ちゃな弟はんと妹はんをかかえ、そんな苦労をしているとは、考えてもみなんだわい。これはすまんことやったなあ」

　初老の徳蔵は、自分の迂闊を声を湿らせて謝った。

　赤い縦縞《たてじま》の入った紺の膝《ひざ》切りに脚絆《きゃはん》をつけ、お絹の服装《みなり》は粗末だが、下働きの女たちさえ、はっとするほど彼女は美しかった。

「どんな兄《あに》さんかわしは知らんけど、ともかくその兄さんが奉公先から年季が明けてもどり、百姓仕事についてくれるとは、ありがたいこっちゃないか」

「へえ、うちもそない思うてます」

　お絹は頬《ほお》にえくぼを刻んで答えた。

「おい佐介、おまえそこでなにをぼやっと立ってるんやな。二人の子たちに、なんか温かいものでも食わせてやらんかい。常のおまえらしくもないやないけえ」

「佐介はん、いつもいつも弟や妹に目をかけておくれやして、ほんまにありがとうございました。このご恩はお店の方々のお慈悲とともに、決して忘れしまへん」

徳蔵の言葉にしたがい、湯気をたてる鍋《なべ》にむかいかけた佐介は、ぐっと立ち止まり、お絹の白い顔を見つめた。

かれも重松やお絹のことなど、すっかり忘れていた。

だがその彼女が、驚くほどすがすがしい姿で自分の前に立っている。

飲む、打つ、買うの生活に明け暮れるいまの自分が、小汚く思えてならなかった。

「お絹ちゃん、おれは礼をいうてもらおうと思うて、子どもに目をかけてきたんやあらへんわい」

「佐介はんは心底《しんそこ》、心が優しいお人なんどすやろ」

彼女の言葉が、雷鳴のように佐介の胸を叩《たた》いた。

「これお礼のつもりで、うちが暇々《ひまひま》に縫うてきたもんどす。ほんまにしょうもないもんですんまへんけど、どうぞお店で使うとくれやす」

お絹は弟の松吉が両腕でかかえる布包みを受け取り、佐介にそっと差し出した。

「こ、これなんやねん」

かれの声は上ずっていた。

得体の知れない狼狽《ろうばい》が、かれをそうさせていたのであった。

「へえ、雑巾《ぞうきん》どすねん。お店の表や台所では、どれだけでも要《い》るもんどすさかい、ええ布ではありまへんけど、どうぞ使うとくれやす」

「雑巾、雑巾やと――」

「粗末なもんですんまへん」

「お絹ちゃん、なにいうてんねん。わしは粗末なものをもろうたとは、決して思うてへんで。おまえが一針一針、真心をこめて縫うてくれたことぐらい、ようわかってるわい。板場頭の徳蔵はんかてそう思うているはずや。そうどっしゃろ、徳蔵はん」

佐介はいつになくうろたえていた。

心がなにか激しく揉《も》まれている。

たかが雑巾だが、その雑巾で汚れ切った自分の胸の中が、拭《ぬぐ》われる感じであった。

その日から二カ月ほどあと、魚清は隣家の紅花《べにばな》問屋からのもらい火で全焼した。

だが佐介はほかの店に再び奉公しなかった。

下京、鍛冶町の長屋に移り、棒手振《ぼてふ》りをはじめたのである。

「魚清の旦那さまは、もう商いをやり直す気はないというてはる。けど佐介、なにもおまえが板前をやめて、棒手振りにならんでもええやろな。働き口はどこにでもあるがな。わしが働きはじめた木屋町の川魚料理屋に、きてくれてもええのやで」

板場頭の徳蔵は、その腕を買われ、新規《しんき》に店を開いた料理屋に迎えられていた。

「徳蔵の親《おや》っさん、誘ってくれはるのはうれしいけど、わしは人の金儲《かねもう》けを手伝うのは、もう嫌なんどすわ。棒手振りからでええさかい、一生懸命に魚を売って働き、やがては小さな店の一軒でも、持ちたいと思うてますねん。勝手をいうてすんまへん」

「わしはおまえが道楽をやめたわけを、知っているつもりや。西賀茂村のお絹はんを、嫁にもらう気でいてるのやろ。わしらへの礼として、雑巾を縫うてきたあのひたむきさ。お絹はんとそんな気持で働いたら、小さくても魚屋の一軒ぐらいすぐ持てるやろ。塩梅《あんばい》ようやることっちゃ」

徳蔵は佐介の胸の内を察して、あっさり誘いを引っこめてくれた。

半年後、佐介はお絹と所帯を持った。

天秤棒で平桶《ひらおけ》を二つかつぎ、町売りに出かける。

仕入れは魚清で働いていたとき、出入りしていた錦小路の「魚総《うおそう》」でまかなった。

「魚、魚屋でございます。鰯《いわし》に秋刀魚《さんま》、安うおまっせ。どうぞ買うとくれやす」

佐介は朝早くから懸命に働いたが、いざ棒手振りをはじめてみると、儲けは意外に少なく、溜められる金はたかが知れていた。

「高倉の綾小路に、魚屋をやるに丁度の借家があった。そこで大家に借り賃を払い、大工を入れて造作をすると、二両ほどかかるそうや。けど溜まっているのは一両とわずか。あれやったらええのになあ――」

佐介はお絹に向かい、深いため息をついた。

そのあと一人ぶつぶつぶつつぶやき、彼女に行き先も告げず、家を出ていった。

むかし馴染《なじ》んでいた加賀前田家の中間長屋《ちゅうげんながや》へ向かったのだ。

――どうしても一軒店を持ちたい。

この焦《あせ》りから、佐介はずるずる深間にはまりこみ、折角溜めた一両と少しを失うどころか、二条城に近い駕籠屋「伊賀屋」の賭場《とば》で、三両二分の借金をこしらえてしまったのであった。

伊賀屋は近くに京屋敷を構える藤堂、本多、有馬の各大名家の御用をつとめていた。

「てめえの女房は、えらい別嬪《べっぴん》やなあ。借金の質に、預からせてもろうとくわ」

いきなり鍛冶町の長屋にやってきた伊賀屋の連中が、無理矢理、お絹を連れ去っていった。

三両二分の借金は、賭場に再び出入りした理由を語り、徳蔵に泣きつき、利子もふくめ借り出した。

だがお絹は返してもらえなかった。

「お絹、ああおまえの女房のお絹やったら、確かに預かってた。そやけどおまえが今日借金を返しにくるというてきたさかい、昨日去《い》んでもろうたで。まだ家に帰ってへんとは、そらけったいな話やなあ。ひょっとすると——」

伊賀屋に雇《やと》われているならず者が、首をひねって見せた。

それはみんな嘘《うそ》に決まっている。

佐介の胸裏に、伊賀屋の用心棒をつとめている公家《くげ》侍の姿がふと横切った。

吉田千次郎ときいていた公家侍は、お絹を連れ去るとき、確か彼女を舐《な》めるような目で見つめていた。

結果、憔悴《しょうすい》して半狂乱となった佐介は、吉田千次郎を刺し殺し、伊賀屋に乗りこむつもりで、人違いをして菊太郎に襲いかかったのであった。

千次郎と菊太郎は、姿形《すがたかたち》がどこか似ていた。

「やい、わしをどうする気じゃ。おういお絹、わしの声がきこえてるか」

佐介はまた座敷牢の中で怒鳴り立てた。

三

翌朝、鯉屋の奉公人たちは、座敷牢からまだひびいている罵声《ばせい》で目覚めた。

佐介は一晩中、がなり立てていたのだ。

「菊太郎の若旦那も、妙な厄介者《やっかいもの》を拾うてきはったもんやなあ」

「おかげでわしは、ろくすっぽ眠れしまへんどしたわ」

手代の喜六《きろく》と幸吉がこぼし合っていた。

「二人ともなにを愚痴《ぐち》ってますのや。あれはただの拾い物とはちがいまっせ。わたしはすでにききましたけど、若旦那の命をねらい、襲うてきた奴やといいます」

主《あるじ》の源十郎が声をひそめて告げた。

「ひえっ、世の中には恐れ知らずの男もいてるんどすなあ。相手が菊太郎の若旦那さまでよろしおしたけど、もし別人どしたら、あの男はいまごろ座敷牢ではのうて、棺桶《かんおけ》の中で静かにしてなりまへんやろ」

喜六が首をすくめてつぶやいた。

表に水を撒《ま》き、お与根《よね》が箒《ほうき》を片手にしてもどってきた。

奥の居間から、当の菊太郎が猫のお百を抱え、中暖簾《なかのれん》を分けて現われた。

「源十郎、昨夜は相当うるさかったのう」

「ほんまに目茶苦茶やかましおしたわ」

「やっとちょっと黙ったが、あ奴、ここがどこかわからぬまま、戸惑っていよう」

「町奉行所のお牢屋とは、随分ちがいますさかいなあ」

「菊太郎の若旦那さま、あの男、いったい何者でございましょう」

下代《げだい》（番頭）の吉左衛門が、帳場からのび上がって口を挟《はさ》んできた。

「あの男か、あれは魚屋にちがいあるまい」

「それはどないしてどす」

「わしに突きかかってきたとき、全身からぷんと生ぐさい魚の匂《にお》いがしたからよ。お絹とは女房の名。伊賀屋、伊賀屋と叫び、さんざん雑言を吐いており、あの男はおそらくその伊賀屋に雇われている侍とわしを間違え、突き殺そうとしたに相違あるまい。お絹とか伊賀屋の屋号に、わしはまるで覚えがないのでなあ」

「人違い、そらあんまりどすがな」

「喜六、それはそうだ。だがあのような行動を取らねばならぬほどの事情があるゆえ、あの男は相手をよく見定《みさだ》めもせず、殺そうとしたのじゃろう。昨夜、あの男は、たびたび伊賀屋と叫んでいた。京で伊賀屋の屋号を持つ店は、さして多くなく、それだけで手掛かりは十分じゃ。それであの男は、その伊賀屋が奉行所の許しも得ず、人妻をたらしこんで客を取らせているともうしていたのう。これはきき捨てにはできまい」

「借金の形《かた》に女房を取られたもんの、借金を返してもその女房は取られっぱなし。そやさかい腹立ちまぎれに、自分も死ぬ気でいてましたんやろか」

「お店者《たなもの》や日傭取《ひようと》りの女房たちが、家でこつこつしている賃仕事など、たかがしれている。主が留守の間にちょっと男に抱かれ、そこそこの銭が稼げるとなれば、その気にもなろう。ともかく伊賀屋が法度《はっと》の網をかいくぐり、けしからぬ生業《なりわい》をいたしているのは確かじゃ」

「若旦那、そやったら銕蔵《てつぞう》の若旦那さまに、ご詮議《せんぎ》をおまかせしはりますか――」

銕蔵は菊太郎の異母弟。田村家の家督《かとく》をつぎ、京都東町奉行所・同心組頭をつとめている。

「銕蔵の奴に引き渡してやるのもよいが、わしらが渡すのはあの男ではなく、伊賀屋の主ではあるまいかな。わしとて、わしに似た悪党を見たい気がいたす。さらにもうせばここは公事宿。あの男はわしを殺そうとはしたが、ものは考えようで、匕首を構えて乱暴に公事を頼みこんできたと、解せばよかろうよ」

「菊太郎の若旦那、そらそうどすなあ。あの男には、恐れながらとお上《かみ》に訴え出にくい事情がありそうどすさかい。旦那さま、鯉屋に飛びこんできた獲物を、なにもほかに渡すことはおまへんがな」

「吉左衛門、おまえ鯉屋の下代をつとめながら、なにをいうてますのや。若旦那が魚屋というてるあの男から、銭なんか取れしまへんやろ。わたしは世直しのために、公事宿をやっているわけではありまへんのやで――」

「しかしながら源十郎、わしは人の女房に客を取らせている伊賀屋に興味がある。これはちょっと色っぽい話じゃ」

「ことと次第では、どこでどんな刃傷沙汰《にんじょうざた》が起こるか、わからん筋合いどすわなあ。自分の女房がこっそり男に抱かれ、小銭を稼いでいたことが知れれば、あっちこっちで血の雨が降りますわ。そないな悪行で稼いでいる伊賀屋、やっぱり放っといたらあかんのとちがいますか」

吉左衛門は菊太郎に同調した。

「若旦那に吉左衛門、二人ともえらく真面目な顔どすけど、ほんまは素人《しろうと》の女子はんが、こっそり身体を元手に稼いではるのに興味を持ってるんどっしゃろ。若旦那も客にならはるおつもりどしたら、ここで大袈裟《おおげさ》に騒がんほうがええのとちがいますか。あとで不都合になりまっせ」

源十郎の言葉はもちろん冗談《じょうだん》。口とは裏腹に、かれの顔はすでに乗り気になっていた。

「吉左衛門、ところで座敷牢の男に、もう朝飯は食わせたのか」

菊太郎は膝に乗せていたお百をひょいとのけ、きものの裾《すそ》を合わせてたずねた。

「いいえ、まだ食べさせてしまへん」

「なればお与根に膳《ぜん》をこしらえさせ、座敷牢に運んでやってつかわせ。そなたが着ている印《しるし》半纏《ばんてん》の公事宿・鯉屋の字が読めたら、あの男はびっくりするだろうよ。喜六は用心のため、吉左衛門とともにまいってやれ。芝居にすればいままでが序幕、これからいよいよ舞台がはじまるのじゃ」

菊太郎の言葉で、店の拭き掃除にかかっていたお与根に、吉左衛門は朝膳の支度をいいつけた。

「味噌《みそ》汁《しる》に漬物、飯は鉢に大盛りにしてやってくれ。梅干しを二つほど付けてなあ」

菊太郎は台所にむかうお与根に言葉をそえた。

すぐ台所から物音がとどいてきた。

お与根が味噌汁を温《あたた》めているようだった。

「さあ、御膳がととのいましたえ」

お与根が吉左衛門と喜六をうながした。

膳の上に幾皿か乗せられている。

それが蒔絵《まきえ》の四脚膳《しきゃくぜん》であれば、座敷牢の男はさらにびっくりするにちがいなかろう。

「喜六、おまえが持っていくのじゃ」

「吉左衛門はん、そら順序がちがいますがな」

喜六が尻込《しりご》みしている。

座敷牢の男に恐れをなしているのであった。

「南京錠はわたしがはずしたる。わたしはなにもお膳を中まで運べとはいうてしまへん。それに小僧の鶴太に、こん棒を持たせてついてきてもらいます」

「自分だけ手ぶらどすか――」

「阿呆、わたしかて十能《じゅうのう》を持っていくわい。あの男が潜《くぐ》り戸《ど》から飛びだしてきそうやったら、十能でど頭《たま》を叩き割ったるわいな」

「物音をききつけたら、菊太郎の若旦那さまは、すぐきてくれはるおつもりどっしゃろうなあ」

鶴太をまじえた三人の足音が、鯉屋の廊下をすぎ、座敷牢のほうに移動していった。

表の帳場で菊太郎たちは、かれらの気配に耳をすませた。

膳の支度を手伝った源十郎の女房のお多佳《たか》が、中暖簾を左手でかかげ、二人の前に顔をのぞかせた。

座敷牢のほうからは、南京錠を開ける音がひびいただけで、禍々《まがまが》しい音はなにもきこえてこなかった。

京では遊女屋の営業は、島原の郭内だけが幕府から許されていた。だが江戸初期、祇園、北野、八坂、清水の地域に茶屋ができ、「茶立女」を置くことが黙認された。

色茶屋——と広く呼ばれたここでは、島原のように格式ばらない売春が公然と行なわれ、時代が下がるにつれ、「煮売茶屋」「料理茶屋」などの名目で市中の各地に遊女屋ができ、幕府の遊里支配をくずれさせた。

幕府は「新地」と称されるこれらの地域での売春を取り締まり、寛政の改革では期限つきで許可したり、またいずれの新地も島原の出稼地《でかせぎち》として、島原遊郭《ゆうかく》に株料を納めさせるなど、管理統制につとめた。

だが色茶屋は金になるため、手を染める不埒者《ふらち》が絶えなかった。

菊太郎や源十郎が耳にしたかぎりでは、座敷牢の男が口走っていた伊賀屋は、世間の目をはばかる女たちを巧みに利用し、その生き血を吸っているようだった。

幕府は売春を必要悪としている。

それだけに遊里に幕府の目が行きとどけば、そこで働く女たちは、いくらかでも〈保護〉されることになる。

菊太郎の関心は、座敷牢の男にもあったが、そうした女たちの実態にもあり、悪辣《あくらつ》な稼ぎをしていそうな伊賀屋に最も興味をそそられていた。

「お茶でも持ってきまひょか——」

無言のまま奥に耳をすませている夫の源十郎と菊太郎に、お多佳がたずねた。

そのとき座敷牢のほうから、吉左衛門たちの足音がひびいてきた。

「旦那さまに菊太郎の若旦那さま——」

膳は鶴太が台所に運んでいったとみえ、吉左衛門と手代の喜六が、表の帳場に姿を現わした。

「吉左衛門、どうであった」

菊太郎は微笑してたずねた。

「あの男は、若旦那さまがいわはったように魚屋。しかも棒手振りどした。名前は佐介。わたしたちが着ている印半纏を見てびっくり仰天、目を白黒させてました。それからにわかに神妙にしましたさかい、喜六といっしょにお牢の中に入り、昨夜からの経緯《いきさつ》を話してやりました。それで人違いにやっと気づいた工合どすわ。もうしわけないことをいたしました。昨夜、わしがご無礼を働いたお侍さまがおいでなら、お詫《わ》びをさせてくんなはれと、いま座敷牢の中で小さくなっております」

「飯は食うたのじゃな」

「へえ、それだけは——」

喜六が菊太郎にたずねられ、戸惑った表情を見せた。

大変なことを仕出かしながら、詫びは言葉だけ。図々しい奴だと菊太郎が立腹するのではないかと、喜六は案じたのである。

「飯が食えるほどなら元気な証拠。源十郎、二人で佐介とやらの話をきいてつかわそうではないか」

「若旦那がなにを考えておいやすのか、わたしにもだいたいわかりましたさかい、そしたら座敷牢にいきまひょうかいな」

「旦那さま、東町奉行所にひとっ走りして、銕蔵さまにお伝えしておかんでもよろしゅうございますか」

　吉左衛門は事件の発展を考え、口をはさんだ。

「まあなにがあるかわからぬゆえ、一応、知らせるだけはそっと知らせておいてくれ。ただし、銕蔵の奴には、佐介がわしを闇打ちにしようとしたことなど、告げるではないぞよ。わしが居酒屋で知り合った男とでももうしておけ。もっともばれたところで、奴は佐介を咎《とが》めまいが」

「では早速、この喜六を奉行所にやらせます」

「吉左衛門はん――」

「なにが吉左衛門はんや。黙ってさっさと行ってくるんじゃ。わたしは下代として、大事な話をきいておかななりまへん」

かれは菊太郎たちと立ち上がりながら、喜六を叱《しか》りつけた。

再びさっと座敷牢の鍵の束をつかみ、一同の先頭を歩いた。

庭に面した襖戸が開け放たれ、座敷牢の中は晩秋の陽に映《は》え明るかった。

その座敷牢の中で、佐介がかしこまっている。

牢の潜り戸を開き、菊太郎たちは中に入った。

「そなたの名は佐介、やっぱり魚屋だそうじゃな」

菊太郎は声をかけながらあぐらをかいた。

「へえ、佐介ともうします。昨晩は公事宿のお人とも知らず、えらいご無礼をいたしまして、ほんまにすんまへんどした。お詫びの言葉もございまへん」

佐介は平蜘蛛《ひらぐも》のように這《は》いつくばって謝った。

「うむ、なかなか鋭い匕首の突き、すんででわしは、あの世にまいるところであったわい。人違いとはもうせ、とんでもないことじゃぞ」

「ほんまに、ほんまにすまんことどした」

「わしへの詫びはこれですんだといたそう。それで昨夜、そなたが叫びつづけていたことについて、仔細《しさい》をきかせてもらおうではないか。さまざまきき捨てにできかねる内容が、含まれていたのでなあ」

菊太郎にいわれ、佐介はぎょっとして顔を上げた。

賭博は一応、お上の禁じるところだった。

「佐介はん、わたしは公事宿鯉屋の主の源十郎。このお人はうちで居候《いそうろう》をしておいやす田村菊太郎さまともうされます。公事宿とは、わたしが今更いわんでもご承知の通り、町奉行所のお許しを得て、世間の揉めごとの解決を手伝う商いどすわ。昨晩、佐介はんは、伊賀屋がどうのこうのと怒鳴ってはりましたわなあ。お絹はんとはお連れ合いどっしゃろ。ご自分ではどうにもならん心配事みたいどすさかい、それをわたしたちに全部、包み隠さずに話さはらしまへんか。悩みごとの解決やったら、公事宿の仕事どす。銭がなければ、ない人からいただこうとはしまへんさかい、正直にいうておくれやすか」

源十郎はやさしく佐介を説得した。

「佐介、わしらはそなたの敵ではないぞよ。頼もしい味方を得たつもりで、さあ話すのじゃ」

菊太郎にもうながされ、佐介はこれまでの経緯を、半刻（一時間）ほどかけ、すべて語り終えた。

「なるほど伊賀屋は堀川蛸薬師《たこやくし》の駕籠屋か。主の名は藤左衛門。そなたが一軒店を持ちたい思いから、賭場で荒稼ぎをしようとしたのは、善悪はともかく、まあありそうな思案。それにしても借金は返したともうすに、いくら奇麗でも一人の女子をどこかに止めおき、伊賀屋がそなたを困らせているとは、なかなか考えにくいわい。問題の借金も四両に満たぬしなあ。佐介そなた、誰かに恨まれているのではないか」

ひと通り、かれの話を黙ってきいたあと、菊太郎が切り出した。

話のどこかに不自然なものを感じたからであった。

「い、いいえ、とんでもありまへん。わしはお絹と所帯を持ったため棒手振りをはじめてから、一生懸命、正直に商いをしてきてます。誰からも恨まれる覚えはございまへん」

「一生懸命、正直になあ——」

「そら当然どっしゃろ」

佐介は不満そうに眉《まゆ》をひそめた。

「棒手振りをやめ、魚屋を開きたい旨を、誰かに話したのか」

「いいえ、そないな話は、伊賀屋の賭場でもしてしまへん」

「するとなんだな、その一生懸命で正直、ここのところになにか問題がありそうじゃなあ」

菊太郎はもつれた糸を一つひとつ解きほぐし、その端《はし》らしいものをつかんだ口調でつぶやいた。

「若旦那、一生懸命で正直、それに文句がおますのかいな」

源十郎が声を荒《あら》げ、菊太郎に嚙《か》みついた。

「源十郎、そなたまで熱くなっていかがするのじゃ。少しは冷静に思案してみろ。世間にはその一生懸命で正直なのを、迷惑に思うている者もいるはずじゃ。この佐介は魚屋、棒手振りをいたしていたのであろうが——」

菊太郎に一喝《いっかつ》され、源十郎もはっと気づいた。

吉左衛門には、菊太郎がなにを考えついたのか、まだわからなかった。

四

衰《おとろ》えた声でなにか虫が鳴いている。

「さあ、ほかにはいはらしまへんか。もうよろしゅうございまっしゃろなあ」

壺振《つぼふ》りの声が座敷までとどいてきた。

伊賀屋の奥の部屋で、一日おきに開かれている賭場の張りつめた雰囲気が、合わせてこちらまで伝わってくる。

「淡路屋《あわじや》の若旦那、どないどしたん——」

猪首《いくび》で赤ら顔の伊賀屋藤左衛門が、居間の暖簾をかかげ、ぬっと入ってきた優男《やさおとこ》にたずねかけた。

優男は絹物をぞろりと着ていた。

「伊賀屋の藤左はん、今日はからっきし駄目どすわ。きのうで付きが落ちたみたいで、ひと息入れて、なんとか付きを取りもどさなあきまへん」

淡路屋の杉太郎は、脱《ぬ》いだ羽織を左腕でだらしなく持ち、藤左衛門の座る長火鉢の前に、どっかり腰を下ろした。

藤左衛門の後ろに、稲荷明神が祀《まつ》られている。

灯明《とうみょう》が点《とも》され、陶製の白い狐《きつね》が巻子《かんす》をくわえた赤い口を、杉太郎にむけていた。

「若旦那、ここ四、五日は付きに付きまくって、えらい結構どしたがな。付きが落ちたのは、少しは休みなはれと、お稲荷はんがお告げにならはったんどすわ。壺振りの梅吉が、若旦那は壺の中の賽《さい》の目《め》が見えるのとちがうかと、驚いてましたで。親御はんにぶつぶつ小言《こごと》をいわれているより、いっそ壺振りになるか、博打一本で食うていかはったらええのにと、笑っていうてましたわいな」

「阿呆なことをいうてもろたら困ります。わたしは博打が飯より好きで、ここでこうして遊ばせてもろうてます。けど遊びは所詮《しょせん》遊び。奉公人を五人も抱えてる歴とした魚屋の息子どすさかいなあ。博打打ちになる度胸《どきょう》なんかおまへんわ」

杉太郎は長火鉢のわきに置かれた煙草盆《たばこぼん》を引きよせ、銀製のキセルをつまみ上げた。

そのとき、賭場に詰めていた用心棒の吉田千次郎が、爪楊枝《つまようじ》を口にくわえたまま、のそっと入ってきた。

棒手振りの佐介が、田村菊太郎とまちがえた公家侍だった。

背丈も姿形も菊太郎によく似ていた。

「淡路屋の若旦那、今夜はもうご一服かな——」

かれは長火鉢の横にすっと座りこんだ。

昼間は五摂《ごせっ》家筆頭の近衛家《このえけ》に出仕しているが、お邸の退出後には伊賀屋にきて、賭場に詰めている。

頬が剃刀《かみそり》でそいだようにこけ、目付きの卑《いや》しい公家侍だった。

人にはその悪相《あくそう》が相当な使い手に見え、悪相も場所を得れば、そこそこ金になっていたのだ。

「ここで梅吉はんの掛け声をきいてると、負けがこんでても、またまた尻がもぞもぞしてきますわいな」

煙草盆の火種から、キセルの煙草に火を拾い、杉太郎は一口、すぱっと大きく煙を吐き、吉田千次郎にため息まじりにつぶやいた。

「煙草を一服や二服吸うても、付きがもどるわけではおまへんやろ。迎えの駕籠を飛脚屋にやりますさかい、また別な遊びをおしやすか。あの飛脚屋の女房、ぴちぴちしてて、なかなか工合のええ女子どっしゃろ」

「飛脚屋の女房か。あのお栄《えい》の身体にもちょっと飽《あ》きがきたなあ」

飛脚屋は絶えず家を空《あ》けている。

丹波街道の入口、紙屋川の近くまで駕籠で女を迎えにやるには、一刻もあれば十分だった。

伊賀屋は店の別棟《べつむね》で、遊びにくる客に女を宛《あ》てがっていた。その女たちの口から、夫の動きは詳細《しょうさい》につかんでいる。

駕籠屋だけではなく、賽子《さいころ》と女で稼ぐ。どちらの客にも、送迎《そうげい》に駕籠を使わせ、さらに稼いでいた。

「お栄に飽きがきておいやしたら、ほかに若旦那好みの女子を探さなあきまへんなあ。蔵の中に閉じこめてる佐介の女房のお絹なんかどうどす」

「そ、そらあかんわ。あの女子はわたしの好みやけど、さすがのわたしも、そこまではできへん」

杉太郎はあわてて首を横にふった。

「ここんとこ、親御はんのご機嫌はいかがどす」

「まあいつもとあんまり変わらへん。けど毎日毎日、あの棒手振りの声をきかんだけでも、わたしは清々してますわ。親父もそのうちに、佐介を引き合いに出して、わたしに意見をくわえんようになりますやろ。ああまで一生懸命に商いをされてると、わたしみたいな者は、なにかにつけ、たまったもんやない。わたしんとこは、同じ魚屋でもちょっとした大店《おおだな》。番頭が奉公人に目を配ってくれてるさかい、わたしがなにをせんでも商いはやっていけてます。そやのにあの棒手振りを見習えだの、あいつはきっと成功するだのとくどくどいわれ、わたしは肩身の狭い思いをしてきました。ほんまに迷惑なこっちゃ。そやさかいここで佐介を見かけ、ふと妙案を思いついたわけや」

ふんと鼻で笑い、杉太郎はうそぶいた。

「こっちは佐介の借金に大きな態度で出て、女房を質に取って芝居を打ち、若旦那から二十五両の前金をいただきました。けどいまの頼まれごと、まだ半分あとが残ってますねんで――」

今度は伊賀屋藤左衛門が、キセルから煙を吹かせていった。

かれはこのまま駕籠屋で終わる考えはなかった。いまのところ賭場や女でこそこそ稼いでいるが、いずれは大金を払ってでも渡世株《とせいかぶ》を買い、正式に遊女屋をはじめるつもりだった。

「伊賀屋の藤左はん、それくらいわかってますわいな。あれから六日、佐介はどこでどうしているやら、町へ商いにも出てしまへん。商売どころやないのやろ。女房に逃げられたと思いこみ、どっかで首でもくくってるかもしれまへん。それならいっそ、わたしには好都合どすけどなあ。そやなければ、千次郎はんに手荒くひと働きしてもらわななりまへん」

「それは承知してますけど、若旦那、こっちは危ない橋を渡ってるんどすさかい、もう少し色をつけてほしおすわ。佐介の奴が恐れながらと訴え出たら、お絹の口かてふさがなりまへん。女子に殺生するのは、わしも千次郎はんも好みではありまへんさかいなあ」

柔らかい口調だが、藤左衛門は杉太郎の目を見すえていった。

淡路屋は鍛冶町に近い綾小路柳馬場《やなぎのばんば》で、大きな魚屋を営み、当代の仁兵衛で三代目になる。

杉太郎は二十六歳になりながら独身《ひとりみ》。女漁《おんなあさ》りと博打に明け暮れ、いつも父親から棒手振りの佐介を引き合いに出され、強意見《こわいけん》をくわえられていた。

その腹立ちを、杉太郎は当の佐介にむけ、一計をめぐらしたのであった。

自分では男ぶり、伊賀屋のみんなからおだてられ調子に乗っているが、博打は所詮《しょせん》素人。

当然、負けがこんでいた。

伊賀屋藤左衛門には、鴨《かも》が葱《ねぎ》を背負ってきたも同じで、佐介の一件がすべて片付いたとしても、今度はそれを種に杉太郎を強請《ゆす》り、家産を食いつぶす算段でいた。

各藩の京屋敷御用をつとめているだけに、町奉行所の詮索《せんさく》はどのようにも避けられるだろう。

またそれなりに賄賂《わいろ》も使っていた。

若旦那面《づら》をしたろくでなしと、ろくでもない駕籠屋が、考えつきそうな悪巧《わるだく》みであった。

「伊賀屋の藤左はんに千次郎はん、わたしかてそんなん承知してますわいな。ことがすんだら、後金の二十五両に色をつけさせてもらいます」

かれは心得顔で答えた。

「そやったら今夜は、お店にお帰りやすか」

「そうさせていただきまひょ。駕籠の支度をしておくれやすか」

この言葉をきき、千次郎が表にむかい手を叩いた。

すぐ襖が開き、店番の男が顔をのぞかせた。

「若旦那さまを駕籠でお送りするのや」

伊賀屋では夜働きの駕籠かきを、店にいつもひかえさせていた。

「駕籠はつい先ほど賭場にお越しやしたお客はんを乗せ、出払いましたけど――」

「客をだと」

「へえ」

「昨夜についで、今夜もきた客やな」

千次郎が眉を翳《かげ》らせてたずねた。

「千次郎はん、それはどんな客どす」

藤左衛門が千次郎にただした。

「ここの賭場を人からきいたともうし、金離れのいい男であった。お店者らしいが、奉公人ではなく、そこそこの店の主に見かけられた」

さすがに千次郎の目は、菊太郎のいいつけで伊賀屋の賭場を探りにきた鯉屋の源十郎の容姿を、正確に言い当てていた。

「お店の主どしたら、若旦那のお仲間どすがな。ほんならちょっと待ってもらうしかありまへんなあ」

藤左衛門がいうそばで、店番の男が表に人の気配を感じて立ち上がった。

「ほんの近くまで送ったんか、もう駕籠がもどってきたみたいどすわ」

土間にむかいながら店番がいい、かれは突然、わあっと大声を上げた。

店にもどってきた駕籠は垂れを上げており、そこに、このところ伊賀屋を騒がせている棒手振りの佐介が乗っていたからである。

そのうえ送り出したばかりの客と、着流し姿の若い侍、さらには奉行所の役人らしい男が、目を怒らせていた。

「騒がしい声を出しおってからに、なんじゃい――」

藤左衛門と千次郎が腰を浮かせたとき、かれの居間に、菊太郎を先頭に源十郎と田村銕蔵たちが、土足のまま踏みこんできた。

淡路屋の杉太郎は、かれらの後ろに佐介がいるのを見て、長火鉢にしがみついた。

「やい、おぬしが淡路屋の杉太郎じゃな。わしの顔など見知っている道理もないが、佐介ならよく覚えておろうが。なにもかもわしが推察した通りじゃ」

「兄上どの、まことに恐れいりました」

銕蔵が腰から朱房の十手《じって》を抜き出した。

「伊賀屋はん、わたしはお奉行所の近くで公事宿を営ませてもろうてます鯉屋の源十郎いいます。今夜はみなさまがおそろいやと確かめさせていただき、改めてやってきたんどすわ。いうまでもなく、全部、正確に調べさせてもろうてます。これは出入物ではのうて、きつい吟味物になりそうどすなあ。そやけど伊賀屋はんの出よう次第では、どないにでも話をつけさせていただきまっせ。腕によりをかけてどすわ」

お絹が蔵に閉じこめられているぐらい、源十郎はすでに嗅《か》ぎ当てていた。

千次郎は自分に似た菊太郎をにらみつけたが、ひるんでいるのか、刀が抜けなかった。

「おい、近衛家の青侍《あおざむらい》、賭場の客たちを静かに帰らせるのじゃ」

菊太郎は草履を脱ぎ、その裏を合わせてぱんと叩き、佐介に手渡した。

源十郎が伊賀屋にやんわり脅《おど》しをかけている。

自分も佐介が一軒店を買うぐらいの金を、出させるつもりだった。

相続人

一

町辻《まちつじ》には、まだ正月気分が残っている。

しめ飾りをつけたままのお店《たな》も見られた。

「今年のお正月は、ほんまに暖かくて結構どしたなあ」

公事宿《くじやど》「鯉屋《こいや》」の主《あるじ》源十郎は、四条小橋を西に渡って間もなく、自分のあとにつづく女房のお多佳《たか》に声をかけた。

二人は東山・高台寺脇《わき》で、妾《めかけ》のお蝶と暮らしている父親・宗琳《そうりん》の許《もと》へ、丁稚《でっち》の鶴太をともない、顔をのぞかせたもどりだった。

高瀬川沿いに植えられた柳の枝が、かすかに芽吹いているように、源十郎にはふと感じられたからであった。

「そやけどおまえさま、冬の寒さはこれからが本番どっせ。この暖かさがずっとつづき、春になるとは思われしまへん。昔から、季節には嘘があるといいますさかいなあ」

「こう暖かいと、つい油断してしまいますわ。風邪《かぜ》の奴は、そんなところへ付け込んできますのやな。季節には嘘がまじっているとは、身体のためをいうた言葉。昔のお人はなんでも

「うまい表現をしはります」

源十郎がお多佳につぶやいたとき、河(川)原町をすぎた前方の店先で、怒鳴り声がひびいた。

「お客さまにとんでもない失礼をしよってからに。ほんまにおまえという奴は——」

半纏《はんてん》をきて前掛けをしめた四十歳前後の男が、店内《みせうち》から外に逃げる小僧を追って出て、拳《こぶし》を振り上げんばかりの勢いで、憎々しげに叱《しか》りつけていた。

その店の屋根には、小間物商「俵屋《たわらや》」の看板がかかげられている。紺暖簾《のれん》が下げられ、間口は六間、まずまずの店であった。

小間物屋は女性の化粧品や装身具など、こまこまとした品物を扱っている。

店先に町駕籠《かご》が止められており、二人の駕籠かきが、なぜか店から飛び出してきた二人を、おろおろして眺めていた。

「お父《とう》、いや番頭はん、どうぞ堪忍してくんなはれ」

十歳ぐらいの痩《や》せた小僧が、駕籠かきの一人の背中にしがみつき、自分をにらみつける男に、泣きそうな顔でしきりに謝っている。

俵屋のまわりには人垣ができ、隣り近所のお店の奉公人たちも、目前で展開されるなりゆきをひそっとうかがっていた。

「和吉《かずきち》、ほんまにおまえは阿呆な奴ちゃ。土手町のご隠居さまのご機嫌をそこねることを、平気でいいさらしおってからに。おまえはこの俵屋を潰《つぶ》す気かいな。片付け仕事をさせれば、ものを落として割りよる。伝言は忘れよる。全くものの用に立たん奴ちゃ。それではとても一人前の商人《あきんど》にはなれへんねんで。身内のおまえがしっかりして、若旦那の修平《しゅうへい》さまの片腕にならなあかんのが、まだわからへんのか。わたしはわが子のおまえを叱りたくないけど、これでは殴《なぐ》らならならんわい」

小僧からお父と呼ばれた俵屋の番頭は、そばの駕籠かきから六尺棒を奪い取り、小僧にむかって振り上げた。

「おまえさま――」

足を止め、店先を見ていたお多佳が、夫の源十郎を強くうながした。

小僧を打擲《ちようちやく》させてはならない。止めてあげてくだされと急《せ》かしたのである。

「これこれ俵屋の番頭はん、店先での折檻《せつかん》はおやめやすな。小僧はんがおまえさまを、お父と呼ばはりましたなあ。この俵屋にどんな事情があり、父親が番頭、子どもが小僧として働いているのか知りまへん。けどいまきいたところでは、お二人とも俵屋はんの身内みたいどすなあ。おまえさまがお店を大事に思うてはるのはわかります。そやけど真っ昼間、四条の表通りで子どもを折檻するのは、それこそ店の暖簾に傷をつける結果になるのとちがいますか」

源十郎はつかつかと番頭に近づき、かれの利き腕をぐっとつかみ、鋭く制止の声を浴びせかけた。

「こ、これは店の仕置きどすさかい、放っといておくんなはれ」

「俵屋の九兵衛はん――」

中年すぎの駕籠かきが、懇意《こんい》らしいかれに、やはり制止の声を投げた。

俵屋の番頭の名前は九兵衛、駕籠かきは店で買い物をすませた客を迎えに、呼ばれてやってきたのであった。

「駕籠屋はんもあないにいうといやす。店の仕置きやと断わられたかて、わたしも仲裁に入ったかぎり、見過ごすわけにはいかしまへん」

「そやけどわたしとしては、お客さまの手前もありますさかい、どうぞ、その手を離しておくれやす」

「お客さまの手前とは、どういうことどすな。駕籠屋はんの六尺棒まで奪い取り、わが子の小僧はんを人前で殴ろうとしはるのは、よっぽどのしくじりからどっしゃろ。けどお店の番頭はんどしたら、そのお客さまに土下座してでも詫《わ》びるのが、まずのご奉公ではありまへんか」

源十郎は俵屋の番頭九兵衛の憤《いきどお》りぶりに、なにか違和感をおぼえながら、さらにかれの利き腕をつかむ手に、力をこめた。

小僧の和吉が駕籠のむこうでうなだれている。

「そんなん、すでに土下座して謝りましたわいな。そやけどわたしの子どもだけに、それだけではすまされしまへん」

九兵衛はふてぶてしい顔でいい立てた。

「すでに土下座して謝った。それで小僧はんがお客さまに、どないなしくじりをしはったんどす。まさか取り返しのつかんことでもありまへんやろ。たかが子どもの過《あやま》ちどすがな」

九兵衛の怒りようを、源十郎はいくらか不快に思いながら、力まかせに相手から六尺棒を奪い取った。

仲裁はときの氏神ともいう。

ましてや失敗を犯したのがわが子なら、客への手前を計りながらも、親はこのときとばかり仲裁者の言葉を受け入れるだろう。態度のどこかに慈愛がのぞくものだ。

源十郎の胸をかすめた違和感とは、それのなさだった。

「たかが子どもの誤りといわはりますけど、この俵屋には、子どもよりお客さまのほうが大事どすわ」

九兵衛は顔を曇《くも》らせ、源十郎にぎゅっとつかまれていた利き腕を引き離し、痛そうになでていいつのった。

「九兵衛はん、そうでのうては商いなんかやっていかれしまへんえ。俵屋の番頭はんとして、ええ心がけどす。けどそないな心がけのお人の子が、どうして客にとんでもない対応をしますのやろうなあ」

九兵衛の言葉と同時に、俵屋の暖簾がはね上げられ、小柄な老女がしゃんとした姿勢で現われた。彼女はまだきっと和吉をにらみすえている。

「土手町のご隠居さま、ほんまに失礼なことをもうしました。お駕籠もきてますさかい、何卒、ここらあたりでご機嫌を直しておくれやす」

「うち、あんな験《げん》の悪いことをいわれて、そうそう簡単に機嫌なんか直せしまへんわ。ところで九兵衛はん、その小僧はんはあんさんのお子やそうやけど、とてもいっぱしの商人にはなれしまへんなあ。いまのうちに手職《てしょく》をつけるなりして、別な生業《なりわい》の道を考えたほうが、えのとちがいますか」

老女は絹物に身体を包み、一見して良家の隠居と察せられた。

だが薄化粧をほどこした顔には、邪険《じゃけん》なものがはっきりのぞいていた。

険《けわ》しい目で源十郎夫婦をじろっと眺め、つっと駕籠に乗りこんでいった。

「利助、ご隠居さまのお供をして、土手町までお送りしてきなはれ」

九兵衛は、老女の後ろから表に出てきた手代の利助に命じた。

「はい、かしこまりました」

かれは和吉に一瞥《いちべつ》をくれ、すぐ駕籠の後ろにしたがった。九兵衛に見送られるなか、河原町を上《かみ》にとまがっていった。

そのかれの一瞥が、また源十郎に不審を抱かせた。

「俵屋の番頭はん、あのご隠居さまに小僧はんが、いったいどんな失礼なことをいわはったんどす。きかせとくれやすか」

「どこのお人か存じまへんけど、しょうもないことをおたずねやすのやなあ」

「番頭はんはさようにいわはりますけど、仲裁に入ったわたしには大事なことどす。一応、小僧はんが客のご隠居さまの機嫌を損じた理由《わけ》を、知っとかなりまへん。それこそ子どもではありまへんさかい。わたしは町奉行所からお許しを得て、大宮姉小路上ルで公事宿を営ませていただいております鯉屋の主で、源十郎ともうします。理由をといいますのは、そんな家業のせいどすわ」

公事宿鯉屋の名で、九兵衛の態度が急に改まり、狼狽《ろうばい》の気配すら浮かべた。

「これはこれは知らぬこととはいいながら、失礼をいたしました。止めに入っておくれやして、ほんまにおおきに。お礼が遅くなり、もうしわけございまへん」

かれは源十郎に深々と頭を下げ、店先に立ちつくしている和吉に、中に入れと目顔でうながした。

「お礼なんかいうてもらわんでもよろしゅうおす」

「それで土手町のご隠居さまを立腹させてしもうたのは、あの和吉が埒《らち》もないことを、つい口走ったからどすわ」

「埒もないこととはなんどす」

「土手町のご隠居さまは、俵屋には長年の上得意。今日、ひょっこり店に立ち寄っておくれやして、そのあとお屋敷におもどりのため、町駕籠を呼んだんどす。その折、和吉の奴が、ついうっかりご隠居さまに、お迎えがまいりましたというてしまったんどすわ」

「お迎えがまいりましたとどすか」

「へえ、土手町のご隠居さまはお身体もお口のほうも達者どす。けどもう八十をこえておいでになり、いつあの世からお迎えがあっても不思議ではあらしまへん。そやさかい、和吉からお迎えがまいりましたといわれ、むっとしはりましたんやろ。お店の奉公人やったら、お供がまいりましたとでもなんとでも、言葉を選ばななりまへん。ご隠居さまがいわはったように、和吉は商人にはむいてへんのどっしゃろ」

九兵衛が土手町のご隠居さまと呼ぶ女性は、五摂家《ごせっけ》の一つ二条家に仕えていた老女。いまは同家から捨《す》て扶持《ぶち》をいただき、仙洞《せんとう》御所に近い土手町で隠居暮らしをしているのであった。

「誰にでもいずれお迎えはくるもので、それは年寄りにだけとはかぎらへんわい。あのお小僧はんが駕籠を見て、ついお迎えがまいりましたと婆さまにいうたのは、子どもやったら無理もあらへん。ほんまにお迎えの駕籠がきたのやさかいなあ。それをあの世からのお迎えといっしょくたにするのは、土手町の婆さまの根性が歪《ゆが》んでいるからやわいな。上得意やからといい、言葉の一つひとつに難癖をつけられてたら、奉公人はたまったものやないわい。そやけどそれは別にしても、あの俵屋の連中、どっかちょっとおかしいわ」

俵屋の九兵衛に見送られ、姉小路の店にもどる途中、源十郎は両腕を懐《ふところ》で組んでつぶやいた。

「おまえさま、おかしいとはなにがどす」

お多佳が源十郎の顔を仰いで問いかけた。

「わたしにもどこがどうおかしいのか、はっきりわかりまへん。ただ長年、公事の仕事にたずさわってきた勘が、そない思わせますのや」

番頭の九兵衛と小僧として働く息子の和吉。源十郎は二人が親子であることが、なぜか腑《ふ》に落ちなかった。若旦那の修平とはどんな男だろう。

源十郎は思案顔で首をひねった。

夫婦の行く手に鯉屋の看板が見えてきた。

二

冬の陽はすぐとっぷり暮れる。

それでも旧暦一月はいまでいえば二月、陽暮れがだいぶ遅くなっていた。

東山の空に星がまたたき、法観寺（八坂）の五重塔が、闇の中にぼんやり見えている。

四条通りの主だつ商家の軒提灯《のきちょうちん》にも、灯《ひ》が入れられた。

小間物屋の俵屋では、表の店戸《みせど》が戸袋から引き出され、頑丈な大戸がしっかり下ろされた。

「おい和吉、大戸のくぐり戸の錠《じょう》を、きちんとかけとかなあきまへんえ。近ごろ、世間はなにかと物騒やさかいなあ。ついこの間も下京の仏具屋で、大戸を下ろしてすぐ押し込みに入られたそうや。戸を閉めたあと強盗に押し込まれたら、なんともならへん。外にはわからしまへんさかいなあ。気をつけなあきまへんねんで——」

帳場に引き寄せた行灯《あんどん》の明りで、帳面を改めていた九兵衛が、土間の掃除をおえた和吉に声を投げた。

「へえ、くぐり戸の錠は、いつも通りにかけときました」

胸前掛け姿のかれは、箒《ほうき》を持ったまま、九兵衛に答えた。

「つべこべ言葉を返しますけど、ちょいちょい錠をかけ忘れている場合があるさかい、わたしがいうてますのやがな」

九兵衛の語調には堅い芯《しん》がふくまれている。

いくら番頭と小僧の立場でも、温かみのないやりとりであった。

表座敷の飾り棚に置かれた頬紅《ほおべに》や白粉《おしろい》。それらを並べ直していた利助が、ちらっとまた鯉屋の源十郎が気にかけた奇妙な一瞥を、和吉にくれた。

つぎにかれは、九兵衛の顔をひそっとうかがった。

店の奥から、煮物の匂《にお》いがただよってくる。

台所につづく風呂場から、さかんに湯音がひびいてくるのは、小僧の和吉と似た年頃の修平が、早くも風呂に入っているからだった。

修平は店仕舞いをする少しまえ、下女のお初を供にして、三条柳馬場の寺子屋からもどってきた。そして番頭の九兵衛から、今日の商いの報告を型通り受け、その足で風呂場にむかったのである。

「九兵衛の叔父さん、こんなんして毎日のように、帳面なんか見せてくれんでも、ええのとちがいますか。わたしかてそのうち歳がきたら、自然に商いをおぼえますやろ」

ふっくらした頬に、めんどう臭そうな翳《かげ》をにじませ、修平はたびたびぼやいた。

「若旦那さま、それはいけまへん。叔父と甥《おい》でも、店では番頭と若旦那さまの間柄どす。わたしには、死なはったご先代さまや東山の寮で臥《ふ》せっておいでのお店《たな》さまに代り、若旦那さまを立派にお育てしていかなならん役目がございますわいな。そして商いをきちんとおぼえていただき、いずれ店を継いでもらわななりまへん。それをしっかり胸に刻みつけておいておくれやす」

九兵衛は強意見《こわいけん》がましく修平に説くのであった。

「わかりました、わかりました——」

修平は九兵衛の言葉の終わらないうちに、いつも苛《いら》だって立ち上がり、中暖簾をはね上げ、奥の部屋へ消えていった。

俵屋の先代の八右衛門は、国許に好きなお稲《いね》を残し、丹波の篠山《ささやま》から京に出てきた。

小間物問屋「出雲屋《いずもや》」に奉公しているうちに、いまの場所で小間物屋を営んでいた「大黒屋」義兵衛に、その律義《りちぎ》な働きぶりを見こまれ、店をそっくりそのまま譲り受けた。

大黒屋義兵衛は近江の朽木村《くつきむら》の出身。子どもに恵まれず、また養子に迎える適当な身内もないため、将来を期待できる人物に店を譲りたいと考えていたのだ。

「店は四条通り。三十五両もの金など、とてもわたくしには支度できしまへん。七両がやっとでございます」

その話が切り出されたとき、八右衛門はとんでもないといいたげに首を横に振った。

「八右衛門はん、わたしはなにもその三十五両を、一度に払ってもらおうとは思うてしまへん。丹波の篠山から京へ奉公においでやして十年、国許《くにもと》へ仕送りをつづけたうえに、七両もお溜めやすとはたいしたもんどす。店は居抜き。とりあえず五両をいただき、あとは何年かかり、月払いでも節季《せっき》払いにしてもろうてもかましまへん。この件はもちろん出雲屋の大旦那さまにも相談してます。大旦那さまは、八右衛門やったら心配ない、結構なお話をいただきありがたい、なんやったらお店《たな》で三十五両の金を立て替えさせてもらうとも、いわはりましたわいな。出雲屋の大旦那さまも、それだけ八右衛門はんを見こんではるんどすわ。これは自分でいうのもおかしゅうおすけど、そうそこらに転がっている話ではないはず。失礼ながらわたしはここ十年ほど、あんさんの働きぶりをじっと見させていただき、このお人やったら店を譲ってもええと思うたんどす」

八右衛門が働いていた小間物問屋出雲屋は、烏丸《からすま》御池《おいけ》に店を構えていた。

十九歳のとき出雲屋へ下働きとして奉公にきた八右衛門は、二年目に思いがけない商才を見こまれ、手代見習いに抜擢《ばってき》された。将来は大番頭にでもなる男と、期待されていたのである。

出雲屋の大旦那善左衛門にとって、取引先の大黒屋が廃業《はいぎょう》すれば、その分だけ問屋としての売り上げが減ることになる。

暖簾分けも合わせて考えれば、ここで八右衛門が店持《たなも》ちの商人になるのは、よろこばしいかぎりだった。

大黒屋義兵衛と八右衛門の相談は、出雲屋善左衛門が仲介に入り、順調にすすめられた。

「大黒屋の看板と暖簾は、そのまま使わせてもらうのが順当かもしれへん。けどもしおまえがなにかの間違いを仕出かし、名前に傷をつけることでもあったら困ります。八右衛門、これからおまえも長い人生どすさかいなあ。そこで考えたんどすけど、大黒屋の屋号になっている大黒さまは、俵に乗ってはりますわなあ。そんなところから、屋号は新しく俵屋としたらどないやろ。大黒屋の看板と暖簾は、おまえの宝として、床の間にでも飾っておいたらいかがどす」

結果、出雲屋善左衛門の言葉通り、大黒屋の看板は、店の帳場横の壁に格好よく嵌《は》めこまれ、暖簾は油紙に包まれ、奥座敷の神棚に祀《まつ》られた。

そして大黒屋の顧客《こきゃく》はそっくり俵屋に引きつがれたのである。

二条家に仕えていたあの老女もふくめてであった。

八右衛門はあと三十両の金を、どこに不義理もせずわずか六年余りで、その後、郷里の杤木村に隠居した大黒屋義兵衛に、自力で納めおおせた。

新しい奉公人に給金を払い、家持ち人として、町内の役目を果たしながらこれを実行したのは、自分の店を持つ決意からにしても、もちろん容易ではなかった。

人にはいえない苦労が、八右衛門を襲いつづけていた。

かれは俵屋の開業に目処《めど》をつけたとき、一旦、篠山に帰った。

国許の村から一人雇うと決めていた小僧を、引き取りに行ったのと、夫婦約束をしていたお稲と、遅ればせながら祝言をあげるためだった。

さらに百姓をしている弟の九兵衛に、片腕として店で働いてもらうため、上洛をうながす目的もかねていた。

九兵衛は二つちがいの弟。目先のきく男で、自分が仕込めば、俵屋の商いに役立ってくれるはずだ。

女房持ちで、去年の末、男の子をもうけていた九兵衛は、兄八右衛門の誘いに目をかがやかせた。

「おまえさまと京に出て、うちかて店の商いを一生懸命手伝います」

九兵衛の上洛をきき、祝言をあげたお稲は、当然のように自分の決意をのべた。

だが意外にも八右衛門は、気持をはやらせる彼女に、醒《さ》めた顔をむけた。

「おまえは一年か二年、商売に目処がつくまで、村においでなはれ。夫婦やったら最初から、ともに励むのが筋やと思います。けどわたしは、まだ足場を固めてへん京にこさせ、おまえに苦労をかけたくないのどすわ。その代り弟の九兵衛が京にきて、頑張ってくれます。幸い、大黒屋で働いていた利助はんたち何人かに、そのまま来てもらうことにもなってますのや。商売の目処は一、二年というより、案外早くつけられるはず。そしたらおまえは俵屋のお店《たな》さまとして、楽な気持で京に出てこられますやろ。良栄《よしえ》はんといっしょに辛抱して、その日を待っていておくんなはれ。決して悪いようにはしいしまへん」

八右衛門のやさしさが、ついにはお稲をうなずかせた。

彼女の懐妊が京の八右衛門にもたらされたのは、三カ月後の春だった。

「兄《あに》さん、商売のほうもなんとか目鼻がつき、それはめでたいことどすがな。国許には良栄がいてますさかい、あんまり心配するにはおよびまへんわ」

九兵衛は兄の八右衛門に似ているのか、商いのおぼえも早かった。

兄や若い利助から一をきくと十を知り、奉公人や人前では、八右衛門を決して兄さんと呼ぶことはなく、旦那さまとうやまっていた。

店では主《あるじ》の弟だけに、経験は未熟だが、おのずと番頭格とされ、実質的に仕事をしきっている利助は手代扱いだった。

「利助、おまえは九兵衛の立場を考え、よう辛抱してくれてますなあ。わたしはおまえを、徒《あだ》やおろそかに思うてしまへんえ。商売があんじょう運び、店が安泰になったあかつきには、きっと暖簾分けをさせてもらいます。九兵衛は商いを上手にやってますけど、それはおまえが陰から支えていてくれるからどすわ」

八右衛門はいつも利助に感謝していた。

その年の秋、お稲が篠山で男の子を出産した。

「旦那さま、商いは順調、そのうえ田舎でお店さまが男子をご出産とは、重ねがさねめでたいことでございます。お店はわたしと利助でしっかり留守居をしておりますさかい、一度、篠山におもどりになったらいかがどす」

九兵衛は利助と相談して、八右衛門にすすめた。

「わたしもそないしたいと思うてます。けどお正月をひかえ、仕入れにも目が離せしまへん。なにしろ年末年始は、小間物屋にとって一年のうちで一番の稼ぎどきどすさかいなあ。もうしばらくあとにしまひょ」

八右衛門はあっさり結論を出し、二人のすすめを断わった。

俵屋を開業してから一年余りになる。

儲《もう》けは当初、八右衛門が胸算用していた額より多かった。

あわただしく正月がすぎ、梅の花がすっかり散ったころ、昼夜、働きにはたらきつづけてきた八右衛門は、疲れからひどい風邪をひき、熱を出し寝込んでしまった。

九兵衛から夫の病を知らされたお稲は、〈修平〉と名付けられた赤子《あかご》を義妹の良栄に預け、急遽《きゅうきょ》、京にやってきた。

お稲はまず俵屋の店構えを見て驚いた。

彼女が胸で描いていた店は、ほんの小さな小間物屋だったからである。

俵屋では店に客がくるのを、ただ待っているだけではない。九兵衛も手代の利助も箱荷を背負い、市中の顧客《こきゃく》の許《もと》を訪ねて購買をうながしていた。

「わたしの看病をするため、田舎から出てきてくれたのはありがたいけど、ちょっと休んでたらすぐ元気になりますわいな。それにわたしがこうして臥《ふ》せっていたかて、九兵衛や利助がきちんと店をやっていてくれます」

八右衛門はいきなり現われたお稲を、かえってなだめる口調でいった。

だが髭《ひげ》や月代《さかやき》がのび、げっそり痩《や》せたかれの顔は、熱で赤らんでいた。

「うちを心配させせんとこうと、思うてくれはるのはうれしおす。けどおまえさまの姿を見て、うちはお言葉に甘えて篠山でのんびりしていたのを、いまでは悔《く》いてます。このうえはおまえさまの看病をしながら、九兵衛はんやお店《たな》のお人たちの邪魔にならんように、店の手伝いもさせていただかなかなりまへん」

お稲は白い顔に堅い決意をにじませ、俵屋に到着した当日から襷《たすき》をかけ、下女並みに働きはじめた。

八右衛門の病は意外に長引き、六月になり、やっと床上げができた。

「働きづめどしたさかい、神さまが息をついだらどないやと、休みをくれはったんどすわ。店のことは心配ございまへん。当分の間は、ときどきお顔をのぞかせてくれはるだけでよろしゅうございます」

お稲が俵屋に現われてから、店は前にもまして円滑に運ばれていた。

「お店さま——」

九兵衛をはじめ奉公人は全員、彼女をこう呼び、売り上げもさらに増えていた。

「長い間、おまえさまだけを働かせ、篠山でのほほんとしていたうちが迂闊《うかつ》どした。うちはもう篠山にはもどらしまへん。良栄はんに預けてきた修平を京にこさせ、三人で暮らしまひょ」

お稲には、まだ赤子にすぎない修平の身が案じられてならなかった。

お膳を二つむかい合わせ、八右衛門と食事をとりながら、早く水入らずで暮らしたいと訴えた。

「わたしが病んでいる間も、九兵衛はよう気張っていてくれました。九兵衛のためにも、もう良栄はんを呼んでやらなあかんわなあ。和吉の奴も大きくなったやろ」

八右衛門はそれなら九兵衛夫婦のために、店の近くに長屋でも借りてやろうと、胸の中で算段していた。

「良栄はんに修平、和吉ちゃんの三人が京にきたら、にぎやかになりますなあ」

篠山から良栄たちが移ってくれば、田舎とは縁遠くなる。八右衛門と九兵衛の兄弟は、身寄りが少なく、わずかな田畑は小作に出してもよかろう。

水呑み百姓の貧しさからぬけ出したいと、八右衛門は田畑を少しでも買い増す金を得るため、京の小間物問屋に奉公にきた。そのかれのまえに、これから全くちがう人生が、いよいよ開けるかに見えていた。

こんな矢先、短い月日のうちに奉公人たちに馴《な》れ親しまれたお稲が、突然、口から血を吐いて倒れた。

八右衛門の治療に当ってきた寺町の町医の診断によれば、お稲の病は労咳《ろうがい》だった。

労咳は漢方で肺結核の称。町医は奉公人への感染と世間体を配慮し、主の八右衛門に店からの隔離《かくり》をすすめた。

朽木村の大黒屋義兵衛には、すでに相当の金子《きんす》が支払われている。

八右衛門はお稲の治療のため、東山・法観寺の近くに小さな寮（別宅）を買い求め、彼女をそこに移させた。

あげく、篠山から良栄が修平と和吉を連れ、迎えに出かけた九兵衛にしたがい京にやってきたのは、それから四年後のことだった。

お稲の容体が一進一退で、三人を京に迎えるどころではなかったのだ。

八右衛門がわが子の修平と顔を合わせるのは、因果にもこのときが最初。俵屋の商いを軌道に乗せるためや、不運なできごとが重なった結果であった。

九兵衛と良栄の家として、寺町綾小路の長屋が、俵屋の名で借りられ、良栄たち家族はひとまずこの一軒に落ちついた。

もっともこの四年の間に、九兵衛は八右衛門に命じられ、二泊三日の旅でたびたび篠山にもどっていた。

「修平はん、このお人がおまえさまのお父はんどす。さあご挨拶《あいさつ》しなはれ。そしてここのお店が、おまえさまのお家どすえ」

九兵衛にうながされた修平から、小さな手をつき辞儀をされたとき、八右衛門はうっと声を詰まらせた。長い間、心細く暮らしてきたにちがいないわが子に、不憫《ふびん》をつのらせたのだ。

九兵衛の子の和吉は、後ろにひそっとひかえている。修平と和吉は従兄弟《いとこ》の間柄だが、良栄の考えなのか、服装にもはっきり差がつけられていた。

「良栄はん、あんたにもずいぶん苦労をかけましたなあ。お稲の代りに修平を育ててくれはり、ほんまに感謝してます。もうみんなに寂しい思いをさせしまへん。これまでのことはどうぞ堪忍しとくれやす」

八右衛門は声をしめらせ良栄に詫びた。

「お稲の姉《ねえ》さまが、修平ちゃんに会いたがっていはりますやろ。東山の寮とやらに、連れていっておくれやす」

良栄は八右衛門の挨拶を受けてすぐ頼んだ。

「良栄、いまそれはできしまへん。お医者さまは労咳は人にうつるさかい、寮での治療をすすめはったんどす。大人ならともかく、まだ身体のできてへん子どもには、遠慮させなりまへんわ。修平さまは和吉とはちがい、やがてはこの俵屋の二代目を継ぐお子どす。おまえもそれぐらいわきまえなはれ」

こうして母子の対面はならなかった。

八右衛門はときどきお稲の許に出かけていた。だがその折、彼女が修平に会いたいといって泣くのを見るのが切なかった。

「そのうち元気になったら会えます。いまは病気を治すのが先決、もうちょっと辛抱しなはれ」

お稲はげっそり痩せ衰えていた。

付き添いに頼んだ女がこしらえてくれた粥《かゆ》を、妻の口許に運んでやりながら、八右衛門は暗い顔でなぐさめた。

店の商いは順調、大黒屋義兵衛には、間もなく三十両の金を払い終えた。

そして二年後、修平が八つになったとき、八右衛門も知らぬうちに労咳に感染していたのか、いきなり大量の血を吐き、あっけなく死んでしまったのである。

お稲は寝付いたままであった。

「こうなったら、まだ幼い若旦那さまにお店をお渡しするまで、わたしが俵屋をしっかり守っていかななりまへん。利助はん、どうぞ力を貸しておくれやす」

九兵衛は修平を喪主にすえた盛大な葬儀の席で、町年寄や同業者をまえにして、手代のかれに両手をついて頼んだ。

「ちぇっ、なにが若旦那さまやいな――」

利助は、帳場から立ち上がり、中暖簾のむこうに消えていく九兵衛の背中に、小声でつぶやいた。

和吉がおびえた目で、利助の顔をちらっと仰いだ。

風呂場からまた湯をつかう音がざばっとひびいてきた。

三

木屋町（樵木町《こりきちょう》）筋の三条小橋界隈《かいわい》は、すぐ東に三条大橋をひかえ、東国に旅立つ人や入洛した人々で、常ににぎわっている。

とうぜん旅籠《はたご》屋も多く、朝は旅立つ泊まり客を送る声、夕刻には客を呼びこむ声でかまびすしかった。

もっともだからといい、昼間が静かなわけではない。木屋町に沿って流れる高瀬川に、絶えず高瀬舟が運行し、川沿いの酒問屋や炭屋、そのほかさまざまな店屋に、諸国からもたらされる荷を運んでいるからである。

それだけに界隈の飯屋や居酒屋では、昼間から商いをしている店も少なくなかった。

三条木屋町をちょっと南に下った石橋町の「梅鉢」は、そんな飯屋の一つで、高瀬舟の人足たちの間で、安くて旨《うま》いと評判の店だった。

公事宿鯉屋の丁稚鶴太と田村菊太郎は、梅鉢の奥まった人目に立たない飯台で、向き合って〈おでん〉をつついていた。

　菊太郎はいうまでもなく銚子《ちょうし》を傾けている。

　おでんや猪汁《ししじる》をしきりに鶴太にすすめ、自分はまた新しい銚子を一本、店の小女に頼んだ。

「菊太郎の若旦那さま、そうもあれこれ食えいわはったかて、そら無理どすわ。うちかて仰山食べたら、その分だけ早う大きくなれるもんどしたら、食べとうおすけど」

「公事宿の丁稚だけに、妙な理屈をのべるものじゃ。さような文句をたらたら並べている間に、さっさと食うがよい」

「若旦那のお気持はうれしゅうおす。けど今日は、ここへ飲み食いにきたわけではありまへん。それより相手を見逃さんように、じっと見張ってなりまへんわいな」

「鶴太、そなたはさようにもうすが、果たして相手はやってまいろうかな」

　菊太郎は梅鉢の入口にちらっと目をやり、銚子を指でつまんだ。

　あちこちの飯台で、静かに飯を食っている者がいる一方で、川人足たちが早くも酒に酔い、濁声《だみごえ》を上げている。この界隈でそこそこの大きさの店は、大繁盛のようすだった。

「そら間違いなくきますわいな。うちがすでに下代《げだい》（番頭）の吉左衛門はんと下見にきて、確かめましたさかい」

　見張っているのは、四条河原町の小間物屋俵屋の手代利助や小僧和吉の動き。これは鯉屋源十郎の不審からはじめられた調べの一部で、合わせて菊太郎の異腹弟・東町奉行所同心組頭の田村銕蔵《てつぞう》の手下《てか》をわずらわせ、俵屋の全体にも調査がおよぼされていた。

「源十郎の奴が、手代利助から奇妙なものを感じたのには、きっとそれなりな理由があろうよ。年季の入った公事宿の主の勘が、これはおかしいと告げているのじゃ。ともかくなにが飛び出してくるかわからぬが、一応、当ってみねばなるまい。誰にしろどのような商人でも、叩《たた》けば少々の埃《ほこり》ぐらい出てこよう。されどその質によっては、見過ごしにできぬ場合とてある。公事宿は訴訟の手助けをいたすのが仕事じゃが、広く解せば、吟味物《ぎんみもの》（刑事訴訟事件）出入物《でいりもの》（民事訴訟事件）のいずれでも、困っている者を補佐いたしたとて、訝《いぶか》しくはあるまい。小間物屋の俵屋を徹底して洗ってもらいたい」

菊太郎は奉行所から銕蔵を鯉屋に呼び寄せ、かれに命じた。

「田村の若旦那さま、ひょっとするとわたしの思いすごしかも知れまへん。けどなんや気にかかってなりまへんのや。厄介なことでお手をわずらわせますけど、お頼みしますわ。確かな証拠もなしに、すんまへんなあ」

鯉屋源十郎は遠慮ぎみに頭を下げた。

「いやいや、証拠はなくとも、そなたほどの男がさようもうすのじゃ。目に見えぬなにかが、隠されているに相違ないわい。たとえ動いて獲物がなくとも、そなたの胸がすっきりいたすのであれば、それで十分。またひどい目にあわされているらしい小僧の待遇が、少しでも改められれば、なおよいではあるまいか」

「多くの商人は、おのれたちの屋台骨が、奉公人の手で支えられているのを知りながら、奉公人を牛馬のごとく扱っておる。和吉の件で一罰百戒《いちばつひゃっかい》、町奉行所の手で商人どもを戒《いまし》められれば、いくらかは奉公人も助かろうよ」

菊太郎の胸には、源十郎からきかされた和吉の痩せた哀れな姿が明滅していた。

朝早くから店でこき使われ、食物も粗末、疲れ果てたうえ、薄布団の中で寒さに身体をふるわせ寝ている。

京の商家に奉公する大方の小僧はそうだろうが、和吉の場合はそれがさらにひどそうだった。

銕蔵はすぐさま手下を使い、俵屋を内偵させ、小間物屋仲間（組合）を通じても、各方面から探《さぐ》りを入れさせた。

そしてわかったのは、俵屋の主八右衛門は、篤実で商売熱心な人物。大黒屋義兵衛から商人として先を見込まれ、居抜きで小間物屋を譲られた。だが三十両を払い終えたあと、労咳で病みつく妻のお稲から感染したのか、しばらくして血を吐いて死んだとのことだった。

「商いに熱心なのもよいが、女房との間に子どもまでなしながら、商売熱心なあまり、妻子と並みに暮らせなんだとは不幸じゃなあ。番頭の九兵衛は八右衛門の弟。俵屋の二代目はまだ十歳か。叔父ともなる九兵衛が、二代目の修平に店をつがなく譲り渡したい気持も、わからぬではない。されどわが子の和吉を、ことさら惨《むご》く扱う必要はあるまい。それも商いをおぼえさせるためと、同業者や町内の者にうそぶいているという。どうも言葉通りには受け取れぬわい」

「和吉が父親からなにかと打擲《ちょうちゃく》されているのはたびたび、出入りの者によれば、生傷《なまきず》の絶える暇がない由。病んでも医者にもかけてもらえへんそうどす」

「やはりわたしが不審を感じて当然どすなあ」

「されど、それでは母親の良栄が承知すまいが——」

銕蔵がともなってきた手下の弥助の報告を受け、菊太郎がかれにたずねた。

「ところが九兵衛の女房の良栄は、東山の寮で臥《ふ》せっている修平の母親代りとして店に居つき、二代目の修平をそれは大事にしながら、わが子の扱いにはまるで知らぬ顔。修平に店をつがせるまで、和吉はわが子でもわが子ではないと、こちらも冷淡なもんやそうどす」

「苦労は買ってでもいたさせよ、獅子《しし》はわが子を千尋《せんじん》の谷に落として、生きるすべを学ばせるともうすが、いまの話をきいていると、少しどころか、だいぶ度がすぎているのう。死んだ先代の苦労に報《むく》いようとする健気《けなげ》さとは、質がちがうようじゃ」

「菊太郎の若旦那さま、番頭の九兵衛は、兄が築いた俵屋を、実質的には乗っ取ったも同じ。子どもを駄目な人間に育てるには、欲しがるものをすべてあたえればいいといいますわなあ。乳母日傘《おんばひがさ》の修平の暮らしぶりを見てますと、わしには九兵衛が兄の子どもを、駄目な二代目にしようとしているみたいに思えてなりまへん。大事にするのは結構どすけど、厳しいしつけも必要どすさかいなあ。二代目が駄目な男に育ったら、俵屋の暖簾を守るため、後見人の叔父として、修平を廃嫡《はいちゃく》にでもできまっせ。奴の企《たくら》みはそれやおへんやろか」

弥助が銕蔵の顔色をうかがいながら、自分の観察をのべた。

「さすれば俵屋は九兵衛の思いのままか――」

「そやけど菊太郎の若旦那、それでも九兵衛が、厳しく小僧奉公をさせているわが子の和吉を、すんなり俵屋の二代目にすえるとは、考えられしまへんねんで。病んでも医者にも見せず、生傷の絶えんほどの扱いどしたら、いつ死ぬかわからしまへんさかいなあ。ともかく手代の利助は、先代の八右衛門が店をはじめたときからの奉公人。わたしはこいつが、九兵衛の企みをなにか知っているのやないかと思います。お二人の若旦那さま、どないどっしゃろ」

源十郎の提案で、喜六《きろく》や鶴太など鯉屋の奉公人たちも、俵屋の内情をさぐるのにくわわっていた。

そして利助が隔日《かくじつ》ごとに、箱荷を背負った和吉を供にして、顧客回りをすることがわかった。途中、利助は三条木屋町南の梅鉢に、決まって立ち寄るそうだった。

当人の顔をおぼえている鶴太が、すでに幾度か確認していた。

「三条木屋町の梅鉢ともうせば、近所で働く人足どもに重宝がられている飯屋。小間物屋の利助が、女気とは無縁なさような店に、いかなる用があるのじゃ」

菊太郎は同じ三条木屋町の料理茶屋「重阿弥《じゅうあみ》」に出入りしているだけに、梅鉢の評判ぐらいきいていた。

かれのまえに腰を下ろす鶴太が、どんぶり鉢の猪汁を半分ほどたいらげた。

ゴボウや大根など、具《ぐ》の多い汁だった。

梅鉢の表戸が開閉されるたび、目を光らせていた鶴太が、このとき若旦那さまとささやいた。

何気ない顔で、菊太郎は店の入口に視線を投げた。

「手代の利助に小僧の和吉どす――」

鶴太が小さくつぶやいた。

油断のならない目付きをした利助の後ろに、痩せた小僧が箱荷を背負いしたがっている。

小僧は菊太郎たちの飯台の近くまできて腰を下ろした。

「利助はん、ご苦労さまやなあ」

かれの姿に気づいたのか、調理場のほうから声が飛んできた。店の主らしかった。

「合羽《かっぱ》の支度はしてきましたけど、雪が降りだすかもしれまへん。親《おや》っさん、ともかくこいつに、温かいものを仰山食わせてやっとくれやす」

利助はさあ早く箱荷を下ろせと、和吉をうながし、調理場にむかって頼んだ。

源十郎の言葉から、利助はおそらく胡乱《うろん》な男と考えていた菊太郎は、おやっと眉をひそめた。

「身体に滋養のつくものを、しっかり食べてもろうておきますさかい、利助はんは安心して商いに行っといやす」

「食うだけ食わせたら、店の隅か小二階ででも、寝させておいてくんなはれ」

利助はいいなと和吉に目で念を押し、そばに置かれた箱荷に手をのばした。

かれは和吉を梅鉢に預け、顧客回りに一人で出かけようとしているのは明白だった。

「さあお上がりやす。好きなものがあったら、遠慮のういうとくれやっしゃ」

梅鉢の主らしい初老の男が前掛け姿で現われ、猪汁と白いご飯を盛りつけたどんぶり鉢、それに刺身の皿を、和吉のまえにすえた。

「和吉、わしがもどるまで、ここでゆっくりしてたらええねんで」

利助はかれにやさしくいいかけ、箱荷を背負い、店から出ていった。

和吉がさっそく猪汁を食べはじめていた。

「菊太郎の若旦那さま、こら妙どすなあ」

人にはとどかない小声で鶴太がいった。

「いかにも奇怪、手代の利助は、明らかに和吉をかばっておる。鶴太、そなたは店に駆《か》けもどり、仔細《しさい》を源十郎にのべたうえ、わしがここで長居を決めこんだと伝えてまいれ。一人では無粋ゆえ、誰か酒の相手を送りこんでもらいたいともうすのじゃ。わかったな」

「へえ、承知しました」

「親父親父、わしにも刺身と酒じゃ」

菊太郎は鶴太を見送り、調理場のほうに大声で叫んだ。

飯台にむかっていた人足たちが、驚いて項《うなじ》を回すほど野太い声だった。

四

数本の銚子を菊太郎はゆっくり空《あ》けた。

かれの斜《なな》めむかいでは、猪汁とご飯のお替りを食べ終えた和吉が、腹がふくれて疲れが出たのか、飯台に肘《ひじ》をつき、居眠りをはじめた。

小女が梅鉢の主の顔をうかがう。

主はそのままにしておいてやりなと目顔でいい、小女に綿入れ半纏《はんてん》を手渡し、小さな肩に掛けさせた。

よほど疲れているのか、和吉はそれすら気づかずに眠りつづけている。

ひとしきり賑《にぎ》やかだった正午《ひる》どきがすぎ、出入りしていた人足たちの姿もいつしか消え、店はしんと静まった。

それでも調理場の熱気が店まで流れ、飯台に腰を下ろしていても、さほど冷えはおぼえない。菊太郎は酒のせいもあり、むしろ身体がほてってっていた。

表では先ほどから雪が降りだしており、小僧の和吉を梅鉢に預けていった手代の利助は、合羽を頭から箱荷ごとかぶり、雪をあびながら、顧客の許を訪ねているのだろう。

——手代の利助とやらは、いったいなんのつもりじゃ。

菊太郎は寝込んだままの和吉にちらっと目をやり、飯台を拭いている小女に、もう二、三本熱燗《あつかん》を頼むと注文した。

「お侍の旦那さま、お供の丁稚はんが急いで駆《か》け出していかはりましたけど、旦那さまの飲みっぷりを、どなたかに告げるためなんとちがいますか。いくら雪が降り出して冷えるいうたかて、昼間からの大酒は身体に毒どっせ——」

梅鉢の主が、調理場の縄暖簾《なわ》から首だけをひょいと突き出し、菊太郎をたしなめた。

「親父、わしはもう何本飲んだのじゃ」

「ほうれ見てみなはれ。自分がどれだけ酒を飲んだのかもわからへんほど、酔うておいでなんどすわ」

「ちえっ、数はおぼえておらずとも、まだ酔うてなどおらぬわ」

「酔っ払いは、誰でもみんなそないいうもんどす」

「酔っ払いをたしなめる奴らも、同じことをもうすぞ。まあさようにつれない返事をいたさず、酒を持ってきてくれ。そなたまさか、わしの懐中を疑っているのではあるまいな」

「とんでもない、そんなん案じますかいな。こんな商いをしてましたら、勘定のいただける客かどうかぐらい、すぐわかりますわいな」

「されば酒を持ってきたらよかろうがな」

「それほどいわはるんどしたら、出させていただきますけど、ぼつぼつ飲んでおくれやっしゃ」

「ところで親父、そこで居眠りしている小僧を残していったお店者《たなもの》、あの男とはまえからの昵懇《じっこん》か――」

「まえからの昵懇、そんなもんやあらしまへんわいな。あの男のことどしたら、生まれたときから知ってます。あれはわしと同じ大和・柳生《やぎゅう》の出どすさかいなあ」

「うむっ、同じ村の生まれともうすか」

「へえ、ええとこへご奉公して、先が楽しみやと思うてましたけど、なんやそのお店に問題があって、難儀しているようどすわ」

梅鉢の主は、居眠りをつづけている和吉に目をくれ、少し声を低めた。

「それはどこのなんともうす店じゃ」

「そんなん、いくらなんでもいえしまへん。かわいい甥っ子がご奉公している店どすさかいなあ」

「ならばわしがもうしてとらせよう。四条河原町の小間物屋・俵屋であろうが――」

「げっ、どうしてそれをご存じなんで。お侍さまは何者なんどす」

主の喜十がにわかに警戒の色を浮かべたとき、梅鉢の表戸ががらっと開けられた。

外はすっかり吹雪、梅鉢の土間に、白いものがさあっと吹きこんできた。

「えらい降りよるやないけえ」

荒い語調がまず菊太郎の耳にとどいた。

頭数は三人、いままでの客とはおよそちがう風体の男たち。人足ではなく、ならず者であった。

「お、おいでやす」

小女がかれらの雰囲気にひるみ、それでもおずおず声をかけて迎えた。

喜十は早くも剣呑《けんのん》なものを感じ取ったのか、顔を曇らせ、無言でかれらを眺めた。

「おい親父、熱いのを三、四本つけてくれや。代金は先に払っとくさかいなあ」

三人の中で一番凶悪な面構えをした男が、懐から小粒金を一つ取り出し、飯台の上にぱちんと音を立てて置いた。

同時に小柄な一人が、素早く梅鉢の腰板障子戸《こしいたしょうじど》につっかい棒をかました。

寒いからといい、熱燗を飲みにきた客でないことが、これではっきりわかった。

小粒金を置いた男が、菊太郎の斜めまえで、飯台にうつ伏せになって眠りこんでいる和吉にむかい、雪駄《せった》の音をひびかせて近づいた。

「ひねり潰《つぶ》してほしいと頼まれたのは、この餓鬼《がき》じゃな。いっしょに客回りに出かけたはずの手代は、どないしたんじゃ」

「兄貴、雪隠《せっちん》にでも行ってるのとちがいますか」

小柄な男は腰板障子戸を背にして、そのまま張りついている。

もう一人の男がかれに答えた。

「あほ、てめえがわしに知らせてくるまえに、おそらく商いに出かけたんじゃ。この餓鬼に温かいもんを仰山食わせておいてくれと、ここの親父に頼んでなあ」

かれは調理場の縄暖簾の前に立つ喜十を、じろっとにらみつけ、右頬をひくつかせていった。

すぐそばに腰を下ろす菊太郎を、公家《くげ》の青侍《あおざむらい》とでも見て軽んじているのか、気にも止めない態度だった。

「お、おまえさんたちは、わしんとこの店でなにをおしやすのや」

喜十が気色ばんで怒鳴った。

「わしらがなにをしようが、てめえに関わりはないわい。黙って目をつぶってたら、それでええのじゃ。わしはそのつもりで、小粒金をはずんだんやで――」

「もし、そ、そこのお小僧はんに悪さをする気やったら、わしが承知しまへんえ。理由があって、夕刻まで預かっているんどすさかいなあ」

「親父、飯屋の父《と》っつぁんのくせに、生意気な口をきくやないけえ。わしらに立ちむかえるのやったらええけど、怪我をするのが落ちやで。そこにいてるお侍はんのように、腰を抜かして膝《ひざ》を震わせてたら、すぐすむわい」

兄貴と呼ばれた男が、喜十をせせら笑った。

かれらから無視されたうえ、嘲笑《ちようしよう》までされた菊太郎は、素早く和吉のまえに立ちはだかるため、そっと足を配り直した。

「すぐすむとは、いったいなにをしはりますねん」

喜十が声をあえがせてたずねた。

「いまひねり潰すというたやろうな。こないに痩せこけた餓鬼、ほんのひとひねりじゃわい。番所の者には、いきなり仰山食うたさかい、喉に飯をつまらせ死によったとでも、説明したらええのや。誰も梅鉢の父っつぁんが、こんな餓鬼を殺したとは思わへんわいな。そこは安心しておくんやな」

かれらの計算では、ほんの二、三十拍で和吉の殺害などすむはずであった。

凶悪な面構えの男は、先斗町遊郭《ぽんとちようゆうかく》に巣くうならず者の勘造。一刻（二時間）ほどまえ、御《お》高祖頭巾《こそずきん》をかぶった中年の女が、近くのかれの長屋にいきなり現われた。

そして十両の金を置き、梅鉢に飯を食べに入る手代と小僧を、痛めつけてほしいと頼んだのであった。

「わしらでも面食らう乱暴な相談どすけど、まあ十両もの大金を見せられたら、断わりもできしまへん。理由なんぞきかせてもらわんでも結構どす。手代は脅《おど》し、小僧はひねり潰せといわはるんどすな」

「急いで三条木屋町の梅鉢に行っていておくれやす」

御高祖頭巾の女は、目だけを光らせ、権高《けんだか》に命じた。

服装は大店《おおだな》の女とみえ、絹物を着ている。この急な凶行には、おそらく深い事情があるのだろう。また女は、自分たち先斗町のならず者についても、相当の知識を持っていそうだった。

ともあれ、小僧をひねり潰して十両、悪い話ではなかった。

「おのれの不義の現場でも、小僧に見られたんとちゃうか。年増女は恐ろしいわいな。わしを勘造といきなり呼びよった。わしらが知らんだけで、どこぞ先斗町遊郭の女将《おかみ》なんやろ。素人女では、あれだけの度胸はあらへん」

そして金に目をくらませた勘造たちは、降りはじめた雪の中を、梅鉢に急行してきたのである。

勘造は報酬分の行ないをするため、和吉にぐっと近づいた。

細い首、痩せた両手首。どこから京へ奉公にきたのか知らないが、和吉の哀れな姿は、荒れた暮らしをつづけているかれにすら、ふと憐憫《れんびん》の情をわかせた。不幸だった自分の子どものころが思い出されたのだ。

「この餓鬼、なんでひねり潰されなならんのかわからへん。けど恨《うら》むなら世間、いやいっそ、このわしを恨んでくれてもええねんで。わしはあの世に行ったら、どうせ地獄に落ちる身やさかいなあ。坊主、わしを堪忍してや――」

かれの両腕が、飯台ごしに和吉の首にのばされた。

「な、なにをおしやすのや。や、やめときやす」

梅鉢の喜十が大声をほとばしらせた。

同時に店の空間を白いものがさっと飛び、勘造の横っ面で、がんとなにかが砕《くだ》け散った。

かれはわあっと叫び、飯台と腰掛け樽《だる》の間にひっくり返った。

菊太郎が半分ほど酒を残した銚子を、勘造に投げつけたのである。

「な、なにをするんじゃ」

勘造の動きを見守っていた手下《てした》たちが、即座に菊太郎にすごんだ。

「なにをするのじゃと。そばで見ていてわからぬのか。もったいないが、まだ酒の残っていた銚子を、そ奴に投げつけたのじゃわ。見えなんだわけでもなかろう」

「な、なんだと――」

飯台からすっと立ち上がった菊太郎の微笑が、かえってかれらを射すくめていた。

「それになあ、わしはそ奴に腰を抜かしたとあざけられたのじゃ。少々、仕返しをされたとて当然と、心得るがよい。先にもうしておくが、本来なら小僧を絞《し》め殺そうとしたそ奴を斬《き》り殺し、おぬしたちも腕の一、二本を叩き斬ってくれたいところじゃ。されどいたしすぎては気の毒。またそ奴が、坊主、わしを堪忍してやともうした言葉も気に入った。命だけは助けてとらせるゆえ、しばらく三人とも居眠っていてもらいたい」

菊太郎は飯台のそばからひらりと飛び、土間に下りるやいなや、懐から匕首《あいくち》を抜き出した二人に、素早く当て身を食らわせた。

勘造にもゆっくり歩み寄った。

「いまもうした通り、悪いようには許らわぬ。暫時《ざんじ》、静かにいたしておれ」

かれは微笑したまま、勘造のみぞおちに鋭い突きを入れた。

勘造はぐうの音ももらさず、土間に崩《くず》れこんでいった。

和吉はまわりの大騒動にも目を覚まさず、まだ居眠っている。

「お侍さま――」

「主、このままでは、また誰が襲ってくるかわかったものではない。わしに味方する者が、間もなくくるはずじゃが、とりあえずこの小僧をゆすり起こし、三条の料理茶屋重阿弥に預かってくれと、頼みに行ってくれぬか。重阿弥を知っていような。わしの名前は田村菊太郎、さようにもうせば、ただちにわかるはずじゃ」

「そら重阿弥さまどしたら、存じてますけど。田村菊太郎さまどすな」

「小僧を預けたら、急いで帰ってくるのじゃ」

「へ、へえ」

梅鉢の喜十は和吉をゆすり起こし、すぐさま猛吹雪となった木屋町筋に消えていった。

かれが再び店にもどってくると、梅鉢の暖簾がしまわれ、表が半分、板戸でふさがれていた。

「親父、店を勝手に閉じさせてもらったぞよ」

「なにがなにやらさっぱりわからしまへん。けど重阿弥では旦那の彦兵衛さまが、丁重にお預かりするといわはりました。こちらに店の男たちを、すぐ応援に駆けつけさせるとも仰せどしたわ」

土間に勘造たちが転がっている。

両手足を自分の腰紐《こしひも》や帯でくくられ、かれらはすでに気を取りもどしていた。

「主、わしに熱いやつを、改めてつけてくれぬか」

「へえ、承知しました。けど店を閉めてしもうたら、仕込んでおいた折角《せっかく》の品が、売り物にならしまへん」

「まあ、さように愚痴《ぐち》るな。いまにわしの客たちがくるわい」

菊太郎がいい終えた直後、鯉屋の源十郎が、薬売りの格好をした赤松綱《あかまつつな》と、銕蔵たちとともに駆けつけてきた。

つづいて鶴太が、白い息を吐き現われた。

重阿弥から彦兵衛が、屈強の男たちを連れ駆けつけたのはすぐだった。

「銕蔵、綱どのや鯉屋の者たちが探《さぐ》ってくれた甲斐《かい》が、やはりあったともうすべきじゃ。不審な相手は、はっきり動き出したわい。この三人、俵屋の小僧の和吉を殺そうといたしおった」

「お小僧の和吉はんは、お店でお信《のぶ》はんがしっかりお預かりしてます」

彦兵衛が辞儀をして菊太郎と銕蔵に告げた。

「梅鉢の親父、このお人たちに猪汁でもおでんでも、なんでも出してやってもらいたい。ごろつきどもの両手を解《と》き、熱い猪汁を振る舞ってとらせてもよいぞ。風邪でもひかれたら、気の毒じゃでなあ。この猛吹雪の中を、いまに手代の利助がもどってまいる。おそらく奴が、俵屋の不審をすべて明かしてくれるだろうよ」

菊太郎にうながされ、奇妙な宴会がはじまった。

俵屋の手代利助は半刻（一時間）ほどあと、全身、雪を浴びた真っ白な姿で、梅鉢にもどってきた。

「実の兄弟でも、欲の道だけは別なのかも知れまへん。俵屋を店開きしたときから、わたくしは八右衛門の旦那さまといっしょに働いてまいりました。そやさかい、家内《いえうち》の事情には通じているつもりどす。わたくしはひそかに、篠山の田舎でお生まれやしたお坊ちゃまの修平さまと、番頭の九兵衛はんのお子の和吉はんが、あるいは親の欲がらみで入れ替えられているのではないかと、疑ってまいりました。なにしろ実の親子でありながら、八右衛門の旦那さまが修平さまにお会いになったのは、六歳のときが初めて。お店《たな》さまは赤子のとき以来、お顔を見せられていまへんのやさかい。それになにより、小僧の和吉への扱いが、番頭はんも良栄はんもひどすぎますわ。つい先頃、そこにおいでの公事宿鯉屋の旦那さまのお名前が出てから、九兵衛夫婦は和吉に、まえにもまして惨う当るようになりました。わたくしは毒でも盛られるんやないかと、恐れていたんどす。八右衛門の旦那さまも、労咳でもないのに血を吐き、死なはりましたさかい——」

長い時間をかけ、利助はこんな事情をのべ立てた。

「するとそなたは、小僧の和吉が俵屋の跡継ぎ、死んだ八右衛門の子どもではないかともうすのじゃな。もしさようであれば、世間を欺《あざむ》き、親の情をもてあそぶ許しがたい所業。また八右衛門が労咳でなかったというのも、きき捨てにできかねる。九兵衛夫婦を厳しく詮索《せんさく》いたさねばなるまい」

銕蔵が同心組頭の顔になり、手代の利助にただした。

「へえ、わたくしの勘に間違いはないはずどす」

利助は確信を持ってうなずいた。

「銕蔵、そこにいる勘造とかもうす男たちから、まずしっかり締め上げていくのじゃな。なんならわしが利助と俵屋の相続人について異議をとなえ、鯉屋の源十郎を通して、公事に持ちこんでくれてもよいぞよ」

菊太郎は赤松綱に銚子をすすめ、源十郎に笑いかけた。

「お侍さま——」

利助の鋭い目から、はらはらと涙がこぼれ落ちた。

因業《いんごう》の瀧

一

「お与根《よね》、どうかしたんかいな――」

公事宿《くじやど》「鯉屋《こいや》」の帳場から、手代・喜六《きろく》の声が飛んできた。

「いいえ、なんでもあらしまへん」

小女のお与根は、喜六の問いを否定したが、それでも箒《ほうき》を使っていた手を止め、まだあたりを怪訝《けげん》そうな表情で見回していた。

北に二条城の高い石垣が見えている。

そこから南にのびる大宮通りには、「公事宿」と染め出された暖簾《のれん》をかかげた店が、ずらっと並んでいた。

どの店もまずまずの繁盛。だがこれらの店は、訴訟事件の弁護士的役割を生業《なりわい》としているだけに、その繁盛は決してもろ手を挙げてよろこぶべきものではないのだと、主《あるじ》の源十郎も居候《いそうろう》をつづけている田村菊太郎もいっていた。

公事宿には、さまざまな民事訴訟事件が持ちこまれてくる。

他人との間だけでなく、親族間の揉《も》めごと。立ち退きをもとめる家主と店子《たなこ》の争いぐらい序の口、人間の色と欲にからんだあらゆる事件の相談が、かけられてくるのであった。

畿内各地から訴訟にやってくる客のため、旅籠《はたご》としての機能もそなえ、食事の支度もしなければならない。源十郎や下代《げだい》(番頭)の吉左衛門たちは、訴訟人から事件の概要をきき出し、目安(訴状)や請願書などの書類を作成し、争いが解決するまで、一切の面倒をみるのである。

町奉行所から簡単に裁許(判決)を得られればいい。だが揉めごとがややこしくなると、解決までに二、三カ月どころか、半年、一年かかるのも珍しくなかった。

だから普通なら見えない人間の表裏、心の美醜、臓腑《ぞうふ》の奥までのぞくことにもなり、その繁盛はもろ手を挙げてよろこぶべきものではないとの感慨が、つい出たりするのだ。

「お与根、そやったらさっさと表のはき掃除をすませ、店にもどってこんかいな」

喜六は箒の音が止まったままなのを耳で確かめ、せわしい声でうながした。

帳場に接した座敷では、源十郎が相談事の客から話をきいている。

すでに四半刻(三十分)ほどもすぎており、つぎのお茶を頼まれそうだった。

江戸時代、京大坂はもちろん、江戸でも大方の城下町の商家でも、朝昼晩、決まって店の表やまわりを箒で清めていた。

幕末、日本各地を訪れた諸外国の使節たちは、その徹底した清潔さに驚嘆した記録を、数多く残している。

町中《まちなか》に塵《ちり》一つ落ちていないのだ。

「いったい、なにをしてんのやな」

喜六はお与根にきこえない小声でつぶやき、帳場から立ち上がり、広い土間にそろえられた草履《ぞうり》を突っかけた。

そして表の腰板障子戸《こしいたしょうじど》をがらっと開けた。

そこではお与根が箒を持ったまま、やはりまだあたりの空を眺め上げていた。

「お与根、わしは何遍もきいたけど、おまえ掃除もせんと、なにをぼやっと空を見てんねん。龍《りゅう》でも空を飛んでいったんかいさ」

かれはお与根に喝《かつ》をあたえるようにいった。

「龍、あほくさ。うち、そんなもんこの世にいてへんと、菊太郎の若旦那さまからきいてますえ。あれは唐の国のお人が考えた想像上の生き物どすがな。手代はんは、そないなことも知ってはらへんのどすか――」

「おまえ、わしになんちゅう口を利《き》くねん。龍でも空を飛んでいったんかとは、わしの冗談口やわいな。それもわからんと、わしをおちょくったりしたら、承知しまへんえ」

「うち、手代はんをおちょくったりなんかしてしまへん」

「だいたいうちの連中は、幸吉や佐之助にしろ丁稚の鶴太にしろ、菊太郎の若旦那さまがあ
あやさかい、平気で上の者にたてついたりして困ったもんや。ほんまにどうしようもないわ
いな」

手代の喜六が鯉屋に居候している菊太郎を、名指しでああやさかいとぼやくのは、菊太郎
が町奉行から高い役職で召したいとの要請を断わるうえ、なにかとかれらを愚弄《ぐろう》した言動を
とるからだった。

だがそのくせ菊太郎は、鯉屋の商売柄からでもあるが、東町奉行所同心組頭の任につく異
母弟銕蔵《てつぞう》に協力し、さまざま事件の解決に陰からつくしている。

もっとも喜六も、お与根とのやり取りの中で、ふと菊太郎の愚痴《ぐち》をこぼしただけで、本心
では決してそう思っていなかった。

菊太郎が食客として店にいてくれるお陰で、公事宿鯉屋は東西両奉行や与力、同心たちか
ら、一目も二目も置かれているのだ。

「手代はんは、お店《たな》のみなさまをどうしようもないというてはりますけど、旦那さまも店の
連中はみんな菊太郎の若旦那さまの肩をもってと、まったく同じに嘆いてはりまっせ」

お与根は負けん気をのぞかせ、いい返した。

「まあ、そんなん、ここでわやわやいい合うことやないわいな。それで話をもとにもどすけ

ど、おまえは表の掃除もろくにせんと、なにをぼんやり空を眺めてますのや。龍みたいなもん、絵なんかに描かれているだけやぐらい、わしかて知ってますわ」

「子どもやあるまいし、そらそうどっしゃろ。喜六はんは鯉屋の手代はんどすさかいなあ」

「お与根、おまえはほんまに減らず口ばかり利く奴ちゃなあ」

「そら小女でも、公事宿に奉公しているのどすさかい。少しぐらい弁《べん》が立たな、いざというとき、力になれしまへん」

「そらええ心掛けやけど、いまここでは大概にしておきなはれ。わしかてあんまり小馬鹿にされると、怒りまっせ」

「おお恐《こわ》、けど手代はんの怒らはった顔、うち、男らしゅうて好きやわあ」

「おまえ、またじゅんさいなお上手をいうてからに」

喜六は苦笑を浮かべ、お与根を叱《しか》りつける勢いを萎《な》えさせた。

じゅんさいは蓴菜《じゅんさい》。スイレン科の多年生水草で、若い葉は透明な粘液におおわれ、京では吸い物に重宝されている。

ぬるっとしているため、要領を得ないいい加減な人物を指して、〈じゅんさいな奴〉とも呼ぶのである。

「そしたらいいますけど、鶯《うぐいす》の声をきいてますねん」

「鶯の声やと――」

「へえ、さっき箒を使うてましたら、どっかから鶯の鳴き声が、ほうほけきょときこえてきましてん。子どもの頃、年寄りから教えられましたけど、鶯がほうほけきょと鳴くのは、仏さまのお説《と》きやす法《ほう》をきけよと、鶯がいうてるんやそうどすわ」

「鶯の初音《はつね》をきくのは、縁起がええというけど、鶯が仏さまの説かはる法をきけよと鳴いているというのは、知らなんだなあ。わしもこれで一つ賢うなったわいな」

「そうどっしゃろ。鶯の声は二度きこえ、それからふと途絶えてしもうたさかい、うち、その声をさぐるため、こうしてじっと箒も動かさずに、耳を澄ましてましてん」

「なんや、それならそれで減らず口を叩《たた》いてんと、それをわしに早ういいなはれ。そやないと、必要のない文句や愚痴を、浴びせてしまいますさかいなあ」

鶯の声をきこうとしているのか、喜六の目もお与根同様、大宮通りのあちこちに這《は》わされた。

軒先と棟瓦をそろえた町屋が、すっきりつづいている。

ところどころの黒塀から梅の枝がのぞき、春がそこまできている感じであった。

「手代はん、折角《せっかく》、表に出てきはったのに、鶯の鳴き声はもうきこえてきまへんなあ」

「ほんまやなあ。わしの心掛けが悪いからやろか」

「そんなことあらしまへん。むしろ手代はんは日頃の心掛けがええさかい、鶯も法をきけよと催促なんかできへんと、思うているのとちがいますか。うちは手代はんがいわはった通り、じゅんさいな女子やさかい、鶯に法をきけよと鳴かれたんどすわ」

「おまえ、わしにうれしいことをいうてくれるやないかいな。そやけど考えてみると、やっぱりどっかじゅんさいなところがあるみたいやわ」

「そないいわれたら、うち、立つ瀬があらしまへん」

「あんまり哀しそうな顔をせんとき。おまえのことは旦那さまもお店《たな》さまも、小さな身体でこまこまよう働き、なにかと気のつくええ女子やと、いつも褒《ほ》めてはりますえ。菊太郎の若旦那さまかて、打てばひびく鼓のような女子やというてはりますがな」

「手代はん、そうやったらうれしいけど――」

「あっ、こんなことしてたら、旦那さまからお叱りを受けなならん。わしはおまえに新しいお茶を、お客さまのところに運んでもらうつもりでいてたんや。表の掃除はもうよろし。早うそうしてくんなはれ。頼みますわ」

普段の表情にもどり、店に身体をひるがえしかけた喜六は、このとき北の方角を眺め、ぎょっとした顔で足を止めた。

かれの足がそこへ釘付けになった。

顔色が青《あお》ざめている。

ただごとではなかった。

「どないしはりましたん」

喜六にいいかけ、お与根も北へ目をやり、はっと表情を変えた。

二条城の石垣と白壁がまず目についた。

その奥に緑の繁みがひろがっている。

同城は万治三年の暴風雨、寛文二年、同五年の地震、元禄十四年の雷雨などで、つぎつぎ殿舎に被害を受けた。

さらに寛延三年八月二十六日、ついに決定的な被害をこうむった。

雷火で五層の天守閣が焼失してしまったのだ。以来、天守閣は再建されなかった。

京の人々にとって、五層の天守閣は徳川幕府を象徴するものとして、相当、目障《めざわ》りであった。天守閣が焼失したあと、市中のいくつかの町では、まだ残暑がきびしいにもかかわらず、祝いの餅《もち》つきが行なわれたと記録されている。

この餅は天にむかって投げ上げられ、拾った人々は、のし紙に包んで神棚に供えたという。

雷火に感謝の気持を伝え、西の見晴らしがよくなったよろこびを表わしたのだと、記録はさらに伝えている。

「手代はん、あれは──」

「ああ、あれがそうやがな」

お与根と喜六は乾いた声でいい合い、お互いに喉《のど》を鳴らして生唾《なまつば》を飲みこんだ。

二条城の城壁をかすめ、白衣の後ろ手に縄をかけられた男が、裸馬に乗せられ、通りすぎていったからだった。後ろに雑色《ぞうしき》（奉行所の最下役）や騎馬の与力、同心たちの姿が見えた。

大宮通りは二条城の堀端までつづき、東西の両側は目付屋敷になっている。

白壁をかすめていった一行の先頭には、捨て札を高くかかげた雑色が、歩いているはずであった。

「あの事件の晒《さら》しは、今日やったんかいな──」

「へえ、ここ二、三日のうちやと、銕蔵の若旦那さまからきいてましたけど、うちも今日やとは知りまへんどした」

二人は自分たちの視界から消え失せた一行についてつぶやいた。

町筋を通りかかった人々や、店先に出ていた者たちが、ほんの一瞬、目付屋敷のむこうをすぎていった一行に気づいたとみえ、辺りがにわかに騒がしくなってきた。

この種の罪人は三条大橋東詰めで晒《さら》される。

六角牢獄《ろっかくろうごく》に収容されていた当の罪人は、先ほど目付屋敷からどれだけも西に離れていない町奉行所で、刑の執行をもうし渡された。

そして三条大橋東詰めに運ばれていくのであった。

「お連れ合いと心中しながら、生き残ってしまわはった男はんが、晒しにされるため、いま三条大橋にむかっているんやて——」

「そら一目見にいかなあかんがな」

「女子はんは自分の喉《のど》を掻《か》き切って死なはった。男のほうも手首を切ったもんの、発見が早く、どうやら命を取りとめたんや。去年の秋の事件やけど、生き残って幸いやら気のどくやら、どうともいえへんなあ」

「三条大橋に三日間晒されたうえ、町人の身分を奪い取られて悲田院《ひでんいん》の年寄に下げ渡され、一生、日陰の身で生きていかななららん。いまこそほんまに死んでしまいたい気持でいてはるやろなあ」

「そやけどあの男はまだ三十一歳、店は烏丸夷川《えびすがわ》。二代目やけど、そこそこの饅頭屋《まんじゆうや》やったというやないか。父親に死なれたあと、にわかに博打《ばくち》を打ちはじめ、借金ができて首が回らんようになり、子どもがないさかい、女房と東山の鹿ケ谷《ししがたに》の女滝《めだき》のそばで心中したそうや。けど借金がどんだけあったかて、まだ若いのやさかい、夫婦そろって頑張って働いたらなんとかなるのになあ」

「人間のできはちょっとも悪うない。どっちかいえば気の弱い男。ただ根性がなかっただけのこっちゃ。なあ鯉屋はん——」

表の騒ぎをききつけ、鯉屋の両隣りから、同業者の下代や手代たちが現われた。かれらは大声で言葉を交わし合い、そのうちの一人が、喜六に相槌《あいづち》をもとめた。

「ほんまになにも連れ合いと心中せんかて、裸一貫になってまたやり直さはったら、ようおしたのになあ。人間、追い詰められると、もう分別《ふんべつ》がつけられしまへんのやなあ」

いままでは鯉屋と仲のいい隣りの公事宿「蔦屋《つたや》」の下代長兵衛が、しみじみとした口調で話しかけた。

饅頭屋は亀屋、二代目の名は清七といった。

かれと妻の吉江《よしえ》が、東山で心中したのは、亀屋の菩《ぼ》提寺《だいじ》が、鹿ケ谷に近い安楽寺だったからだと推定されている。

鹿ケ谷は如意ケ岳（大文字山）山中の峡谷。『平家物語』はここに営まれていた山荘で、僧俊寛や平判官康頼たちが、平家追討の密議をこらしていたところを捕らえられたとのべ、ためにここは俗に談合谷ともいわれてきた。

如意ケ岳から流れ出る谷川の水が、途中で小さな滝をつくり、談合谷の女滝と呼ばれていたのだ。

「お与根、さあ店の中に入りまひょ」

喜六が彼女をうながしたとき、どこかで鶯が短くほうほけきょと鳴くのが、やっときこえてきた。

二

「おっちゃん、牛車《ぎゅうしゃ》の後押しさせてんか——」

田村菊太郎は、夕暮れの近づいた三条大橋の中ほどの擬宝珠《ぎぼし》に、所在なげにもたれかかり立っていた。

かれは橋の東詰めに晒された亀屋清七のまわりを、うかがっていたのだ。

すると東の河岸から、こんな声が飛んできた。

「おお、てめえか。いつも精出して車の後押しをしてくれて、ありがたいわい。牛の奴になり代って礼をいうけど、毎度まいど駄賃はやれへんねんで——」

「そんなもん、このあいだ仰山、貰うたさかいええわい。そやけどまたくれる気になったときには、どうぞおくれやすや。それとわしが大きゅうなったら、車屋の旦那にわしを雇ってくれるよう口を利いてほしいねん」

町の貧しい人々の子どもは、常に家の米櫃《こめびつ》の心配をしている。河原で遊んでいても、牛車がやってくると、かれらはさっと牛車に取りつき、こんなやり取りすら交わすのであった。

七、八歳の子どもに後押しされた牛車が、まだ冷たい鴨川の渡河路《とがろ》を、難儀しながら渡りきる。菊太郎は網代笠の中から、それを眺め下ろしていた。

——春なれど人に冷たき鴨の水

胸の中で駄句が一つまとまろうとしていた。

それでもかれの目は、たえず三条大橋東詰めの晒し場に注がれ、ある女の動きを怠《おこた》りなく見張っていた。

三条大橋は公儀橋として、角倉《すみのくら》家の管理に委されている。

橋の通行は人だけに許され、荷車は大橋南の渡河路を通ると決められていたのだ。

享保十五年五月十三日、大津から米を運ぶ牛車が、渡河路に下りてきた。ところが炎天下を歩いてきた牛が、水の流れを見てそれを飲もうと暴走、そばで水遊びをしていた四つの女の子を轢《ひ》き殺した。

牛車を御していたのは、車屋茂兵衛の雇人太十。かれは幸い少女の父親伝四郎の助命嘆願もあり、遠島の処分だけで命びろいをした。

江戸時代、交通事故にはほとんど厳罰主義が適用され、加害者は多く死刑に処せられた。にもかかわらず太十が遠島ですんだのは、車屋茂兵衛が伝四郎に大枚の金を渡し、助命嘆願を行なわせたからなのは明らかであった。

亀屋清七の晒しは、今日で三日目になる。

菊太郎がある不審に気づいたのは、晒しの初日の一昨日だった。

かれは三日前の夜、法林寺裏の長屋に住むお信《のぶ》の許《もと》に泊り、三条木屋町（樵木町《こりきちょう》）の料理茶屋「重阿弥《じゅうあみ》」に出かける彼女とともに、三条大橋東詰めにやってきた。

初春の陽がすでに頭上近くまで昇っていた。

「あなたさま——」

かれと肩を並べ歩いていたお信が、急に不安げな声を発し、菊太郎の袖《そで》に取りすがった。

「お信、いかがいたしたのじゃ」

「あれを、あれを見とくれやす」

菊太郎はすでに目の隅でとらえていたが、お信を不安におとしいれたのは、三十歳前後の男が、晒しものにされかけている哀れな姿だった。

晒しにもさまざまあるが、地中深く打ちこんだ棒杭《ぼうくい》に縛りつけたもの、また板屋根だけの簡単な小屋に筵《むしろ》をしいて座らせ、杭に腰縄と後ろ手をくくり付けたものが、主とされていた。

心中未遂の男女なら、二人が並んで座らされた。

「やい名無し、今日から三日ぐらいの晒しは、すぐすんでしまうわい。寒さもちょっとやわらぎ、死ぬのとくらべれば、たいしたこともないやろ。それにわしらが交替で見張ってやってるさかい、悪さをする者もいいへんはずや。安心してじっくり、人さまに顔を見てもらうこっちゃな」

白の薄物一枚の亀屋清七は、髭面《ひげづら》の雑色の一人に声をかけられ、荒筵の上に座らされた。

髭面の指図で、手下《てか》の一人がすぐかれを杭に縛りにかかった。

騎馬でやってきた与力は、雑色が用意した床几《しょうぎ》に腰を下ろし、それを取り囲むようにして数人の同心が、無言のままかれらの動きに目をこらしていた。

一行の先頭に立ち、ここまで捨て札をかかげてきた雑色は、板屋根の小屋のかたわらに穴を掘り、それを突き立てている。

晒しがあるとすぐに知れ渡り、見物かたがた一行についてきた老若男女をふくめ、三条大橋東詰めの界隈《かいわい》には人が集まり、騒然とした雰囲気だった。

晒しがすんだあと、清七は悲田院の年寄に下げ渡される。

髭面がかれを名無しと呼んでいるのは、清七がすでに町人としての身分も名前も、剝奪《はくだつ》されているからであった。

悲田院の年寄により、かれには新しい名前がつけられるのである。

だからかれはいまのところ、名無しと呼ばれているのだ。

もっとも雑色がかかげてきた捨て札には、かれの名前と罪状が書かれていた。

その文言は、心中の生き残り、見せしめのため三日間晒したうえ身分を取り上げ、悲田院年寄に下げ渡すべきもの也と、決まりきったものだった。

「あの饅頭屋、なにを血迷うたんか博打に手を出し、身代をつぶしたさかい、女房と心中しようとして、自分だけ生き残りおったんやて」

「かわいそうやけど、そら自業自得いうもんやで。女房だけが死んで、おのれが生き残るとは、男のくせしてみっともない奴ちゃ。途中で、死ぬのが恐ろしゅうなったんとちゃうか――」

「全くやで。男の風上にも置けへん奴やわ」

「奉行所が悲田院の年寄に下げ渡さはるのも、無理のない話やわいさ」

晒し小屋を遠くから囲み、人々が口々にいい合っていた。

悲田院ときき、女たちは顔を青ざめさせ、肩をすくませる者も見られた。

悲田院はいまでこそ奉行所の手先とされ、行刑の役割をになわされているが、平安時代までさかのぼれば、検非違使《けびいし》と左・右京職が直轄する病人、窮者、孤児の救済施設だった。

現在の京都・河原町通り御池南西角に構えられ、火事で類焼、扇町に移ったものの、後花園天皇の葬儀は同院で営まれた。

天正元年四月、織田信長の上京焼き打ちでさらに焼亡、正保二年、のちに高槻《たかつき》城主となる永井直清の手で、東山・泉涌寺《せんにゅうじ》の西に再興されていた。

主だつ仕事として二条城外堀の身投げ死体の処理、牢屋敷《ろうやしき》内外の清掃、東西刑場の行刑一般などにつかされ、人のしたがらない役目が弱い立場の者に課されるのは、今も昔も変わらなかった。

「お連れ合いを殺《あや》め、自分も死のうとされていたのに死にきれなかったとは、不幸なことどすなあ」

およそがわかり、お信は眉《まゆ》をひそめて同情した。

「不幸といえば不幸だが、生き残ったからには仕方あるまい。一旦、死のうと思っても、人間、生き残ってしまうと臆《おく》するものじゃ。悲田院の年寄の許に身をよせたあとは、死んだつもりで生き、女房どのの菩提《ぼだい》を弔ろうてやるのじゃな」

菊太郎は亀屋清七が荒筵の上に座らされ、杭にしっかり縛りつけられるのを眺め、お信につぶやいた。

雑色たちの扱いが、かれを名無しと呼びながらもなんとなくやさしいのは、晒しがすんだあと、かれが自分たちの仲間になる男だからだろう。

参考までに書けば、こうした行刑機能は京周辺の村々に分散させられ、泉涌寺西の悲田院にすべて委《ゆだ》ねられていたわけではない。これらの村の村人は、人の嫌がる役目を果たすことで、人々から憎しみや怨《うら》み、さげすみを受け、長く悲運に泣かねばならなかった。

「お信、さあ行こうではないか。重阿弥にまいったら、真っ昼間からなんじゃが、一本つけてもらいたい」

料理茶屋の重阿弥で女中として働くお信は、菊太郎とのかかわりから、特別な待遇をあたえられていた。

主の彦兵衛には、菊太郎の異母弟・銕蔵の妻奈々《なな》の実家、中京錦小路で海産物問屋を営む播磨屋助左衛門からだけでなく、東西両町奉行や鯉屋源十郎からも、扱いを十分にしてもらいたいと、内々に金子《きんす》が渡されていたのであった。

「ほなお供いたします」

お信がいい、二人は三条大橋にむかい歩き出したが、今度は菊太郎の手がぐっと彼女の袖をつかみ、二の擬宝珠のそばで立ち止まらせた。

そこは晒し小屋の裏になり、亀屋清七の哀れな姿は見えなかった。だがお信には、菊太郎の突然の態度から、かれがなにか尋常でないものに気づいたのが、はっきり感じられた。

橋の西のほうから老若男女が急ぎ足でやってくる。

いうまでもなく晒しを見るためだった。

大橋の上は相当、混雑していた。

――菊太郎さまはスリでも見つけやしたのやろか。

一瞬、彼女はこう考えたが、かれは立ち止まったまま、一向に動かなかった。

「晒しになっているのは、きれいな女子やそうやで――」

「いや、わしは不義をした男と女子やときいたけどなあ」

「あほぬかせ。晒しものは博打で身代をつぶした夷川《えびすがわ》の饅頭屋じゃわい」

「いずれにしたところで見ものやないか」

がやがやと口々に憶測や、仄聞《そくぶん》した話を飛び交わさせながら、老若男女が三条大橋を渡ってくる。厚い橋板がしなっていた。

「お信、わしになにかせがんでいる素振りをいたせ」

「うちが菊太郎さまに――」

「そうじゃ。相手に不審がられてはならぬ」

「菊太郎さまがいわはる相手とは誰どす。晒されてはるお人を、殺めようとでもしているんどすか」

彼女はすぐ菊太郎のいう通りの態度を取り、かれは西を背にして、お信を抱きよせんばかりにしていた。

「晒された男を殺めるのではなく、いたって案じ顔じゃ。されど怪しいのはあの案じ顔——」

「すると女子はんどすか」

「いかにも女子、しかも二十六、七歳の美しい女子じゃわい」

「あの男はんのお身内どしたら、案じ顔で見てはるのとちがいますか」

「ばかをもうすまい。晒された男の身内の女子なら、いくら案じられたとて、むしろかような場所に現われぬものじゃ。わざわざ見にくるについては、相当な理由があるはず。あれは曰《いわ》くありげな女子の顔じゃ」

「菊太郎さまがいわはるのどしたら、きっとそうどっしゃろ」

かれはいわば人間通、犯罪の匂《にお》いを嗅《か》ぎつけるについても、数多くの経験を積んでいた。混雑の中から一目で異様な人物、しかも女を見分けたのであった。

「その女子はん、どないしておいやすのどす」

「どうもいたしておらぬ。ただやや離れた場所に立ち、じっと晒し小屋のほうを見ているだけじゃ」

「身にしておいでのおきものは――」

「あまり上等とはもうせぬ。ありていにもうせば、粗末な服装《みなり》じゃ。しかも手に丸めた自分の前掛けを持っている。その握り締めようはぐっとじゃ」

「ぐっとどすか」

「まるで握りつぶさんばかりに。女子の歯ぎしりの音まで、耳にきこえてきそうじゃわい。あの哀しそうな顔。晒された男を見る者たちは、誰も気のどくそうではあれ、さような顔はいたしておらぬわ。おそらく男とは、ただの関係ではあるまい。お信、そなたも振り返って見てみるか――」

菊太郎は目の隅で女の姿をとらえたまま、お信にいいかけた。

「いいえ、うちはそんなお人の顔など見とうおへん。女子はんが嘆かれているお顔を見て、菊太郎さまは快いのどすか」

お信は彼女らしくもなく、怨みがましい声で菊太郎をなじった。

「お、お信、そ、そなたはわしになにをもうすのじゃ」

思いがけない言葉をきき、菊太郎は小さく狼狽《ろうばい》した。

二人が男女の関係になって数年。だがこんな言葉の行き違いを目《ま》の当たりにするのは、初めてであった。

お信の顔が険《けわ》しくなっていた。

「わしはそんなつもりでもうしたわけではない」

「ではなんのおつもりどしたんどす」

「なんのつもりもないぞよ。ただありのままじゃ。わしがあの女子に目をつけたのは、その悲しみぶりが気にかかり、つぎには哀れさをおぼえ、さらにいえば、事件を嗅ぎつける身にそなわった詮索《せんさく》好きからじゃ。わしは公事宿鯉屋の食客、しかも町奉行所同心の息子として生まれてきた。いずれもともに、人を罪におとしいれるための機構ではない。京の人々の暮らしを守り、平穏無事に日々をすごしてもらうために、陰ながらそれなりな役目を果たしていると、そなたも心得ておいてもらわねばならぬ」

菊太郎が説くにしたがい、お信の目から怨みがましい色が薄れていった。

「いつも承知しておりながら、あなたさまにとんでもないことをいうてしまいました。どうぞ許しとくれやす。そやけどどんな事情があれ、うちは哀しい顔をしてはる女子はんを見るのは、つい自分が辛うなって、かないまへんのや」

彼女は人の不幸を、自分に引きつけて考えられる質《たち》の女だからだ。

「お信、わしはそなたのそんなところが好きなのじゃ。銕蔵の奴に家督《かとく》を継いでもらうため、わしは遊蕩《ゆうとう》をつくして出奔、諸国を流れ歩いたうえ、再び京に立ちもどってきた。それゆえわしには、世間の垢《あか》が厚くこびりついておる。京にもどった当初、家格の似合うた同心の娘の入り婿となり、人並みに暮らしたらいかがじゃとの話も、再々持ちこまれた。されどわしのような男には、到底、さような話は受け入れがたい。ぬくぬくと育ってきた娘に、わしなど理解できまいと思うたからじゃ。人としてまっとうな苦労をしてきたそなたみたいな女子こそ、わしには似合わしいのよ。第一、わしはそなたに惚《ほ》れているからなあ」

晒しの見物で混雑する橋の上で、菊太郎はぬけぬけとお信を口説《くど》いた。

「菊太郎さま、うちはうれしゅうおす」

「さればもう重阿弥にまいろうぞよ。急いでいたさねばならぬにわかができたわい」

それから二人は三条大橋東詰めへと殺到する人々に逆行し、三条木屋町にむかった。

重阿弥でかれはすぐ、東町奉行所と鯉屋に使いを走らせ、銕蔵と手代見習いの佐之助を呼びつけた。

幸い奉行所にいた銕蔵は、手下の弥助をともない、間もなく重阿弥に駆けつけてきた。

「三条大橋東詰めのそばに、妙に気になる女が立っておる。歳は二十六、七。美しい女子じゃが、暮らしの匂いが顔ににじんでおり、服装は粗末で、どこかの奉公人にちがいあるまい。目印は両手で自分の前掛けをしっかり握り締めていることじゃ。どこで働いているかを調べてもらいたい。あのようすでは、一旦、その場から立ち去っても、同じ場所に再び現われるはず。辛抱強くそれを待って、後をたどってくれ」

「前掛けを両手でしっかり握り締めている女子。暮らしの匂い、いや苦労が、顔ににじんでいるともうされるのでございまするな」

銕蔵が身を前に乗り出して確認した。

夜になり、銕蔵の手下の弥助と佐之助が、早速、女子の身許を探り出してきた。

「あれは四条御幸町《ごこまち》の葉茶屋・森田屋の通い女中のおひさ。年はやはり二十七歳どした。住んでいるのは柳馬場松原の裏長屋。母親のお常と二人暮らしで、母親のほうは二年前から寝ついたままどす」

弥助が手柄顔で報告した。

おひさは台所仕事を早々に片付けたり、なにかと外に出かける用をつくったりして、三条大橋東詰めにきているにちがいなかった。

「お頭《かしら》の銕蔵はどうしたのじゃ」

「おひさの身許がわかったゆえ、わしは奉行所にもどり、腰をすえて調べものをいたす。菊太郎の若旦那さまに、そのむねをお伝えしてほしいとのご伝言でございました」

今度は佐之助が落ち着いた口調で答えた。

鯉屋で手代見習いにつかされただけに、ものいいが大人びてきていた。

銕蔵は同心組頭、それだけに菊太郎がなにに不審を抱いたのか、早速、奉行所にもどり、亀屋清七の取り調べ書を改め直すつもりなのだろう。

自分の手掛けた事件ならともかく、同じ奉行所でもほかの同役の担当では、なにかと相手にはばかりがある。そのためそれなりに金が要《い》るぐらい、菊太郎にもわかっていた。

「弥助に佐之助、ご苦労をかけたなあ。帰る途中、どこかでいっぱい引っかけていってくれ。それに弥助、別物としてここに三両包んである。これをわしからだともうし、銕蔵にとどけてもらいたい。なお佐之助、鯉屋の源十郎には明後日の夕刻まで、わしは重阿弥に逗留《とうりゅう》していると伝えておいてくれ」

「へえ、確かにさようもうし上げます」

「若旦那さま、わしらにこんな心付けまでしていただき、すんまへん」

弥助は後ろにしりぞき、佐之助とともに低頭した。

明後日の夕刻とは、すなわち亀屋清七の晒しが終わるまでを意味していた。

田村銕蔵も鯉屋源十郎も、弥助や佐之助からそれぞれ菊太郎の消息をきき、互いに連絡を取り合い、なにかわかれば菊太郎に知らせてくるはずだった。

一昨日から今日までの三日間、天候はおだやかで、三条大橋東詰めに晒された清七も、酷寒の冬とはちがい、比較的すごしやすかっただろう。

初日にくらべると見物人も少なかった。

陽が西に回り、清七が悲田院の年寄に下げ渡される七つどき（午後四時）が、刻々と近づいていた。

晒しには、悲田院の雑色《ぞうしき》四人が夜番につき、篝火《かがりび》が二つ焚《た》かれてきた。見物人を威圧するため、晒し小屋のそばに、袖搦《そでがら》みが仰々しく立てかけられている。またかれ用に、小さな雪隠《せっちん》もうけられているのであった。

菊太郎が目をつけているおひさは、三日間、自分が菊太郎や弥助たちに交替で見張られているのにも気づかず、たびたび三条大橋東詰めに現われた。少し離れた場所から、じっと亀屋清七を見守っていた。

晒し者が悲田院年寄に下げ渡される時刻が迫り、ここにまたやってきたおひさが、切迫した表情で小屋を見つめている。

彼女が凶器らしいものをたずさえていれば、菊太郎はもっとおひさに近づくつもりでいたが、そんな気配は全く感じられなかった。

「おい、七つの鐘が鳴りはじめたぞ。時刻通り大橋の西から、奉行所の旦那さまがたがやってきはったがな」

「やい名無し、おまえの晒しはもうすぐ終わりじゃわい。奉行所の旦那さまがたの後ろに、悲田院の年寄衆がしたごうてはるさかいなあ。おまえもあと少しで、わしらのお仲間というこっちゃ」

髭面の男が亀屋清七にいいかけるどら声が、鴨川のせせらぎとともに、菊太郎の耳にとどいてきた。

晒し小屋のまわりには、再び人垣ができている。

おひさが両手で顔をおおい、南の伏見街道（建仁寺道）に身をひるがえすのを見て、菊太郎はそっと後を追った。

彼女は四条から御幸町の森田屋に、走りもどるのにちがいなかった。

三

――木枯しや貰いの少ない痩《や》せ法師　宗鷗《そうおう》

中暖簾そばの柱にかけられた短冊《たんざく》掛け。鯉屋の帳場にすえられた火鉢に手をかざし、田村銕蔵は短冊掛けをにらみ上げ、ついで帳場で書き物をしている主の源十郎に目を移した。

「銕蔵の若旦那さま、菊太郎の若旦那さまは、間もなく起きておいでになりますやろ。昨夜は遅いおもどりどしたさかい」

「その言葉、先ほどもきいたわい」

「たびたびわたしのほうを眺めて、苦々しい顔をしてはりますけど、なんぞ文句でもございまっしゃろか。いうてもらわな、わたしにはわからしまへん」

源十郎は、鋏蔵の険《けわ》しい視線に筆を持つ手を止め、ずばっとたずねた。

一方は町奉行所から許された商いとはいえ、公事宿の主、かたやは東町奉行所同心組頭。本来なら主従ほど身分がちがうが、互いに父親の代からの深い関係だけに、二人は人目のないときには、気楽な口を利き合っていた。

「わしは兄上どののおいでが遅いのに、立腹しているわけでも、そなたに文句があるわけでもないわい。強《し》いてもうせば、そこの柱に掛けられた短冊掛けの俳句が気に入らぬ。なにが宗鷗じゃ。もっともらしい俳号はまだよいとしても、公事宿とはもうせあのように貧乏臭い俳句を、去年の末からなぜ掛けたままにしておくのじゃ。あの短冊を眺めるたび、こっちの懐《ふところ》まで次第に痩せほそってくる気分になるわい」

「わたしとてさように思わんでもありまへん。そやけど店にきはるお客さまの中には、天明の俳人与謝蕪村《よさぶそん》さまの句に似て、なかなか平明で貧《ひん》を詠《よ》んでも品があると、褒めてくれはるお人もいてるんどすわ。そういわれたらそうとも思えてきて、捨てがたいもんを感じます。そのうえ勝手に取り替えたら、菊太郎さまのご機嫌を損ねることにもなりかねまへん。なにしろあの短冊掛けだけは、わしに委せてほしいと断わられてますさかいなあ。まあ、風流とは所詮あんなもんどっしゃろ」

「風流とは所詮あんなもんとは、源十郎、そなた兄上どのを、まさか居候と軽んじているのではあるまいな」

「と、とんでもない。銕蔵の若旦那さま、いったいわたしになにをおいいやすのやな。それは全くの言い掛かり、難癖をつけてはるのと同じどっせ。銕蔵さまこそ、なにか胸にためてはる思いがおしたら、素直にいうとくれやす。わたしが大事な菊太郎の若旦那さまを、軽んじる道理がありまへんがな。よう考えておくれやす」

源十郎は銕蔵にむかって声を荒《あら》げた。

「わしはそなたに難癖などつけておらぬ。第一、つける理由がないわい」

「そらそうどっしゃろ。菊太郎の若旦那さまを軽んじてはるのは、銕蔵さまどすさかい」

「わしが兄上どのを軽んじていると、なぜもうせる」

「そんな白々しいことを、よういわはりますわ。菊太郎の若旦那さまが詠まはった俳句を気に入らぬ、貧乏臭い、店の短冊掛けに掛けたままにしておくのはよくない、懐まで痩せほそってくる気分になると、いい出さはったのは銕蔵さまどっせ。胸に手を当て、思い出してみとくれやす」

源十郎はいいながら、いつもの笑顔を取りもどしていた。

自分にむき直った錬蔵から、異母兄の菊太郎を案じる思いが察せられたからだった。

「源十郎に錬蔵、先ほどから二人で、なにをごたごた争っているのじゃ」

二人が平静になるのを見すましてきたのか、やっと菊太郎が中暖簾をかかげ、姿を現わした。

猫のお百が、かれの足許に寄りそっている。

「若旦那さま、邪魔やさかい、ちょっとのいとくれやす」

このとき立ったままの菊太郎を邪魔扱いにして、お与根が奥の台所から帳場にやってきた。

店の火鉢に炭を足しにきたのであった。

「源十郎、この店では女子の躾《しつけ》もしておらぬのか——」

「菊太郎の若旦那さま、うちにそんな悪口をよういわはりますなあ。寝酒を持ってまいれと仰せつけはるのは、躾がええのどすか」

「これはまいったなあ。お与根に一本、わしが取られたわい。ところで錬蔵、わしの句はそれほど貧乏臭いか」

菊太郎は、お与根が火鉢に炭を足す横に座りこみ、正座に直った錬蔵に問いかけた。

「いや、滅相もございませぬ。わたくしはこの鯉屋を訪れるたび、今度はどんな俳句が短冊掛けにかけられているやらと、楽しみにいたしておりまする」

「そなたも随分、ぬけぬけとぬかし、空とぼけるようになったものよ。わしは確かに、そなたがあの句を貧乏臭いと、源十郎にもうしているのをきいたわい」

「そ、それはもうしたことはもうしましたが、わたくしは本音では、兄上どのがお詠みになった俳句について、もの寂しいところに品格がうかがわれ、なかなか良いと思うておりまする」

「人間、窮すれば道が開けるものじゃな。折れもせずまだ耐《た》えており雪椿。いまこんな句がふと思い浮かんだが、これはいかがであろう」

「若旦那さま、季節柄、はなはだよい句ではございまへんか。早速、短冊にその句をしたためていただき、取り替えてもらいまひょ」

「されど源十郎、そなたはいま、わしにそれをいたさせるときではなかろう。亀屋清七とおひさについての調べがやっとついたと、きのうわしにもうしていたではないか。わしは銕蔵たちの調査とそれを突き合わせ、要点だけでも書き上げてほしいと、頼んでおいたはずじゃぞ」

　三条大橋に晒されていた清七が、悲田院の年寄に引き取られ、人別帳から抹消されて、五日がたっていた。

四条御幸町の葉茶屋森田屋には、おひさの動きをうかがうため、同心の小島左馬之介と弥助が貼《は》りついている。

「おひさは清七が悲田院の年寄に下げ渡されてから、それまでとは打って変わり、なんでやわからしまへんけど、ぐっと落ち着いて無口になりました。柳馬場松原の長屋から、毎日、一途《いちず》な顔で通うておりますわいな。わし、ぐっと落ち着いたといいましたけど、あれはそんな程度やあらしまへん。覚悟を決めた、度胸をすえたとでもいうたら、ぴったりどすわ。なんや恐ろしいくらいの迫力で、そばに近づくのもはばかられるほどどっせ」

弥助が銕蔵に告げた言葉だった。

亀屋清七は悲田院年寄に引き渡されたあと、清の頭文字を剝《は》ぎ取られ、さらに七を一つ下げられて、〈六《ろく》〉の名前をあたえられた。

北野天満宮に近い悲田院別所に収容され、年寄の百蔵《ももぞう》の手下とされたときいていた。

百蔵は町奉行所に何人もの雑色を出し、まだ五十歳だが、悲田院年寄の中で相当、力を誇っている男だった。

〈六〉はかれの雑舎に住み、日々の仕事として箒作りにたずさわっていた。

箒には座敷箒、庭をはく竹箒など各種あり、需要は多く、どれだけ作っても作りすぎることはない。百蔵はほとんど無給のこうした雑色を多数かかえ、その稼ぎぶりは計り知れなかった。

かれは別に東山の真葛ケ原《まくずはら》に豪壮な屋敷を構え、多くの人々にかしずかれ、数千石の旗本に匹敵するほどの生活を営んでいる。

これは世間の誰もが知っていることだが、所司代や町奉行所はもちろん、みんなが見てみぬ振りをよそおっていた。

もっとも真葛ケ原の屋敷から悲田院別所への往復は、立派な駕籠《かご》を用いているものの、百蔵はそのときだけ、膝切《ひざき》りにおんぼろの袖無し半纏《はんてん》を身につけていた。

〈六〉と名前を改められた清七は、これまで柔らかい饅頭を扱っていた手で、朝から晩まで、箒作りという手荒れ作業につかされていたのである。

だが不思議なことに清七は、そうした暮らしをさして悲しんでいるふうも、また行く末の苦労を案じて深刻になるでもなく、日々を淡々とすごしているという。

「普通の男ならひどく落ちこんでしまい、食べ物も喉を通らぬほどになるはず。なにしろひとかどの町人の身分から、人別帳から除《のぞ》かれたうえ、日陰の身に落とされたのだからなあ。これはどう考えたとて訝《いぶか》しくあるまいか」

菊太郎だけではなく、鯉屋源十郎も銕蔵たちも、ここ数日、大きく不審をつのらせていた。

「へえ、わたしは若旦那にいわれたように、弥助はんやみんなが調べ上げてきた一つひとつを、一応、書き上げておきましたえ。それにつけても思いますけど、これはやっぱり見掛け通りの事件やございまへんわ。なにかきっと裏がありまっせ。先日も話し合いました不審、そやないと説明がつかしまへん」

菊太郎に小言をいわれた源十郎が、帳場から首をのばしていった。

「源十郎、お与根が足してくれた炭が燃えはじめたわい。帳面はあとにいたし、こちらにまいり、火に当ったらいかがじゃ。ついでに奥に茶でもいいつけてくれ」

鋹蔵にうながされ、源十郎は大声でお与根に茶を頼み、火鉢のそばに寄ってきた。

太さのそろった切り炭が、赤々と燃え立ち、火鉢の縁が熱いくらいになっていた。

「わしたちが訝しく感じていることも、そのうち明らかになるだろうよ。おひさか清七の奴のどちらかが、必ず思いがけない動きをいたすはずじゃ。わしは清七とおひさが、若いころから互いに惚《ほ》れ合うていた仲だったときき、晒しの折に見せたおひさの態度に、なるほどと合点がいったわい」

火鉢に寄ってきた源十郎のため、菊太郎はあぐらをかいた腰を少しずらせ、うなずきながらつぶやいた。

「兄上どの、全く仰せられる通りでございます。おひさが烏丸夷川の長屋で生まれ、清七とは幼馴染《なじ》みとは、意外でございました。おひさの父親は下駄の歯入れ屋。その父親が死んだため、おひさは十六のときから年季奉公に出たものの、清七とは切ってもきれない仲となっていた。清七は死んだ先代、父親の清左衛門に、おひさを嫁にしたいと頼んだときけば、奴の切ない気持も幾分、察せられてまいりまする」

「清七の切ない気持ややさしさが、どれだけわかったかて、まだまだ腑《ふ》に落ちんことだらけどすわ。堅い商いをしてきた饅頭屋が、いきなり博打に手を出し、三百両余りも負けてしもうたのは、おひさのいまの暮らしをなんとかしてやりたい焦《あせ》りからどっしゃろか。女房に内緒でそれだけの借金をこしらえ、なんとも行き詰まってしもうたら、やっぱり夫婦《めおと》心中するより仕方ありまへんわなあ」

「ところがどれだけ諸大名の京屋敷や、やくざ者たちに賭場《とば》を貸している社寺を当ったとて、清七らしい商人が、三百両余りも負けこんだとの話は、一向に出てまいらぬ。ここがなによりわしには解せぬわい」

「その点は兄上どの、内々、わたくしが日頃から目をかけている者どもが、配下の同心福田林太郎の差配で、いま懸命に探し歩いておりまする。この一件、なにしろ同役の田原宗右衛門どのが扱われただけに、ご機嫌を損じてはなるまいとして、わたくしは表立って動けず、難儀しておりまする」

「さればこそそなたに、最初から三両もの金子をとどけさせたであろうが――」

「菊太郎の若旦那、わたしはそんな話をきくのは、いま初めてどっせ。貰いの少ない痩せ法師と詠まはるような若旦那が、どうしてそないな金をお持ちどしたんや」

「それはわしの肌付け金じゃ。詮索は無用にいたせ。そなたに出してくれとはもうしておらぬぞ」

「そんなもん、いわれたかてわたしは出さしまへん」

「人を動かすのは金。さような憎まれ口を利いておるが、そなたとていざとなれば、出すに相違あるまい。清七の父親の清左衛門が、おひさをと懇願する息子の頼みをしりぞけ、吉江を無理強いに亀屋の嫁にいたしたのも、吉江が雑穀屋の娘だったからじゃわい。雑穀屋の娘を嫁にいたせば、饅頭に必要な小豆《あずき》が安く買える。店の儲《もう》けは相当、大きかっただろうよ。要するに清左衛門は金で動いたのじゃ」

　源十郎にむかい、菊太郎はあっさりいってのけた。

「そらそうどす。そやけど若旦那、わたしは子どもはいてしまへんけど、息子が惚れぬいた女子を、貧乏人の子やからといい、無下にしりぞけるほど強突《ごうつ》く者やございまへんで」

「もっともじゃ。さればこそ先ほどの三両も、いずれそなたがわしに出してくれると思うておる。ところでまた俳句の話じゃが、さっきの折れもせずまだ耐えており雪椿の句はやめにいたし、愛《め》でられてつぎに疎《うと》まる落ち椿——としてはいかがであろう。前の句よりはわしはよいと思うのじゃが」

いきなり菊太郎は話題を変えた。

「愛でられてつぎに疎まる落ち椿――でございまするか。兄上どのの句はいつもどこか侘《わび》しげで、哀しみを覚えますなあ」

銕蔵が兄菊太郎にすぐ反応した。

「うむっ、それでいかがじゃ」

菊太郎がたずね、源十郎が目を剝《む》いた。

「若旦那、若旦那は清七とおひさの事件について、わたしらと話し合いながら、頭の片隅でご自分の俳句を考えてはったんどすか。へえっ、そんなに器用で、腹黒いお人どしたんかいな。なんやわたしら、虚仮《こけ》にされてるみたいどすがな」

かれも銕蔵と同じく、侘しげな句だと思いながらも、軽く冗談口でふて腐れた。

四

「竹箒要りまへんかあ――」

四条通りの西から、竹箒売りがやってくる。

束ねた竹箒と棕櫚《しゅろ》箒を肩にかついでいた。

箒は江戸でも京都でも、荒物屋で売られていた。

だが特別な人々の行商が許され、武家屋敷に仕える中間《ちゅうげん》小者などが内職で作り、屋敷に出入りする商人たちに、押し付けがましく売っていたともいわれている。

その箒売りは、股引《ももひ》きに継《つ》ぎの当った小袖姿。頰《ほお》かむりのうえ菅笠をかぶり、素顔をできるだけ晒《さら》さない体で、それが普通であった。

「竹箒売りはん、竹箒を二本くんなはれ」

客から声がかけられると、かれらは誰でも売り声は高いが、へえと小声で答える。

「それは一本おいくらどす」

「三十五文いただきとうございます」

再びきき取れないほどの答えが返されてくる。やはり世をはばかるというべきだった。

「三十五文、三十五文どすなあ」

「へえ、三十五文でお願いいいたしとうございます」

かれらは荒物屋と同じで、極めて適正な値段をつけており、行商だからといい、値切る客はいなかった。

仁義として値切るべきでないとされたが、その代り支払いは、かれらが背腰に差している手柄杓《てびしゃく》を出すのに、入れることになっていた。

「竹箒要りまへんかあ――」

西から歩いてくる竹箒売りの声は、なぜかほかの竹箒売りとはちがい、小声であった。

四条御幸町、葉茶屋森田屋のむかいから五軒ほど東に、町番屋がもうけられている。

銕蔵からおひさの動きを終日見張っていろと命じられた弥助と小島左馬之介は、箒売りの声で、細めに開けた腰板障子戸の隙間《すきま》から、つぎつぎ顔を出して外をのぞいた。

そしてともに、あわてて首を引っこめた。

長年、手下《てか》を勤めてきた四十男と同心だけに、二人ともぴんと感じるものがあったのだ。

竹箒を売る気のない小声と、その歩き振りが、すぐ森田屋のおひさと結びついたのである。

悲田院の百蔵の膝下に入った〈六〉の清七が、どこの賭場で負けつづけ、三百両もの借金をこしらえたのかは、多くの小者や福田林太郎たちの努力にもかかわらず、依然として不明のままだった。

「田原どのを非難するわけではないが、これはいかにも不可解じゃ。心中の片割れとして生き残った清七に、すぐさま情けをかけずに、田原どのは清七がどこの賭場で借金を作ったのかを、おおよそでも確認されるべきであったわい」

「するとそなたは、別なことを心の中で思案しているわけじゃな」

「こうなれば、おそらく兄上どのとて同じでございましょう」

「いかにもじゃ。わしは最初おひさを見たときから、満更、それを考えぬでもなかったわい。おひさがいま恐ろしいほどの迫力で、近づくのもはばかられるほど落ち着いているときくにつけ、わしは自分の勘が当っていたのではないかと思うておる」

二日前、鋏蔵と菊太郎は、やはり鯉屋でこんな会話を交わしていた。

「お二人でなにをひそひそ話してはるんどす。わたしかて考えていることがありますさかい、仲間に入れとくれやす」

そのとき鯉屋源十郎が、兄弟の間に割りこんできた。

「源十郎、いまここにいる三人が三人とも、それぞれ胸に抱きはじめた疑いはおそらく同じだろう。それにしても、いくら清七とおひさが互いに惚れ合うていたにしても、これは全く常軌を逸した行動じゃ。自分を世の中から捨ててしまい、人別帳から除かれてもおひさと添いとげたいと、清七が熟慮して行なったとすれば、清七が出入りしていた賭場は、決して明らかにはなるまい。さような賭場は、もともと存在せぬからよ」

「すると菊太郎の若旦那は、清七の奴が賭場で大金をすったと偽り、三百両余りをどこかに隠しているといわはりますのやな」

源十郎がもやもやしていた気持を、はっきり言葉に出した。

「兄上どの、わたくしもさように考えはじめたところでございまする。三百両余りの金があれば、心中未遂として三日間、三条大橋に晒され、悲田院に下げ渡されたとて、その金を使い、なんとか足洗いも果たしてもらえましょう。地獄の沙汰《さた》も金次第ともうすわけでございます」

「ああ、その通りじゃ。それだけの大金があれば、なんとでもなる」

菊太郎は口許にかすかにふくみ笑いを浮かべてうなずいた。

心中未遂、またはその片割れとして生き残り、悲田院に下げ渡されても、一定の儀式、すなわち足洗いをへれば、「この仁（者）扱い難し」の願書が奉行所に提出され、一般人にもどれるのである。

これは一種の救済制度ではあるが、大金が要されるため、よほど裕福な身内が存在しなければ、実現はむずかしかった。

一方、奉行所では、本当のところ内部でなにが行なわれたのか暗黙裡《り》に了解して、この願書を受理していた。

「菊太郎と鋏蔵の若旦那、お二人がそろってそないお考えやとわかったさかい、わたしもいわさせてもらいます。これは亀屋清七がおひさと夫婦になるため、最初から仕組んだ企《たく》みどしたんやわ。消えてなくなった三百両は、悲田院年寄の懐にすでに入っている。そのうち悲田院の年寄衆から清七について、扱い難しの願書が出されますやろ。清七の奴、おとなしそうな顔をしてますけど、なかなか悪知恵の働く男なんどすなあ。おひさもその片割れ。心中をよそおい殺された吉江が、哀れどすがな。もしこれがその通りどしたら、公事にたずさわる者として、わたしは放っとけしまへん」

そばにひかえていた下代の吉左衛門がおろおろするほど、源十郎は息まいた。

「放っておかぬとは、いかがいたすつもりじゃ。源十郎、もうせ——」

銕蔵が珍しく鋭い声でただした。

「これは心中に見せかけた殺しどっせ。銕蔵の若旦那は、田原さまのお調べがどうのこうのというてはります。事実、田原さまでわかる通り、心中をよそおった殺しほど、人を欺《あざむ》きやすいものはありまへん。なにしろ人はどうしても生き残った者に同情しますさかいな。人の同情を逆手に取る、わたしにはそれが許せしまへんのや。わたしは公事宿仲間に相談をかけ、清七が百蔵の配下に組み入れられたあとのいまでも、妻殺しとして再度のお調べを、町奉行所に願い出るつもりでいてますわいな。犬畜生にも劣る清七やおひさの仕業、黙って見過ごしておかれしまへん。清七に騙《だま》され、なんの疑いもなく死んでいった吉江が、あんまりかわいそうどすがな。菊太郎の若旦那、そうどっしゃろ」

源十郎の激しい怒りように、帳場にお茶を運んできた妻のお多佳《たか》が立ちすくんでいた。

「源十郎、われわれ三人の考えが、不幸にもほぼ一致した。されどいましばらく、清七とおひさの二人を見張る気にならぬか。わしらをふくめ、人間はとんでもないまちがいを、いつ仕出かすかわからぬ生き物なのじゃ。思いちがいともうす場合もあり、わしはそなたに軽々しく動いてもらいたくないのよ。この一件、いまわれわれが胸の内を明かしたように、すべて運ばれてきたとしても、清七を悪人と決めつけるには、いささか問題がないでもない――」

菊太郎は茶をすすりながら躊躇《ちゅうちょ》していった。

「自分の女房を殺し、世間の目を欺いた男が、なんで悪人ではないんどすな」

「世の中には因果の言葉があろう。親の因果が子に報《むく》いがそれじゃ。原因と結果、清七の父親の清左衛門が、おひさを嫌わずに嫁にしていたら、清七も今回のような仕業に、およばなんだかも知れぬ。饅頭に用いる小豆を安く仕入れられるぐらいの小欲で、吉江を嫁に迎えたのが、そもそもことの起こりだと、わしは思わぬでもない。因業には報いがあり、人間は神仏の大きな計らいの中で生かされ、誰もが因縁を背負うて生きている。亀屋清七は強欲な商人だったわけでもあるまい。四人いた奉公人にはやさしく、人の評判もよかったときいている。おひさがこの心中にどう関わっていたかもまだ不明。わしはもう少し二人を見ていてやりたいのじゃが」

「若旦那がそない思わはるんどしたら、わたしも引っこむより仕方ありまへんなあ」

弥助と小島左馬之介が森田屋を見張りはじめてから、もう八日になっていた。

竹箒売りがいよいよこちらにやってくる。

かれは森田屋に近づくにつれ、その売り声を大きく張り上げた。

「竹箒、竹箒は要りまへんかあ。どうぞ買うとくれやす」

——あ、あれは清七ではないか。

弥助と左馬之介は心で驚きの声を放ち、黙ってうなずき合った。

「竹箒屋はん、箒をおくれやす」

森田屋の土間から、前掛け姿のおひさがすぐ飛び出してきた。

「へえ——」

清七は小声で答え、肩にかついできた箒の束から一本を抜き出し、おひさに手渡した。

「お代はおいくらどす」

弥助たちにおひさの声まではとどかなかったが、そうたずねているに決まっていた。

清七が値段をいい、手柄杓を彼女に差し出した。

手ににぎっていた小銭を、おひさは柄杓に入れかけた。だが少し離れた町番屋からでもはっきりわかるほど、柄杓の中をのぞく彼女の動きが静止した。

そして小銭を入れると同時に、柄杓の中から小さな結び文をつかみ取るのが、弥助と左馬之介の目に映った。

つぎに彼女は無言で店に身をひるがえした。

清七は竹箒をかつぎ直し、再び小声で一、二度、売り声を上げたが、弥助たちが覗《のぞ》き見していると、間もなくすたすた四条通りを西にもどっていった。

——やっぱりあの二人はぐるやったんやわい。

弥助と左馬之介の血が一気に騒いだ。

このまま清七のあとを付けるにしても、一刻も早く旦那の田村銕蔵や鯉屋源十郎、菊太郎にも知らせなければならない。あとは亀屋清七は再度、町奉行所に召し出され、今度は拷問蔵に入れられての厳しいお取り調べが、はじめられるにちがいなかった。

弥助はただちに知らせに走り、左馬之介は清七のあとをそっと付けだした。


二日後、田村菊太郎は源十郎をともない、東町奉行所の上座敷に座っていた。

かれへの応接は慇懃《いんぎん》、茶菓が出され、襖《ふすま》のそばには若い同心がひかえていた。

異母弟の銕蔵が、亀屋清七の一件を新たに吟味物《ぎんみもの》（刑事訴訟事件）として扱うため、与力組頭の伊波又右衛門と相談している最中であった。

「菊太郎の若旦那さま、ここのところええ天気がつづきますなあ」

っていた。

座敷に置かれた蒔絵《まきえ》の手炙《てあぶ》りの中では、炭火が勢いよく燃え、部屋は心地よい暖かさにな

「うむ、全くそうじゃなあ」

所在なげに答えたかれの耳が、このとき部屋を目ざし、急いでやってくる銕蔵の足音をとらえていた。


「兄上どの——」

狩野絵《かのうえ》の描かれた襖が開かれると同時に、銕蔵の声が菊太郎にかけられた。

「いかがいたしたのじゃ、銕蔵」

若い同心が襖を閉め、銕蔵が座りこんだ。

かれの目はどこか虚《うつ》ろになっていた。

「東山・鹿ケ谷の女滝のそばで、今度は清七の奴が、おひさと心中したそうにございまする。すでに検死が行なわれ、二人の身許もはっきり確かめられたとのことでござる」

「ふ、二人が心中したのじゃと——」

「いかにも、相違ございませぬ。心中は今日の昼前。発見したのは、鹿ケ谷へ鶯を捕らえにまいった村の子どもたち数人ともうしまする」

「次第をもうせ」

「はい、村の子どもたちは鳥黐《とりもち》で鶯を捕るため、女滝のそばに近づいたそうにございます。するとと女が、泣いて男を責《せ》めておりましたそうな。うなだれてきいていた男は、女子が解いた帯を木の枝に投げかけ、輪に結んだとか。その真下で女子が両手をつき、自分の背中に男を乗せ、つぎに泣きながら両手足をさっと伸ばした。村の子どもたちは、あまりのできごとに声も出せず、それをじっと見ていたともうしまする」

「そのあと、おひさはいかがいたしたのじゃ」

「静かに合掌し、口の中で長くなにやら唱えていたそうにございまするが、たずさえていた出刃包丁で、自分の胸を刺しつらぬいて倒れこんだとのことでござる」

　菊太郎の耳の奥で、おひさの声がきこえていた。

「うちのことを、人別帳から除かれるまでしてずっと思うていてくれはり、ほんまにうれしゅうおす。そやけど、お金を使うて足洗いして、世帯なんか持てしまへん。それでは死なはった吉江さまが、あんまりかわいそうどす。そないな心掛けでは、たとえ世帯を持ったかて、決して幸せにはなれしまへんえ。また世間さまにももうしわけが立たしまへん。吉江さまが死なはったここで一緒に死に、あの世に行って、ともにお詫《わ》びしまひょうな」

　彼女の長い合掌は、そんな思いをこめたものにちがいなく、亀屋清七は会ったあと、彼女がどうして自分を鹿ケ谷に連れこんだのか、寸前まで気づかなかっただろう。

自分と世帯を持ちたい一心で、心中と見せかけ妻を殺した男を、四《よ》つ這《ば》いになった背中に乗せ、首を吊《つ》らせる。

身体をさっと伸ばした瞬間、おひさはいったいどんな思いだったのか。

鹿ケ谷から落ちてくる小さな滝の音など、きこえていなかったはずだ。

「おひさはよほど性根《しょうね》の据わった女子。清左衛門は小豆をわずかに安く買うため、おひさを嫁としてしりぞけた時点で、すでに店をつぶしていたのよ。おひさほどの女子なら、亀屋をもっと大きくできたであろうになあ。ともかく吉江をはじめ、三人が三人とも哀れな者たちじゃ」

「三百両余りの大金、大半は悲田院の年寄の懐に入ったとしても、いくらかは清七の身の回りに残されてまっしゃろ。それを探し出し、おひさの寝付いたままの母親の世話をみる段取りを、せなあきまへんなあ」

菊太郎が瞑目《めいもく》してつぶやき、源十郎があとをつづけた。

東町奉行所の庭から、このとき老鶯の声がひびいてきた。

蝮《まむし》の銭

一

長屋の棟瓦に鴉《からす》が止まっている。

東山・方広寺前の袋町《ふくろまち》、うららかな小春日和《こはるびより》だった。

「風邪の工合はいかがでござる」

田村菊太郎はそのままでと制したが、土井式部《どいしきぶ》は寝ていた布団から半身を起こした。そばにひかえていたかれの妻の於高《おたか》が、枕許《まくらもと》に置かれた綿入れの袖無《そでな》しを、すぐ夫の肩に着せかける。

式部が臥《ふ》せっているのは奥の六畳間。菊太郎はすでに表の間で、於高から丁寧な挨拶《あいさつ》を受けていた。

「なに、もう熱は引き、この通り、今日はもとの元気にもどっておりもうす」

「今年の風邪はしつこいらしく、治《なお》ったと安心していると、またぶり返すそうじゃ」

「全くさようでござる。わしも一度は治ったものと油断いたし、蔦屋《つたや》に帳付けに出かけたのが、悪かったようじゃわい」

蔦屋は鯉屋《こいや》の隣りで公事宿《くじやど》を営んでいる。

土井式部はもとは淀藩士だが、冤罪《えんざい》で鯉屋に預けられた縁から、源十郎の口利《くちき》きで、蔦屋の帳付けや差紙《さしがみ》（出頭命令書）などの代筆を委されるようになっていた。

いまでは蔦屋で重宝される存在だった。

「蔦屋の主《あるじ》の太左衛門や下代《げだい》（番頭）の長兵衛が、式部さまは生真面目なお人やさかい、無理して店に出てきはったんや、今度はしっかり養生していただかなならんと、わしにもうしていた。あれはお世辞でも、口から出まかせでもござるまい。心底《しんそこ》から式部どのの風邪を案じている口調でしたぞ」

「今朝ほども太左衛門どのが、伏見に用があってまいる途中だともうされ、立ち寄ってくだされた」

「あの太左衛門、強突《ごうつ》くなところもうかがわれるが、意外に情が深く、悪い男ではなさそうじゃな。もっとも式部どのが書く差紙や目安（訴状）の筆勢は、いずれも気迫がこもっており、文意も要領を得て簡略、初めから相手を威圧するものをそなえている。それだけに太左衛門には、式部どのが大切なのじゃわ。いっそ風邪がすっかり治っても、少しずる休みをいたしてやったらいかがでござる。辞《や》めたいとでも匂《にお》わせてやれば、びっくりして給金を上げるといい出し、必死に引き止めにかかりましょうぞ」

菊太郎が悪戯《いたずら》っぽくいうのをきき、お茶を運んできた於高が、またご冗談をといいたげに微笑《ほほえ》んだ。

　彼女には娘の雪乃と嫡男の岩太がいるが、姉弟ともいまでは父親の式部が仕えていた淀藩に召し抱えられ、江戸屋敷に詰めていた。

　そもそも式部の淀藩からの致仕《ちし》は、家中紛争のとばっちりを受けたもので、それが平穏に収まってから、招致の使いがたびたび袋町の長屋にやってきた。

「ご家老さまから再々お召しをいただき、この式部、身にあまる光栄にぞんじまする。されど、十年近くも素浪人として町住まいをいたしますれば、気ままな暮らしの垢《あか》もすっかり身につき、熨斗目《のしめ》・麻裃《あさかみしも》をつけての出仕も面倒。ありていにもうしますれば、人間、誰の顔色もうかがわず、人をさげすんだり卑しめられたりもせずに、生きていかれるのがなにより。武士だの町人だのと思うのさえ、厭《いと》わしくなりましてございまする。それゆえ何卒、このまお見捨て置きくださいますれば、幸いにございまする」

　かれは筆頭家老の名代《みょうだい》としてきた大目付のすすめを、その都度あっさり断わった。

「そなたはそれでもよかろうが——」

　さればといわれ、雪乃と岩太姉弟の出仕が決められ、いま式部は妻と二人暮らしだった。

「菊太郎どの、わしはこの町内で寺子屋をひらき、かつかつに食うていました。そのわしを帳場に雇い、過分な給金をくだされている蔦屋太左衛門どのに、このうえさような駆け引きなどできませぬわい。わが家は夫婦二人、いまいただいている給金だけで十分でござる。わしはさして酒も飲まず、菊太郎どのとはちがい、理由《わけ》ありの女子もおりませぬでなあ」

「理由ありの女子とは、お信《のぶ》どののことでござるな」

「いや、これは失礼ないい方をいたしもうした。お許しくだされ。菊太郎どのには妻子もなく、まだ独り身なのを、すっかり忘れていましたわい」

土井式部は月代《さかやき》に手をやって詫《わ》び、そのあと湯呑みにその手をのばした。

先ほどから長屋の棟で、鴉がときどきぐわっぐわっと鳴いている。

見舞い客の菊太郎は、全く気にかけていなかったが、式部はかれが気分を害するのではないかと案じてか、幾度か染《し》みの浮き出た天井を眺め上げ、眉《まゆ》をひそめた。

「式部どの、鴉の鳴き声など気に病まれまい。わしは鳥の中で、鴉という奴がむしろ好きでござる」

「長年、誼《よし》みをいただいているが、菊太郎どのが鴉が好きとは、初めておききもうした。誰でも忌《い》み嫌う鴉が好きとは、妙なことをもうされる」

かれの顔が怪訝《けげん》の色をきざんだ。

「誰でも嫌うともうされるが、画俳《がはい》二つの道をつらぬいた与謝蕪村《よさぶそん》は、ことのほか鴉を好んで描いておりもうす。わしはそんな名品を、いくつか見たことがござる。いま改めて思えば、蕪村ともうすお人は、若いころ摂津の毛馬《けま》村から江戸に出奔、関東や奥州を、いわば貧《ひん》に耐え漂泊されてきた。はっきりこの京に住みだしたのは、四十をすぎてから。鴉は不吉で不気味だという人は確かに多い。その中で蕪村がどうして鴉にこだわり、幾多の名品を描いたかを考えれば、鴉は野面《のづら》に一番似合う風情をそなえている、また定住地がなく、浮草の思いを哀しくひめた鳥だからだと思われぬでもござらぬ。生涯はよく旅にたとえられもうすが、蕪村は人生の半ばを漂泊してきただけに、そんな鴉を、我が身に引きつけて描いたのでござろう」

「わしはなにやら、菊太郎どのご自身のことを、きかされているように思えてなりませぬ」

「式部どの、わしは若いころ遊蕩《ゆうとう》をして京に居づらくなり、東の諸藩をめぐって歩き、いまはときおり俳句をひねっている。されど自分を与謝蕪村になぞらえるなど、さようにおこがましい真似《まね》は、とてもできませぬわい。わしはただの蕩児にすぎませぬ」

「それは菊太郎どののご謙遜《けんそん》、遊蕩無頼もさまざまござる」

土井式部は、菊太郎が異母弟に家督《かとく》をゆずるため、遊蕩をよそおい京から出奔した事情を知っていた。

与謝蕪村が六十八歳で没したのは天明三年十二月。あれから三十数年がすぎていた。

——遅き日のつもりて遠きむかしかな

晩年、蕪村が詠《よ》んだ句が、菊太郎の胸裏にふとひらめいた。

「ときに菊太郎どの、近ごろ待合茶屋などで、不審な情死がつづいているそうですなあ」

「その話、誰からおきき召されたのじゃ」

「なんのこともない。蔦屋の太左衛門どのからでござる」

「うむ、確かに表面《おもてづら》にはさようもうせ、町奉行所の連中は色めきだって出かけ、いつも首をひねってもどってまいる。されど秋から冬、さらにこの季節に多く発生する一家心中や情死には、はっきり理由がありもうす。わしは鯉屋の源十郎を通じて町奉行所に、触書《ふれがき》を出すようにもうしておきました」

触書は幕府の制定した一般的な法。御触《おふれ》、触事《ふれごと》ともいう。

普通は幕府の御用部屋で合議して決定され、将軍が裁可して法として成立する。

だが緊急の場合、町の行刑全般に当る町奉行が決定し、何通もの触書が作成され、それがつぎつぎに写され、庶民の末端まで流されていった。

高札は御触の一種、この方法が最も短期間での効果があった。

「寒い季節に一家心中や情死が多いのは、もうされる通りだが、その理由とはなんでござる」

「寒いときにはどこでも部屋に火鉢を置き、炭火で暖《だん》を取っていますわなあ。炭火には毒があり、それが部屋に満ちると、人を死にいたらしめまする。それゆえ炭火が燃えているときは、部屋の戸を少し開け、風を通せばよいだけで、一家心中の情死のと騒ぐことではござらぬのよ。ところが仲睦《なかむつ》まじい男女は、とかく人目を忍びたがるもの。待合に入ったあとは、戸をしっかり閉めもうす。そのため長時間になると、部屋に炭火の毒が満ち、命を失いますのじゃ。部屋の戸は寒い季節でも、ときおり開け閉めいたすのが肝要。式部どのも母御前《ごぜ》から、さように躾《しつけ》られた覚えがござろう」

「ああ、それはいかにも。されば炭火の毒によるものなのじゃな」

「待合茶屋であれ水茶屋であれ、気の利いた女中を雇うている店では、客に気づかれぬよう、常に部屋の襖《ふすま》をわずかに開けておりもうす。町奉行所が高札でも立てれば、不審な一家心中や情死などともうすものは、一挙に減るはず。かような日常の心得すらわからぬとは、町奉行所の連中も木偶《でく》にひとしいわい」

「わが家のようなおんぼろ長屋では、心配はいらぬが、茶屋などは普請がしっかりしており、部屋は気密が保たれていようでなあ。なるほど、不審な情死がつづくときき、不可解に思うておりましたが、それなりな理由があるわけじゃ」

「世の中で起こるどんな事件でも、しっかり探れば必ず理由がありもうす。つきつめて調べれば、なんの不思議もないはず。不思議とは、人の心の変節だけかも知れませぬわい。いくら惚《ほ》れて世帯を持ったとて、同じ暮らしが長くつづけば、お互いに心変わりして、相手が嫌になったりする。またどれだけ堅く約定《やくじょう》を交わしていたとて、都合が悪くなれば、さようなことをいうた覚えはないと、平気でいい逃れをいたす。人の心ほど厄介で不可解なものは、ほかに見当りませぬわい」

「いまわしは、身につまされて菊太郎どののお話をきいておりもうすが、さてはなにかその言葉に類する事件が、鯉屋に持ちこまれましたのじゃな」

土井式部はここでひと声入れた。

「さほどの事件でもないが、どうも煮え切らぬ男がおりましてのう。相手が憎ければ、さっさと奉行所に訴え出ればよい。二つを重ねて四つにいたせば、始末がつこうものを――」

「二つを重ねて四つにともうされると、不義密通ですな」

「いかにも、人妻の密通事件。鯉屋に相談を持ちかけてきたのは、上京の西堀川通り上長者町《かみちょうじゃまち》下ル、奈良物町の長屋に住む富市《とみいち》ともうす男。豆腐《とうふ》売りをいたし、年は二十七、八歳とかきいておりもうす。この男の連れ合いが、めっぽうきれいな女子で名前はおたえ。そのおたえが、近くで大店《おおだな》をはる呉服問屋『伊勢屋』の次男新之助とできてしまい、二人は手に手をとって遠くに出奔すればともかく、東山の粟田口で、世帯らしきものを構えておりますのじゃ。富市がどうしてくれようと腹を立て、鯉屋に駆《か》けこんできたところまでは、わしらもよく理解できもうす。されど奉行所へ訴え出るため、いざ目安を書く段になると、奴はぐずぐずした態度になり、鯉屋の源十郎や下代の吉左衛門に、ちょっと待っとくれやすと、あれこれ迷いますのじゃ」

「女子の夫としてはさもあろう。公事訴訟となれば、男だけではなく女子にも、しかるべきお沙汰《さた》が下されましょうでなあ。町人ゆえ二つを重ねて四つはともかく、所払《ところばら》いか遠島ぐらいは確実。下手をいたせば、人別帳から除《のぞ》かれ、世の中から葬られることにもなりかねますまい。二人を憎しと思えども、富市とやらにも惻隠《そくいん》の情があるのでござろう」

「それは誰にも察せられもうすが、迷う程度が少々じれったくてなあ。まことおたえを哀れに思うのであれば、きれいさっぱり別れてやればよい。それともやはり新之助を憎しと思うのであれば、町奉行所に訴え出るしかござるまい。しかるに富市が鯉屋に現われてから今日で十日、奴はまだいずれとも決めかね、ぐずぐずいたしておるのじゃ。一方、伊勢屋では、親戚《しんせき》一同が毎日集まり、ひたいを寄せどう決着をつけるか、悩んでいるそうな」

「不義密通、しかも相手が人の女房ともなれば、さまざま問題がござろうわなあ。大店では店から縄付きを出したくあるまい。縄付きを出せば、呉服問屋の商いも潰《つぶ》れてしまおう。それにしても新之助という男、そのおたえとかもうす女子に、よほど惚れていますのじゃな」

「どちらもどちらじゃ。もっとも新之助はさして好男子ではないが、おたえは通りすがりの者でも、はっと振り返るほどの美形。しかも豆腐売りの女房らしくもなく、なかなか風情をそなえているときく。それにまた年は二十三と若く、水もしたたる美人だと、近所で評判されていたそうな」

菊太郎はいまいましげな顔でつぶやいた。

富市が住む奈良物町という町名の起こりは、大和の奈良からこの地にきた人々が、市店《いちみせ》を開き、土産の品物を売ったからだと、古記録は伝えている。

豆腐売りは、製造から販売までを手がける店もあったが、多くは委託《いたく》を受けた賃売り。親《おや》店《みせ》から品物を仕入れ、豆腐のほか焼豆腐、油揚げ、がんもどき（ひろうす）などをたずさえ、「とうふい――、とうふい――。油揚げ、がんもどき、要《い》りまへんかあ」と、長く尾を引いた声で売り歩いた。

「とかく男と女子のことは、杓子定規《しゃくしじょうぎ》にはまいらぬものでござる。夫の富市がどう決断をつけるか、また鯉屋の源十郎どのが、どう知恵を働かせるか、いましばらく待つより仕方ござるまいなあ」

「さような女房、わしならあっさり相手の男にくれてつかわすわい」

「ほほう、すると菊太郎どのは、三条の重阿弥《じゅうあみ》におられるお信どのでも、さようにされるともうされますのじゃな」

風邪の治りがいいのか、式部がかれをからかった。

「式部どの、妙な引き合いを出されまい」

菊太郎は予測しない問いかけに、ぶすっとした顔で差し料に手をのばした。

「もうおもどりかな――」

「いかにも、長居をいたしましたわい」

菊太郎はふと笑いを浮かべた。

「今度お会いいたすときには、その不義密通、いかになったやらおきかせ願えましょうな」

無言でうなずく菊太郎に代り、長屋の棟瓦に止まっていた鴉が、かあっと大声で鳴いた。

羽音をひびかせ、どこかに飛んでいった。

二

猫のお百が漆喰《しっくい》の土間を表にむかい、そっと歩いていく。

獲物をねらう足取りだった。

「店の中に荷を入れさせてもろたらええのに、いったいどこの豆腐売りやな。こんな表に平《ひら》桶《おけ》や箱荷を置きっ放しにしてからに。ほれ見てみい、鯉屋の飼い猫まで、油揚げの匂いを嗅《か》ぎつけ、出てきよったわい」

「ああ、大変やがな。どっかの野良猫が、後ろの箱荷の蓋《ふた》を少しずらしおったで——」

「あの後ろ荷の中には、油揚げやがんもどきが入っているはずや。斑色《まだらいろ》の野良猫の奴、前脚を上手に使いよって、とうとう箱荷の蓋をすっかり開けてしまったわい」

大宮通りを往き来していた七、八人の男女が、鯉屋の前で足を止め、店の軒下に置かれた担《かつ》ぎ荷《に》の二つを眺め、気を揉《も》んでいた。

肥えた白猫が、きっちり蓋のはまった平桶の上を歩き、箱荷に近づいた。

斑色の野良猫は、箱荷のそばからじろりと白猫に目をくれたが、相手を威嚇《いかく》することもなく、自分は二枚の油揚げを口にくわえ、のそっと去っていった。

白猫がつぎに箱荷からがんもどきをくわえた。

「猫にまたたび、お女郎に小判というけど、猫は狐《きつね》に似ているさかい、やっぱり油揚げが好きなんやろかなあ」

「豆腐売りがなんの用で、公事宿にきているのか知らんけど、あれではもう油揚げもがんもどきも、売り物にはならへん。きっとど素人《しろうと》の豆腐売りにちがいないわい」

豆腐売りの富市が鯉屋の軒下に置いた箱荷のまわりには、五、六匹の猫たちが集まっていた。かれらは獲物が十分にあるとみたのか、白猫ががんもどきをくわえて去ると、つぎつぎ争いもせず、箱荷の中に首をつっこんだ。

そしてそれぞれが、油揚げやがんもどきをくわえ、唖然《あぜん》と自分たちを見ている通りがかりの男女に、ちらっと鋭い目をくれ、すっと消えていった。

それまで近所に棲《す》まう猫の動きを、暖簾《のれん》の下でじっとうかがっていたお百が、やっと歩《ほ》をすすめた。

お百はゆっくり堂々と箱荷に近づき、一枚の油揚げを口で拾い取った。

見物人の背後には、獲物をねらう第二陣の猫たちが、すでにひかえていた。

「おやっ、今度は鯉屋の飼い猫やないか――」

「あの猫、油揚げをよそに持っていって食べるんやと思うていたけど、平気なようすで店にもどっていきよるで。図々しい猫やといいたいけど、まさか手伝いの女子衆《おなごし》はんに、味噌汁《みそしる》の具《ぐ》に使いなはれと、渡すんやないやろなあ」

「まさか化け猫やあるまいし、そんなことするかいな」

「そやけど公事宿の飼い猫やさかい、並みの猫とはちがい、きっとやっぱり利口やで」

第二陣の猫たちが、箱荷を漁《あさ》るのを眺め、見物人たちは口々に感想をもらし合っていた。

「これお百、なにをくわえてきたんや。おまえは泥棒猫かいな。菊太郎の若旦那さまがどないにかばわはったかて、わしが承知せえへん。縛り首にでもしたるさかいなあ」

このとき鯉屋の店内《みせうち》で、大声がはじけた。

その罵声《ばせい》に追われ、油揚げをくわえたまま、お百が外に飛び出してきた。

ついで丁稚《でっち》の鶴太が、箒《ほうき》を振りかざして表に現われた。

お百は油揚げを箱荷にもどし、さっと隣りの蔦屋の陰に隠れ、箱荷に群がっていたほかの猫たちも、蜘蛛《くも》の子を散らすように逃げ失せていった。

「ほんまにお百もしょうもない奴ちゃ。それでも、盗んだ油揚げを箱荷の中に返したのは、やっぱり躾《しつけ》ができているからなんやろか。ああ、こらあかんがな。平桶のほうはどうもないけど、箱荷のものは無茶苦茶やわ。もうとても売り物にはならへん。かわいそうに豆腐売りのおっちゃん、辛い思いをしてはるうえにこれでは、泣きっ面に蜂、踏んだり蹴《け》ったりやがな」

鶴太はぶつぶつぶつやき、箱荷の蓋を閉めにかかった。

鯉屋の土間に持ちこんでおけば、こんな事故は防げただろう。

せめて天秤棒《てんびんぼう》で、しっかり上から平桶と箱荷を押さえつけてあれば、いくら乱暴な野良猫たちでも、こんな悪戯《いたずら》はできまい。その天秤棒は、いま店で主の源十郎に相談をかけている富市の困惑ぶりを示すかのように、表柱に無造作に立てかけられていた。

「丁稚はん、いまごろ天秤棒を平桶や箱荷の重《おも》しにしたかて、どうにもなりまへんで」

「ほんまにそうどすなあ。そやけど、野良猫が箱荷にちょっかいをかけよったとき、どうして大声で叱《しか》ってくれはらしまへんだのや」

鶴太は不服面でいい返した。

「そんなん、わしらの知ったことやないわいな。おまえんところへ、用事できた豆腐売りやろな。町売りをしている商売人やったら、売り物をちゃんとした場所に置いといておくれやすと、なんで注意しといてやらんのや。猫を追うより皿を引けというやないか。それでど素人みたいな豆腐売りから、鯉屋はいったいなんの相談を受けてるんじゃ」

「いまの悩みに、今度は猫たちに油揚げとがんもどきを盗まれました、どないしまひょと、また一つ問題がくわわるわけや。鈍《どん》くさい豆腐売りやなあ」

「人さまのことどすけど、それはあんまりないい方やおまへんか。人の難儀を見て、楽しんではるんどすかいな」

「鯉屋の丁稚はん、わしらに文句をつけるのは、筋ちがいどっせ。そやけど、さすがに公事宿に奉公している丁稚だけに、なかなか口が達者やなあ」

「へん、褒《ほ》めてくれはっておおきに。なんぞ揉めごとが起こったら、うちがあんじょうさせてもらいますさかい、どうぞ鯉屋にきとくれやす」

鯉屋の前から立ち去りかけた男たちに、鶴太は減《へ》らず口を叩《たた》いた。

「全く口の減らん餓鬼《がき》やわ」

背をむけた男たちの小声が、鶴太の耳にもとどいてきた。

「鶴太はん、店先で通りがかりのお人に悪たれを吐《つ》いて、みっともない。それこそ行儀が悪おすえ。そんな暇に、早うそこの平桶や箱荷をお店の土間に運んで、預こうておきなはれ。豆腐売りの富市はんは、表の騒ぎをもう気づいてはり、他人に女房を寝盗《ねと》られたことを思えば、油揚げやがんもどきの一箱ぐらい、野良猫にくれてやってもどうもないというてはります」

「そやけどお店《たな》さま――」

「そやけどもなにもありまへん。そんな年頃なのかも知れまへんけど、近ごろあんたは、一つひとつ口答えが多なりましたえ。どなたさまが猫を追うより皿を引けというてはりましたのやろ。大きな声ではいわれしまへんけど、確かに豆腐売りの富市はんも、罪つくりな荷の置きようをしはったもんどす。さあ、お与根《よね》も鶴太はんを手伝うてあげなはれ」

縦に白く「公事宿・鯉屋」と染めぬいた黒暖簾をかかげ、店内から姿をのぞかせたお多佳《たか》が、急に小声になり、鶴太とお与根をうながした。

帳場と隣り合わせた部屋では、主の源十郎と手代の喜六《きろく》が、富市から今日も愚痴《ぐち》をきかされていた。

今日で四回目、富市は表で起こった猫騒動を耳にしても、腰すら浮かさなかった。

「大坂の堂島《どうじま》から生まれ育ったこの京にもどり、二年になりますけど、その京でこんなひどい目にあうとは、思うてもみまへんどした」

かれはまた京を呪《のろ》うような言葉を吐いた。

「富市はん、その話はもう何遍もきかされました。わたしは毎度毎度、町奉行所にご妻女のおたえはんと伊勢屋の新之助を、不義密通のかどで訴えるかどうかを、くどいくらいにおたずねしているんどす。棒手振《ぼてふ》りの小さな商いをしてはるおまえさまから、一分《いちぶ》の手付け金までいただきました。町奉行所に訴え出てほしいといわはるんどしたら、そらすぐにでも目安を書かせてもらいまっせ。それがわたしらの仕事どすさかいなあ」

源十郎は自分の前で正座している富市に、幾分、うんざりした顔付きでくり返した。

頭の鉢巻きは解いているが、半纏《はんてん》に股引《ももひ》き姿。富市は骨組みのがっしりした、どこか隙《すき》のない男だった。

目に小狡《こずる》さをただよわせていた。

「いつもいつもわしの愚痴をきいてくれはり、ありがたいと思うてます。そやけどわしは、自分でもどうしたらええのか、決断がつかしまへんねん。不義密通は天下のご法度《はっと》。女房を寝盗られて腸《はらわた》が煮えくり返り、夜もろくろく眠られしまへん。そら町奉行所に訴え出て、わしの代りに仕返しをしてもろたら、胸がすっとしまっしゃろ。そやけど新之助の野郎はともかく、おたえの身の上を考えたら、訴えを起こすのに、やっぱり二の足を踏むんどすわ」

公事方御定書《おさだめがき》は、よほどの事情がないかぎり、不義密通の男女は死罪と決めている。だがそれでは哀れだとして、遠島や所払い、または人別帳から除くなどの処置を、町奉行所が適宜《てきぎ》に命じるのであった。

不義密通の事実が明白に夫の知るところとなり、たとえ夫が男女を殺害しても、詮議《せんぎ》ではほとんど無実がいい渡された。

密通について御定書は、人殺しと同じく吟味物《ぎんみもの》として扱い、厳重な処罰を科していた。しかしこれは表むきで、吟味中、次第に曖昧《あいまい》に処理するのが、担当者の腕の見せどころだった。

そもそも不義密通などは、町奉行所の白州で裁きをつける質《たち》のものではないとの認識が、役人にもあり、密通された夫も当初は激昂《げっこう》していても、そのうち内済《ないさい》（示談）で決着する場合が多かったのだ。

町奉行所も、公事宿を通じて差紙《さしがみ》で相手を呼び出し、口書《くちがき》（供述書）をあからさまに作成しては、あとが曖昧にしにくくなる。

もっとも一旦、事件として訴訟を受けつけても、公事宿が動き、「夫《おっと》疑《うたがい》相晴《あいはれ》、申分無《もうしぶんこ》之《れなし》」の済口《すみくち》証文さえ提出させれば、奉行所はそれですぐ決着を認めた。

本音《ほんね》とたてまえを巧みに使い分けていたのである。

富市の顔には、はっきり苦渋の色がにじんでいた。だがその小狡さだけは、生来のものか隠しようがなかった。

「そらそうどっしゃろ。互いに惚れ合うて夫婦にならはったんやときいてますさかい。おたえはんが家を出はったかて、富市はんのお連れ合いへのお気持に変わりがなかったら、無理もありまへんわなあ」

手代の喜六が、かれの顔色を探りながら相槌《あいづち》をうった。

「毎日、そないに悩んではったら、商売になりまへんやろ。現に店の表で、売り荷が猫に荒らされても、富市はんはびっくりもしはらしまへん。商いに身を入れてはらへん証拠どすわ。それでは豆腐屋の親店《おやみせ》の大将も、案じはりまっしゃろ。文句の一つもいわれてはるのとちがいますか」

今度は源十郎がたずねた。

最初、公事訴訟の相談をかけてきたとき、富市は相当いきり立ち、すぐにでも目安を書いてほしいほどの勢いだった。

だがいまでは少し冷静さを取りもどし、本訴を逡巡《しゅんじゅん》しているのが、明らかにうかがわれた。

この折、源十郎は、世間の評判になっては公事に障《さわ》りが出る、できるかぎり内聞にと、かれに釘を刺していた。

「へえ、鯉屋の旦那さま、親店の大将には、しっかり商いをしてもらわな困りますと、何遍も小言《こごと》をいわれてますわいな」

「すると今度の一件について、豆腐屋の大将に、打ち明けはりましたのやな」

「内密にとはいわれてましたけど、親店の大将にはそんなわけにもいかしまへん。わしも商売に身が入らしまへんし、どうしても豆腐の売れ行きが悪うなりますさかいなあ。いったいなにがあったのかと、当然、大将も気にしはりますわな。店の品物に難《なん》があったからやないかと考えるのが、自然どすさかい。そんなこんなでわしも、おたえが新之助の奴と不義密通をして家から出ていったことを、黙ってられしまへんどした」

富市はまた急に険悪な表情になり、くぐもった口調でいった。

富市が豆腐やがんもどきを仕入れている親店は、堀川下立売西の「井筒屋」だった。大店《おおだな》の豆腐屋では、奉公人に品物を売り歩かせ、また専門の売り子もかかえていた。委託の豆腐売りは、適当な量の商品を親店から現金買いして、町売りに出かける。現金買いは仕入れが安くでき、冬場には、売れ残った品物を買い取ってもくれた。

幾分、品質の落ちたこれらを買い集め、町の居酒屋に売り歩く別の商人もいたのだ。

豆腐やがんもどきなどは、よほど腐らさないかぎり、煮込んでしまえば飲み客には気づかれなかった。

「富市はん、そしたらちょっときかせてもらいますけど、親店の井筒屋の旦那は、今度のことをどないいうてはりますのや」

源十郎は腹にぐっと力をこめた。

「そら決まってますがな。おまえにはなんの落ち度もないと、いうてくれてはります。世の中には、星の数ほど女子はいてるもんや。粟田口かどっか知らんけど、厚かましくも世帯じみたものを持ちよった二人。おまえも女房への未練を捨て、さっさと奉行所へ訴え出て、胸がすっとするよう二人を最後までやりこめたったらええ。新之助が死罪にでもなれば、店は必ずつぶれるやろ。人の女房を寝盗って、色男を決めこむ奴なんかは許せへんわい。おまえはしがない棒手振りの豆腐屋、相手は呉服屋の大店。こっちを貧乏人やと甘く見て、勝手をするんやったら、ぐうの音《ね》も出んほど痛めつけてやるのが筋やとも、大将は怒ってはりますわいな」

話を新たにつづけるにしたがい、富市の顔が次第に赤みをおび、ますます険悪になってきた。

「そうどすか、親店の旦那は、そういうてはるんどすか——」

それにしても、富市の気持がゆれるのはやむを得ぬとしても、物事には程度があるだろう。かれはいまだに決断を下せないでいるのだ。

きれいな人妻に、信用を第一にする大店の息子。不義密通にしても、舞台の条件がととのいすぎていた。

「わしも鯉屋はんに公事を頼んだからには、もうあれこれ愚痴ばっかりもいうてられしまへん。こんなんでは商いに身が入らんと、そのうち口が干上がってしまいますさかいなあ。そろそろきっぱり腹をくらせてもらいます。そのときには、鯉屋の旦那さまにも喜六はんにも、しっかりやってもらわななりまへん。どうぞお願いしますわ」

富市はやっと決断をつけたといわんばかりにつぶやき、それでも結論は出さず、腰を浮かせた。

「そしたら今度お目にかかるときには、そのつもりできとくれやす」

なぜか源十郎は急に不機嫌な顔になり、客のかれに軽く頭を下げた。

いままで幾度も鯉屋を訪れながら逡巡する富市に、源十郎は理解を示してきたが、今日はとうとう富市の生地《きじ》を見たと思ったからであった。

手代の喜六が、富市を見送るため立ち上がった。

「丁稚はん、売り荷の世話をかけてすんまへんどしたなあ」

店の土間で、富市が鶴太にいっていた。

「油揚げだけ、お与根と鶴太にきれいに並べさせておきましたけど、あのお人、あのまんま町売りに行かはりますのやろか」

富市と入れ代り、お盆をたずさえ部屋に現われたお多佳が、表の気配にちらっと目をやり、眉を翳《かげ》らせた。

「そんなもん、わたしの知ったことかいな」

源十郎はますます不機嫌になっていた。

お百が口許についた油の染みをなめ、にゃあごと小さく鳴き、部屋に入ってきた。

「若旦那さま――」

このときお多佳が、部屋の外にむかい呼びかけた。

のそっと菊太郎が現われた。

かれはそれまで部屋の外でお百を抱き、寒いのを我慢《がまん》しながら、富市の話をきいていたのであった。

「源十郎、そなたにもようやく、富市の腹の中が見えてきたようじゃな」

「へえ、若旦那のお言葉がやっとわかりましたわ。ほんまにあの野郎、鯉屋を舞台にして、ひと稼ぎするつもりなんどすなあ。いままでの愚痴は時間稼ぎ。少しでも仰山、伊勢屋から金をせしめるための方便どっしゃろ」

「おそらくそうだろうなあ。先ほどの表の猫騒動から見ても、富市の奴は根っからの棒手振りではあるまいよ。大坂から京へもどってきたともうすのも、大坂でひと稼ぎもふた稼ぎもして、今度は京へ所場《しょば》を変えたのであろう。ここで大きく稼ぎ、いずれはおたえと江戸へでも、高飛びする算段のはずじゃ。そなたが公事のため、富市に口止めをいたしたとて、奴は自分から不義だの密通だのと、近所どころかあちこちにいい触らしているに相違あるまい」

「ことを大げさにして、内済《ないさい》の金を高く釣り上げる――」

「密通の償《つぐな》い金は、世間では七両二分と決まっているが、富市の奴は、通り相場では決着をつけぬつもりらしい」

「美人局《つつもたせ》の脅しのため公事宿を利用するとは、あきれた野郎、相当、場数を踏んだ悪党どすなあ。もう少しで手玉に取られるところどした」

美人局とは、女が夫や情夫と企《たくら》んで男に身をまかせ、それを種に、その男や周辺の人々から金銭を強請《ゆす》る行為をいう。

世間は男女で構成されており、不義密通はときに心ならずも起こることだが、美人局は意識的に行なわれる明らかな犯罪。だが女の心や愛情が問題にされるだけに、たとえ金銭が授受されても、その立証は厳密には困難とされていた。

「銕蔵《てつぞう》の奴に命じ、即刻、大坂町奉行所に富市の身許をたずねさせるのじゃ。わしはこれから喜六を供に連れ、伊勢屋へ買い物に出かけてまいる」

「菊太郎の若旦那、そうしてくれはりますか——」

「若旦那、伊勢屋は呉服問屋どっせ」

「小売りなどいたさぬともうしたいのか」

菊太郎は喜六をにらみつけた。

「喜六、なにをあほなことをいうてますのや。伊勢屋はいまどんなわずかな反物でも、売ってくれるはずどす。なんとか信用を、つなぎとめななりまへんさかいなあ。それにしても若旦那、お金持っていかはりますか」

「いや、無用じゃ」

菊太郎は肩でもこらしているのか、首を左右にまげ、一旦、自分の部屋に引き返した。

差し料を取りにもどったのである。

三

「おいでなさいませ——」

菊太郎は喜六を供にして呉服問屋伊勢屋の大暖簾《のれん》をくぐり、店の土間に立った。

奥に通じる中暖簾のかたわらにひかえていた丁稚《でっち》が、すぐ走るように駆けより、二人に童形の頭を下げた。

左手に広い板間がひろがっている。

色とりどりの反物が積み上げられ、数人の客が、手代たちとやり取りしていた。

帳場に座っていた中年すぎの男が、急いで立ち、上がり端《はな》にすすんできた。

かれは襟許《えりもと》を合わせ、両手をついて一礼した。

「さすがに西陣界隈《かいわい》で名の知られた伊勢屋の店先、ひどく繁盛のようすじゃな」

「滅相もございまへん。みなさまのお陰をもちまして、まずまずの商いをさせていただいております る。ところで失礼ながら、どちらのご家中からお越しでございましょう」

伊勢屋はどうやら、諸大名の御用達も果たしているようだった。

菊太郎の侍姿を見て、かれはたずねたのだ。

「いや、わしはどこの家中の者でもない。ただ用があり、伊勢屋を訪れたまでじゃ。姓名は田村菊太郎ともうす」

「田村菊太郎さまでございまするか。てまえは末番頭《すえ》をつとめさせていただいております加兵衛ともうします。どうぞお見知りおきくださいませ」

加兵衛は一見して来客を安心できる人柄とみたが、それでも相手の身許《みもと》がわからないだけに、胸に不審を抱いたまま、丁寧にまた辞儀《じぎ》をした。

「末番頭の加兵衛ともうすのじゃな」

「へえ、さようでございます」

「わしは大宮通りで、公事宿を営んでいる鯉屋からまいったものじゃ。そうもうせば、わしがいかなる用事でここを訪れたか、そなたにもわかるであろう」

公事宿ときき、加兵衛の顔がにわかに堅く強《こわ》ばったが、慇懃《いんぎん》な態度に変わりはなかった。

「それはそれは、わざわざのお出まし、ご苦労さまでございます。どうぞお履物《はきもの》を脱いで、奥にお通りくださりませ」

加兵衛は身体を少し後ろに退《の》け、菊太郎を板間に誘い上げた。

よく拭《ふ》きこまれた板間は、顔が写るほどだった。

「喜六、そなたも上がらせていただけ。加兵衛どの、わしが供に連れてきたこの男は、鯉屋の喜六ともうす手代じゃ」

「喜六はん、さようでございますか」

そつない微笑をかれにも投げ、加兵衛は二人をどうぞと、広い帳場のわきから奥へと案内した。

後ろで菊太郎たちを出迎えた丁稚が、脱いだ履物を土間の隅にそろえるのが、ちらっと見えた。

店の全体が規矩《きく》通りに動いている。

奉公人の躾《しつけ》もしっかりしているのが、当初からはっきり感じ取れた。

もっとも、店で働く奉公人の躾が行きとどいているからといって、子弟の教育が厳格になされているとはかぎらない。内外とも万全とは容易にいかないもので、親が子どもに同じ躾をしていても、すべてが同じに育たないのが普通だ。

数人の子どもの中には、どこでも親を悩ませる子がでてくる。

伊勢屋の新之助はそれにちがいなかった。

「鯉屋の田村さま、どうぞこちらでお待ちになっていておくれやす。主の八右衛門と跡取りの若旦那に、すぐ取り次がせていただきますさかい」

末番頭の加兵衛は、菊太郎と喜六を奥座敷に案内すると、座布団をすすめ、敷居際でまた手をついた。

これだけの大店では、不意の来客にいつもそなえているのか、奥座敷は火鉢で暖められ、香《こう》すら焚《た》かれていた。

三間床には商人の家らしく、円山応挙《まるやまおうきょ》の「梅花図」の大幅《たいふく》がかけられ、また青磁の花瓶が床を凜《りん》と引きしめ、なかなかのしつらえだった。

「菊太郎の若旦那、こんな店からとても縄付きなんか出せしまへんなあ。これはしっかりした店どっせ」

「しっかりした店でも、さようになってしまわねばならぬことがあるのが、世間の面白いところじゃ」

「若旦那は人のことやと思い、面白がってはりますのかいな」

「喜六、なにをぬかすのじゃ。面白いともうしたのは言葉の文《あや》。人の世とは思い通りにならぬと、もうしたにすぎぬわい。わしの父の次右衛門は、わしには義母に当る母上に隠れ、わしをほかの女人に産ませられた。父の次右衛門は、決して不まじめでも悪徳な役人でもなく、人にはやさしいむしろ能吏《のうり》だった。されど世間からちょっとは色目で見られるそんなことも、起きてしまうものじゃ。伊勢屋の新之助が、悪い男と女が仕組んだ美人局に引っかかったのも、世の中ではありがちなこと。悪質な企みじゃが、ここはおだやかに治《おさ》めてつかわさねばなるまい」

「鯉屋の旦那さまも若旦那も、美人局やと決めてはりますけど、ほんまを探ったら、美人局やないかも知れまへんねんで。富市はんの女房とここの新之助はんが、もし真剣に惚れ合うてたら、美人局にはならしまへん」

「この種のできごとは、いつもそこが難儀なのじゃ。女子の心の内など、人には容易にわからぬでなあ。しかしながら今度の一件で、鯉屋が富市の手玉に取られていると判明いたせば、奴を手酷《てひど》く痛めつけてくれねばならぬ」

「そやけど、若旦那のそないな考えも知らんと、いまごろ伊勢屋の主の八右衛門と跡取り息子は、真っ青になってはりまっせ。公事宿の鯉屋から用心棒らしい侍が、手代を連れて乗りこんできたと、末番頭が知らせてまっしゃろし」

「だがわしの話をきけば、危惧《きぐ》も即座に消え失せるわい」

「鯉屋は富市の味方ではなしに、伊勢屋の味方どすさかいなあ。公事宿が美人局を有利に運ぶ小道具に、使われてたまりますかいな」

「富市はよほど悪知恵の働く奴とみえる――」

菊太郎がつぶやいたとき、部屋の外から断わりの声がかけられ、襖《ふすま》が開かれた。

末番頭の加兵衛とともに、一見して主とわかる六十年配の男と、縦縞《たてじま》の絹物をきた三十すぎの男が現われた。後ろに番頭風の男たちが三人、さらにつづいていた。

一同は部屋の隅に着座し、一斉に両手をつかえた。

「わたくしが伊勢屋の主・八右衛門でございます」

「てまえは息子の桂之助《けいのすけ》ともうします」

「わたくしは総番頭の伝兵衛にございます」

「ほかの二人は伊勢屋の親戚の者どす」

八右衛門は二人の名前も告げずに引き合わせ、再び一同は一斉に低頭した。

かれらの表情や鞠躬如《きっきゅうじょ》とした態度から、不義密通をした新之助のことで、恐れていたことがついにきたと、途方にくれるようすがうかがわれた。

新之助の相手の女の夫が、激憤のあまり、一件の解決をやはり公事宿に持ちこんだのだろう。

これで町奉行所に訴えられるのは明らかだった。

「そなたが伊勢屋の主八右衛門どのか」

「へえ、八右衛門でございます。本日はわざわざお運びいただき、もうしわけなく存じまする」

「八右衛門どのに桂之助どの、さように恐縮していただくにはおよばぬ。わしは公事宿の者だとは名乗ったが、今度の一件を決して額面どおり、不義密通だとは思うておらぬわい。そなたたちが困り果てているいまの状況について、経緯《いきさつ》や事情をたずねたいだけじゃ」

「不義密通ではないと仰せられますのどすか――」

八右衛門に代り、総番頭の伝兵衛が問い返した。

伊勢屋の主として徒《いたずら》に言質《げんち》を取られない用心からで、八右衛門たちはまだ警戒を解いていなかった。

「ありていにもうせば、新之助と不義密通をいたし、奈良物町の長屋から出奔したおたえの夫の富市から、町奉行所に訴えたいとの相談が、確かに公事宿の鯉屋に寄せられた。されど八右衛門どの、鯉屋のわれわれの目は、ただの節穴ではござらぬわい。この一件はおそらく美人局。公事宿を脅しの道具に使い、富市が伊勢屋から大枚の内済金をせしめようとしている構図が、わしらにはありありと透《す》けて見えるのじゃ。ほかの公事宿なら、富市の魂胆《こんたん》にまんまと乗せられたかも知れぬが、鯉屋にそれは通用せぬわい。そこでさて、いかがいたせばよいやら。伊勢屋では親類縁者がひたいを寄せ合い、さぞかし困惑いたしていよう。新之助のようすもきかねばなるまいと、こうして正面切ってお訪ねした次第でござる。まずは安心してもらいたい」

一気呵成《いっきかせい》に菊太郎はいい終えた。

話の途中から、八右衛門や桂之助の顔に安堵《あんど》の色が浮かび、総番頭の伝兵衛の表情もなごんできた。

突然、店に現われた侍から、自分は鯉屋の用心棒ではなく、相談役を兼ねた食客。異母弟が東町奉行所同心組頭をつとめ、代々、家はその役職についていると、告げられたからでもあった。

「鯉屋の田村さま、ありのままをもうさせていただきますと、末番頭からお出ましをきき、一時はどうなることやらと、胸のつぶれる思いでございました。二人の親戚はわたくしの弟と従兄弟《いとこ》。先ほども新之助の一件をどないしたらええのかと、相談していたところでございます。新之助の相手の旦那が、毎朝、店の表に、決まって売り荷をかついで現われます。そしてわたくしでもこの総領息子でもなく、番頭や手代を呼び出し、そのうちわしも腹をくくって始末にかかるさかいなあ、新之助の親父《おやじ》にそう伝えておけと、脅していくのどすわ。そやさかい、いよいよきたのだと思うた次第でございます」

「富市の奴は、毎朝、さような悪態《あくたい》をついて豆腐売りをいたしていたのか」

「いいえ、あのお人は豆腐屋の井筒屋から品物こそ仕入れるもんの、それを売り歩くわけではありまへん。豆腐は堀川に、油揚げやがんもどきは鴉や猫の餌として、あちこちの墓地に捨ててはります」

「すると棒手振りの商いは見せかけだけ——」

手代の喜六があきれた顔で問いかけた。

「へえ、そないなようすでございます」

「その富市の不埒《ふらち》を、どうして知っているのじゃ」

今度は菊太郎が、いま答えを返した総番頭の伝兵衛にたずねた。

「店に出入りしている棟梁《とうりょう》に頼み、あの男をずっと付けさせていたのでございます」

「されば富市が公事宿の鯉屋に出入りしていたことも、すでに存じているのじゃな」

「すまんことでございました」

「なにも謝られる筋合いではないが、しかれば当然、粟田口の近くに住んでいる新之助とおたえの二人にも、見張りを立てているのであろうな」

「はい、仰せの通りでございます。やはり棟梁の許《もと》にいる若い衆が、懇意にする窯元《かまもと》の家直しをよそおい、新之助と女子を見張ってくれてはります。ときには末番頭や手代をやらせております」

粟田口は大津街道、すなわち東海道に面している。

京焼きの発祥地《はっしょうち》として知られ、いまでも清水焼きと競い、あちこちで盛んに窯《かま》の煙を上げていた。

新之助とおたえが住んでいるのは、比叡山から流れ下り、四条の少し手前で鴨川に合流する白川の、橋を渡った右側。川沿いの南で、もとは粟田口焼きを売っていた小店だった。

間口は五間、平屋《ひらや》だが、そこそこの部屋数をそなえていた。

新之助は二十五歳、しかるべき大店の息子だけに、町年寄に話をつけ、店から持ち出した金で、おたえと世帯らしいものを構えたのであった。

「田村さま、そのときわたくしは新之助を勘当しようと思い、親戚一同にもその旨《むね》を伝え、計らおうといたしました。けどこの桂之助がどうしても承知しまへんどした」

「お父はん、それはもう金輪際、いわん約束どしたやおへんか。このお店を守るため、お父はんは勘当を考えはったんどっしゃろけど、そないな酷《むご》いことはとてもできしまへん。新之助が腹黒い夫婦の手玉に取られ、おぞましい美人局に引っかかったんも、もとはといえば、厳しゅう押さえつけすぎたからとちがいますか。二十半ばにもなりながら、茶屋遊びどころか遊芸の一つもさせんと、学問と商売一筋、そればっかりを口やかましゅう課してきました。人間、堅いばかりが能ではありまへん。ほどほどの遊びは、人を下情《かじよう》にも通じさせて柔らかくさせ、かえって心を強うさせます。お父はんはわたしが店を継いだら、新之助を片腕に育て、いずれは分家でもと思うてはったかも知れまへん。けどそんなんは、どうでもいいのとちがいますか。新之助にもそれなりに、したいことがあったはずどす。それがお父はんの気に入らん仕事でも、気持を広く持ち、許してやったらよかったんどすわ。ずっと昔、新之助の将来について、わたしが相談したいというたのを、お父はんは覚えてはりまっしゃろか。わたしがまだ若かったせいもあり、お父はんは話にも乗ってくれはらしまへんどした。いまその付けがきたんやないかと、わたしは思うてます。わたしと新之助は兄弟。今度の始末にしくじり、店がつぶれることになっても、わたしは後悔なんかしいしまへん。お文《ふみ》もそれは承知していてくれます」

桂之助はすでに妻帯していた。

かれの表情には、弟を思う切実な真情があふれ、菊太郎の胸をぐっと熱くさせた。

「桂之助どの、実にあっぱれなお覚悟じゃ。そのお覚悟があれば、この伊勢屋はなにごとが起こっても安泰。またわしが一命を賭《か》けても、一件の始末をしっかりしてとらせる」

菊太郎の胸裏に、自分と銕蔵の関係がちらっと横切ったのであった。

「末番頭の加兵衛はんにおたずねしますけど、新之助はんとおたえはんの世帯は、どんなんどすな。それもきかせとくれやすか」

話が湿っぽくなったのをもとにもどすため、喜六が加兵衛に話題をふった。

「へえ、大旦那さまや若旦那さまの前でなんどすけど、それは仲睦まじゅうやってはります。棟梁のとこの若い衆が、子どもが結構なかわいいおもちゃを与えられたみたいで、見ててもなんやあほらしゅうなると、こぼしてはりました。買い物に出かけるのも、町風呂に行くのも必ず一緒やそうどす。新之助さまはそれは楽しそうで、不義密通やなかったら、このまま見過ごしてやりたいと、若い衆はいうてはりました」

「二十五の若い男に女子のおもちゃか。いままでの話をきいていれば、空《うつ》けになるのもやむを得まい。八右衛門どの、わしが口を出すのもなんだが、若旦那どのがもうされる通りではないのかな。新之助が女子に引っかけられたのも、どうせ目の前を二、三度ちらちらされ、流し目でもくれられたからにすぎまい」

「新之助さまとあの女子が、どうして知り合ったのか、わたくしどもにもさっぱりわからしまへん。それで新之助さまが家を出られてから、若旦那さまとわたくしが粟田口の家に乗りこみ、強意見《こわいけん》をさせてもらいました。けど女子が新之助さまを奥に隠し、いっそ勘当しはったらどないどすと、ふて腐れた態度で凄《すご》み、表へ出さしまへん。うちとは今生《こんじょう》で添えなんだら、あの世でもと誓い合うほど惚れた仲、江戸へでも駆け落ちしようかと、いま考えているところどすといいよりました」

総番頭の伝兵衛がおずおず菊太郎に伝えた。

若旦那の桂之助は当日の苦々しさを思い出したのか、眉をひそめ口をぐっとつぐんだ。

「駆け落ちするなら、当初から江戸へでも駿河《するが》へでも、さっさと行けばよいのじゃ。これで富市とおたえの腹が、はっきり読めたぞよ。二人は新之助が気づかぬだけで、きっとどこかで示し合わせて会い、今後のなりゆきを相談しているにちがいあるまい。大坂町奉行所に富市について問い合わせを走らせたが、おそらくろくな返事は返ってこまい。喜六、そなた店にもどり、以下のように源十郎に伝えてくれ。わしは用心のため伊勢屋に居座っている、富市の奴は四の五のとぬかしながら、源十郎の腰を上げさせ、伊勢屋に内済を持ちかけてくる腹じゃ。不義密通として町奉行所に訴えたいともうすのはただの脅し。それゆえ鯉屋を利用しようとした分だけ、きつく懲《こ》らしめてとらせねばならぬとなあ。ところで蔦屋の土井式部どのの風邪もいいえ、店に出ておられるはず。袋町までお見舞いに行った折、この一件の始末をきかせてもらいたいともうされておられた。いっそ一役買っていただこうかなあ」

菊太郎は、伊勢屋八右衛門や桂之助に断わりもなく勝手に決めこみ、独りつぶやいた。

ほっとした雰囲気が奥座敷にただよった。

「毎度、ご贔屓《ひいき》いただきありがとうございます。どうぞ気をつけてもどっておくれやす」

伊勢屋の表のほうから、客を送り出す奉公人たちの声が一斉にひびいた。

総番頭の伝兵衛が菊太郎に一礼し、客を見送るため、あわてて立ち上がった。

四

「まだお酒、飲まはるんどすか――」

伊勢屋の丁稚が菊太郎にたずねた。

四日前、かれが伊勢屋を訪れたとき、丁重に出迎えた長吉だった。

「長吉、そなたは自分の銭を使うわけでもあるまいに、わしに飲ませる酒を惜《お》しんでいるのか」

「公事宿のお侍さま、うちみたいな丁稚に、無茶いわんといておくれやす。毎日毎日、朝からお酒ばかり飲んでおいやして、うちはお身体に毒やないかと、おたずねしているんどすわ」

長吉は菊太郎の文句にたじたじとなりながらも、辛《かろ》うじていい返した。

「それならそうもうせばよいのじゃ。わしは頭の回りが人より遅くてなあ。はっきりいわれねば、察しがつけられぬのよ。そういえば先ほどから運ばれてくる酒、なにやら水っぽいが、まさかそなた、水で薄めているのではあるまいな」

「またそんないい掛かりをおつけやして。鯉屋から連絡においやす喜六はんにいいつけまっせ」

「あいつにいいつけても、どうにもなるまい。かえって奥座敷に、一斗樽《いっとだる》をでんと運んどいておくれやすと頼みかねまいよ」

「そんなんできますかいな――」

「まあ長吉、それは冗談じゃが、わしの身体を案じてくれて礼をもうすぞ。されど、わしが酒に酔うて前後を忘れることはないゆえ、安心いたせ。身体はいたって元気じゃ」

「それならよろしゅうございますけど、今日もまた喜六はんが、もうちょっとしたらおいでになりますなあ」

かれは四つ（午前十時）すぎか、それとも七つ（午後四時）すぎに、伊勢屋にやってくる。富市の動きを知らせるためであった。

昨日、七つすぎに現われた喜六は、富市が鯉屋源十郎に一つの条件を示したと伝えた。

「不義密通は明らか。白川沿いに一軒構え、夫婦気取りで堂々と暮らしているんどすさかいなあ。そのうえ、わしが腹立ちまぎれに二人を殺したろうと思い、白川の家をうかごうてたところ、奴らは恐れげもなく、町風呂にも買い物にも一緒に出かけているんどっせ。わしが訴えを起こしたら、生き恥を晒《さら》しているわしのため、証人になってくれはるお人は、どれだけでもいてはります。そやけど伊勢屋の信用を考えたり、できの悪い息子を持った親の不幸を思うたりしたら、やっぱりできしまへんわ。わしはしがない貧乏な豆腐売りどすけど、これでも男のつもりどすさかいなあ。ここは腹立ちをぐっとこらえ、内済《ないさい》ですませることにやっと決めましたわ。しかしどすなあ、不義密通を訴えるため、わしは公事宿に相談をかけたくらいどす。世間の手前、七両二分の通り相場で、幕を引くわけにはいかしまへん。鯉屋といえば公事宿の中の公事宿。手数料も仰山、払わせてもらわななりまへん。それと伊勢屋ほどの大店《おおだな》、七両二分ぐらいの端金《はしたがね》で内済にしたことがわかれば、かえって世間体が悪うおまっしゃろし、いっそ二百両でいかがどっしゃろ。わしがどうしてもと頑張り、伊勢屋の新之助が死罪になり、店の信用を落とすことにくらべれば、安いもんやおまへんか。それでわしもご一緒しますさかい、伊勢屋に出かけ、その線で掛け合うてくんなはれ。行くのは明日。そやけどわしは、おたえに未練がおますさかい、内済離縁にはしまへんで。京を離れてどっか遠くへ行き、またおたえと仲直りして、新しくやり直しますわ。それにつけても銭が要りますさかいなあ」

当日の富市は、自分の決意を示すためか売り荷も持たず、普通のきもの姿だったという。

「富市の奴、初めから鯉屋の高名をだしに使い、伊勢屋から大金をせしめるつもりどしたんやわ。そうとしか考えられしまへん。あいつ、大変な悪党、腹の黒い奴どっせ。京生まれだけは確か。親父が京の加賀屋敷に中間《ちゅうげん》として仕えてましたけど、奴が八つのとき大坂へ勤め替えになり、その後は大坂と京都を行ったり来たりやそうどすわ」

「すると銕蔵にもうしつけた奴の身許調べが、大坂町奉行所からもたらされたのじゃな」

「へえ、早速。やっぱり美人局の常習者との芳《かんば》しからざる評判あり、蝮《まむし》の異名をもって呼ばれ、用心いたすべき者也との返事どした」

「おたえともうす女子の調べはいかがじゃ。年も若く、相当に器量よしだときいているが」

「菊太郎の若旦那、器量で人柄の善《よ》し悪《あ》しは決められしまへんで。わしもふくめて、男はどうもそこがすぐ曖昧《あいまい》になって困りますなあ。それはともかく、おたえは泉州《せんしゅう》の堺《さかい》から出てきて、茶屋で働いていた女子。器量は人並みはずれて結構どすけど、根性のほうは反対に人並みはずれて悪く、富市とは合わせの蛤《はまぐり》どすわ。これが大坂町奉行所からとどいた富市とおたえについての書き付けどす。どうぞ受け取っておくれやす」

喜六は一通の書状を、菊太郎に差し出した。

蛤の殻《から》はどれだけ数があっても、もともとの片方以外では、絶対にぱちっと合わず、合わせの蛤とは、破《わ》れ鍋《なべ》に綴《と》じ蓋《ぶた》よりもっと深い意味を持っている。

「合わせの蛤なら、美人局をいたすに打ってつけじゃな」

「十分に日数をおき、そのあと内済に持っていくところが、実に憎《にく》い段取りどすなあ」

「それならそれで、こっちも十分に報いてやればよいのよ。斬《き》って殺すとはもうさぬが、公事宿として名高い鯉屋だけの仕返しをいたしてくれる」

「若旦那、どうぞ心ゆくまでやっとくれやす。わしだけではなく店の者みんなが、源十郎の旦那さまが、富市の腹黒を知りながらにこやかな顔で対応してはるのが、ずっと歯がゆうてなりまへなんだ。土井式部さまかてそうどっせ」

「式部どのの風邪はすっかり治っていような」

「なんや、ほかの者にうつしたさかい、もう大丈夫やと笑ってはりました」

菊太郎は長吉が再び運んできた銚子《ちょうし》を傾けながら、もうそろそろ鯉屋源十郎と土井式部に付き添われ、富市が意気《いき》揚々《ようよう》と現われる頃だと見計らっていた。

実は昨日の夕刻、鯉屋から正式に、伊勢屋次男新之助どの並《なら》びに奈良物町住い富市妻おたえ不義密通の一件につき、もうし入れたき儀あり、明日八つ（午後二時）参上つかまつりたし――との書状が、とどけられていたのである。

書状を一読したあと、菊太郎はそれを八右衛門と桂之助にも見せ、かれらがきたら丁重にこの座敷に通せと命じていた。

店の奉公人たちには、騒がないようもうし渡されているはずだった。

「長吉、間もなく八つ時分じゃな」

「へえ、腹の空《す》き工合から八つになりますやろなあ」

「わしも若いころには、さような腹時計を持っていたが、いまではすっかり狂うてしもうたわい」

「お侍さま、そらお酒のせいどっせ」

長吉は打てばひびく利発さをそなえていた。

菊太郎の冗談にもすぐこう応じてきた。

このとき菊太郎の耳が、鋭く表の気配をとらえた。

店の空気がぴりっと引き締まったのだ。

「どうぞこちらへお通りのほどを――」

総番頭伝兵衛の緊張した声がきこえてきた。

数人の足音が、ざわざわこちらに近づいてくる。

咳払《せきばら》いが一つひびいたが、それは土井式部のものだった。

おそらく富市は、鯉屋源十郎と強そうな式部に前後を囲まれ、得意げに奥座敷にむかっているだろう。

自分が仕掛けた勝負の軍配《ぐんばい》が、自分にあがるのは確実として、腹の中でほくそ笑んでいるにちがいなかった。

「おお、源十郎に式部どの、いずれもお久しぶりじゃ。式部どのには、風邪は完治されたときいたが――」

伝兵衛に案内され、三人が部屋の敷居をまたぐと同時に、菊太郎は源十郎と土井式部ににこやかにいいかけた。

富市のはてなと戸惑った顔が、菊太郎の苦笑を誘った。

意気ごんできた富市にすれば、大事な話がはじまるはずの伊勢屋の奥座敷に、見知らぬ侍がすでに座っており、銚子を片手にしているのが不審だった。

しかもその侍が、親しげに鯉屋の主や土井式部に声をかけた。いったいどんな関係なのだろう。

あとは無言で三人は、菊太郎と距離をおいてむき合った。

やや離れ、八右衛門と桂之助がひかえた。

「初めてお目にかかりますが、てまえが伊勢屋八右衛門、横にいるのが総領の桂之助でございます」

「わたしが公事宿鯉屋の主源十郎、すでにご存じどっしゃろけど、ここにおいやすのが豆腐売りの富市はんどす」

源十郎が、胸をそらせ八右衛門を見下ろしている富市を引き合わせた。

「わたしは土井式部ともうす。ゆえあって今度の一件、いかに決着いたすか、見届けさせていただくため参上いたしたした」

「お、お侍さま、いかに決着いたすかとは、な、なにをおいいやすのや。あれ、あれを見とくれやす。結末はもうはっきりしてますわいな」

富市は勝ち誇ったように上ずった声でいい、視線を桂之助が両手で持ってきた三方《さんぽう》に注《そそ》いだ。

そこには二百両の小判が、帯封《おびふう》をしたままのせられていた。

「さて富市とやら、そなたはわしを知るまいが、わしはそなたをよく存じておる。またそなたの妻おたえと新之助の不義密通についてなら、さらに深く承知しているわい。わしは伊勢屋八右衛門の代理。そこでじゃが、わしは面倒な話は大嫌いゆえ、そなたに早速、二百両の内済金をつかわそうではないか――」

菊太郎はここで言葉を切り、にやっと笑い、富市の顔を下から掬《すく》い上げて眺めた。

「め、面倒な話は、わ、わしかて嫌いどす。二百両の内済金さえ払うてもらいさえしたら、なにもことを大げさにしとうはございまへん」

「そうか、ならば金をくれてとらそう。但《ただ》しその前に、買い取ってもらいたい物がある。そなたいま懐《ふところ》に、どれだけの金を持参いたしておる。それをきかせてくれ」

菊太郎は源十郎とは視線を合わせず、桂之助から三方を受け取り、富市の前に押しやった。

二百両の大金が手に入ったも同然、富市が顔にひくついた笑みをきざんだ。

「一両と二朱、それに小銭を少々持ってますわいな」

「それでは二百一両と二朱、その値でこの書状、実は大坂町奉行所から京都東町奉行所にとどけられたものじゃが、買い取ってもらいたい。こちらからの問い合わせに、大坂町奉行所はそなたを蝮《まむし》の異名ありともうし、美人局の常習者、用心いたすべき者なりと、知らせてきておる」

懐から菊太郎は、喜六がとどけてきた書状を取り出し、富市に突きつけた。

「な、なんどす。そ、そんなん――」

かれは絶句して狼狽《ろうばい》した。

「この書状、そなたが買わねば、東町奉行所にもどすまでのことじゃ。金は持ち帰ってもよいぞよ。されど即座に取り上げられようなあ。そなたは大げさにしたくないともうしたが、美人局も二百両の大金を強請《ゆす》るまでになると、町奉行所も穏便にすますわけにもまいるまい」

「こ、鯉屋の旦那、これはなんどす。な、なんとかいうとくれやす」

言葉に窮した富市は、鯉屋源十郎に目ですがりついた。

八右衛門と桂之助父子は、部屋の隅に身を寄せ、息を詰めなりゆきをうかがっている。

「富市はん、公事宿を利用して美人局のお金を釣り上げようとは、あんまり阿漕《あこぎ》なんとちがいますか。わたしを甘う見たのが、運のつきどすなあ。いまごろ白川のおたえはんと伊勢屋のぼんの家は、定町廻りの同心衆に取り囲まれてますやろ。おまえさんから手付け金として預こうた金は、返さしまへんで。相談にはちゃんと乗り、わたしは働いたんどすさかいなあ。それに一両二朱も、旨そうにお酒を飲んでおいやすそこのお侍さまから、いただかせてもらいまっせ」

源十郎は白々しい顔で富市につぶやいた。

「こん畜生、おまえたちは端《はな》からぐるだったんやな」

かれは飛ぶように立ち上がり、三方の金を蹴飛ばした。

二百両の帯封が切れ、奥座敷に黄金色の小判がばらまかれた。

「おぬしこそ女房とぐるで、悪企みを仕掛けたであろうが。おりゃっ――」

鋭い気合いが土井式部の口から発せられ、富市の身体が小判の上に転がった。

「蝮といえども、その金には食いつけまい」

菊太郎が歯ぎしりする富市をあざ笑った。

夜寒の辛夷《こぶし》

一

「やあ、やっと咲きよったがな——」

公事宿《くじやど》「鯉屋《こいや》」の下代《げだい》（番頭）の吉左衛門は、店から長屋にもどるため、六角猪熊町《ろっかくいのくまちょう》の路地木戸までやってきた。

そのそばにそびえる大きな辛夷《こぶし》の樹を見上げ、思わずつぶやいたのである。

夜目にも白く、辛夷の花が咲いていた。

この花は開花前の蕾《つぼみ》のふくらみが、子どものこぶしに似ているところから、こう名付けられたのだという。

朝夕はちょっと冷えこむが、日中は春の暖かさになり、その名残がいまもわずかに感じられた。

「下代はんは辛夷の花が好きなんどすか」

丁稚《でっち》の鶴太が、意外な顔つきでたずねた。

若い女子ならともかく、中年をすぎたいいお店者《たなもの》が、花木を仰いで感嘆の声を放っているのが、鶴太には思いがけなかったのだ。

鶴太は、かぶら漬けが食べごろになったと吉左衛門から告げられたお多佳《たか》にいいつけられ、かれの長屋までそれを受け取りについてきていたのである。

「鶴太、おまえはなにをいうてますねん。わたしが白い辛夷の花を見て、やっと咲いたかとよろこんでるのが、それほど妙どすかいな。鯉屋ではお店《たな》さまが花を活《い》けてはりますけど、お店を飾る花は、だいたいそこの主《あるじ》が、ご自分で活けはるもんなんやで。花の池坊のご門人衆は、みんな男はんばっかりどっしゃろな」

「それくらいうちかて知ってます。ただ下代はんがと、ちょっと驚いただけどすわ」

「おまえはえらくわたしを見くびっているんやなあ」

「いいえ、滅相もない。そんなつもりでいうたんではありまへん」

吉左衛門の機嫌を損《そこ》ねたと思ったのか、鶴太はあわてて首を横にふった。

江戸時代、茶湯《ちゃのゆ》や立花は男の習いごとであった。明治時代になり、女子教育の必要から、二つとも女性の習いごととされたのだ。

「いやいや、やっぱりそんなつもりでいうたんどっしゃろ。わたしもこれからおまえについては、少し考え直して当らせてもらわなななりまへん。気を許してたら、ひどい目にあいかねまへん。こんな折やさかい道理をいうときます。住んでる長屋の路地木戸のそばに、花木が植わってたら、わたしでのうても誰でも出入りするたび、樹の工合をうかがいますわいな。

それが人情いうもんどす。花々はただきれいなだけやなく、季節の移り変わりをはっきり感じさせてくれますさかいな。お人によって、その花木の好き嫌いはありまっしゃろけど、それは身分や立場にはかかわらしまへん」

最後には微笑して吉左衛門はいった。

「へえ、全く下代はんのいわはる通りどす。うちかてやっぱり、季節がめぐっていくのはええなあと思いますさかい」

吉左衛門のおだやかな気性を、鶴太はよく知っている。

一旦は機嫌を損ねたのではないかとあわてたものの、そのにこやかな顔を薄闇の中で見て、ほっと安堵《あんど》の息をもらした。

辛夷はモクレン科の落葉高木。普通は山地に自生しており、町中《まちなか》の木戸のそばに植えられているのは珍しかった。

それだけに丈高くのびた辛夷の古木は、遠くからも見え、吉左衛門が住んでいる長屋は、別名〈こぶし長屋〉とも呼ばれていた。

「下代はん、下代はんところでは毎年、仰山かぶらを漬けはるんどすか」

鶴太は、足を止めたまま、辛夷の花を見上げている吉左衛門に話題を変えてたずねかけた。

「いいや、わたしんとこの女房は、人さまに差し上げるほど仰山、漬けているわけやあらへん。たまたま去年、漬けたかぶらを店に持っていったら、旨《うま》いと褒《ほ》められたにすぎまへんわ。そやさかい今年も旨いかどうかは、わたしにもわからしまへんで。それでもお店さまからいただかせてほしいと頼まれたら、お断わりするのも角が立ちまっしゃろ」

「そしたらうちらも今夜は、かぶら漬けを食べさせていただけるんどすな」

「それはわたしの知るかぎりやないわい。どうしても食べたかったら、お与根《よね》にでも頼むのやなあ。そやけど鯉屋のお店さまは、奉公人にも分けへだてのないお人やさかい、旨くてもまずくても、きっと夕膳《ゆうぜん》には出してくれはりますやろ」

吉左衛門は無造作に答えた。

京の茶漬け——の言葉は、いまでも広く知られている。

これは京都人の吝嗇《りんしょく》、または言葉の表裏を表わすものとして、いつも引き合いに出される。

客が食事どきに気づいて辞去しかける。すると、茶漬けどすけど一杯食べていっとくれやすとすすめられるが、その茶漬けをご馳走《ちそう》になって帰るのは、不粋《ぶすい》と嫌われるというのだ。

だが往時、食べ物は貴重なものだった。

言葉だけでも厚意としていただき、辞去するのが礼で、好意を持たない相手には、そうした言葉もかけないのが普通だと考えるべきだろう。

もっとも京の茶漬けには、別な事実がひめられている。

京都は多種類の野菜が古くから栽培され、『雍州府志《ようしゅうふし》』は西山かぶらと東山大根は一双の珍味だと記し、『本朝食鑑《ほんちょうしょくかがみ》』『京羽二重《きょうはぶたえ》』なども、多くの野菜を美味だと紹介している。

また宝暦年間、近江小室《こむろ》藩の京屋敷お留守居役をつとめた西垣源五右衛門は、その著『浄観筆記』の中で、京特産の野菜について、「菜中第一の美味を用いるに、京の茶漬けはさらに美味なり」と記している。

さらに江戸時代中期、京都町奉行所与力をつとめ、晩年、『翁草《おきなぐさ》』二百巻を著した神沢杜口《かんざわとこう》は、『異本翁草』の巻八で、「朝夕の食事どき、人がきたら、何もないができあわせで食べないかと問い、望みなら食わせてやったらよい。粗末なものは出せないと思うのは、ゆがんだ考え、麁《そ》茶淡飯《ちゃあわめし》（茶漬け）は聖賢も好むところだ」とのべている。

これらの著述から見て、京の茶漬けの言葉は、明らかに美味な野菜を褒めたたえる部分を、勝手に省略して理解された。そしてさらに、いつの時点からか京都の悪口に転じて、京都人も軽はずみにも知識のなさからそれに雷同し、定着していったのだ。

「下代はん、京漬物の茶漬けは、やっぱり旨うおますさかいなあ」

「奉公人を仰山使うてはるお店では、漬物なんぞ奉公人にあんまり食べさせしまへん。ご飯を茶漬けにされてさらさら食われたら、飯櫃《めしびつ》がすぐ空になってしまいます」

「それで鯉屋も漬物は、せいぜい大根三切れ程度なんどすか」

「おまえ、今度はお店に不服をいいますのかいな」

「いいえ、不服でたずねたんやおまへん。そんなん言葉の流れどすがな。うちら丁稚は、なにしろ食べ盛りどすさかい」

「そらそないにいわれたら、そうやわなあ。まあ食べ物の怨《うら》みは深いさかい、京漬物の茶漬けが旨いいうのやったら、わたしんとこのかぶら漬けを、ごっそり持ち帰らせますわいな。どれだけでも茶漬けにして食うて、いっそ腹でもこわしなはれ」

「薄暗がりの中で、辛夷の花がきれいに咲いているいうのに、下代はんはいけず（意地悪）どすなあ」

鶴太が辛夷の花を見上げたままの吉左衛門にぼやいたとき、長屋の奥からぎゃっと悲鳴がきこえた。

火をつけたような赤ん坊の泣き声もとどいてきた。

つづいて別な悲鳴が奔《はし》った。

「た、助けて、殺される——」

つぎにひびいてきたのは、物をひっくり返す音、さらにはなにかを叩《たた》き割る音だった。

南北に六軒、むかい合わせて十二軒の長屋の各戸の腰板障子戸が、つぎつぎに開かれ、すぐ騒然としてきた。

罵声《ばせい》と怒号、またばりばりとなにかが打ち砕かれた。

「な、なんやな。長屋の誰やいな。殺されるとは大事《おおごと》じゃわい」

吉左衛門は長屋の奥に目をこらした。

「下代はんのおいやす長屋、裕福なお人が住んではるとは思わしまへん。それにしても、みんなおとなしい、生真面目なお人ばっかりやと耳にしてましたけど、ちがいましたんかいな」

「鶴太、そんなんわたしが一軒一軒正確に知るかいな。そのはずやと家主の酒屋の徳兵衛はんから、きいていただけのこっちゃ」

「また助けて助けてというてはりますえ。赤ん坊の泣き声だけではなしに、男の子と女の子が、があがあ泣いてるのもきこえてきまっせ。早う行ってやらなあきまへんやろ」

「鶴太、わたしをせつかんでも、長屋の衆がみんなわっとようすを見に行ってるわい」

吉左衛門の言葉で、鶴太が木戸口から長屋をのぞくと、各戸の老若男女が一斉に奥にむかっていた。

「いったいどこやいな。この長屋では、そうそう派手に喧嘩《けんか》をする家はないはずやけどなあ」

長屋の路地木戸をくぐり、吉左衛門が訝《いぶか》しんだ。

「おまえさん――」

「ああ、お米《よね》かいな。いまもどったところや」

「鯉屋の鶴太どす。下代はんにはいつもお世話になってます。おおきに」

「おまえが漬けたかぶらを取りにきてもらったんやけど、それにしてもあの大声での夫婦喧嘩、いったい誰の家やな」

吉左衛門は女房のお米にたずねた。

「あれは南棟の奥、小裂《こぎれ》売りの半蔵はんところどす」

「小裂売りの半蔵はん――」

「へえ、普段は長屋中で一番おとなしい半蔵はんが、なにを怒ってはりますのやろ。お鈴《すず》はんもようできたお人なんどすけど」

お米が眉《まゆ》に不審をきざんだ。

小裂売りは、さまざまな模様の衣装の余り切れを、呉服屋から仕入れ、傘《かさ》の骨状にした竹《たけ》竿《ざお》のまわりに吊《つ》るして売り歩く。小裂（端裂《はぎれ》）は、貧しい裏長屋の女たちに重宝がられたが、実際の実入《みい》りは少なかった。

「お米、ほんまにそうやがな。半蔵はん、いったいなにを怒らはって、物を叩きこわしたり、子どもたちをぎゃあつく泣かせてはるんやろ」

「貧乏やけど、いつも夫婦仲がよく、いままで一度もこんなことありまへんどしたえ」

「あそこ、子どもは何人いてたんかいな」

「上はお初《はつ》ちゃん、下が乙松《おとまつ》ちゃん。それに今年になってまた男の子が生まれてます」

「一姫二太郎かいな。それだけになると、小裂売りの稼ぎぐらいでは、暮らしも大変やわなあ」

「そやさかい、お鈴はんは呉服屋から仕立て物をもらい、内職をしてはります」

幼い子どもたちと赤ん坊の泣き声、さらに半蔵の怒号もまだつづいていた。

吉左衛門と鶴太、それにお米が半蔵の長屋に近づくにつれ、お鈴が夫になにか必死に謝っている声がひびいてきた。

家の戸口のまわりに、近所の者たちが集まっている。

吉左衛門の姿を見て、みんなが目に期待の色をにじませた。

「みなさまにおたずねいたしますけど、外から見てはるだけで、どなたさまも家の中へ入らはれしまへんのか」

「鯉屋の吉左衛門はん、ええところへ帰ってきとくれやした。きいた通りのこのさまどっしゃろ。みんな仲裁に入るのに、二の足を踏んでますのや。ちょっと中をのぞいてみとくれやす。空箪笥《からだんす》の引き出しが抜かれて叩き割られ、台所は無茶苦茶、足を踏み入れる余地もないありさまどすわ」

「土間がありまっしゃろな」

「土間もごちゃごちゃどすわいな」

「大声で半蔵はんを止めたらどないどす」

「半蔵はんは怒鳴りつづけ。子どもたちはぎゃあぎゃあ泣き、お鈴はんも同じどす。わしらの声もとどかしまへん」

「魚売りの伊吉はん、おまえさまはわたしの言葉に、いちいち反発しはりますのやなあ。わたしになんか意趣《いしゅ》でも持ってはりますのかいな。それとも、半蔵はんとこがもっと揉《も》めたらええとでも、思うてはりますのか」

「吉左衛門はん、公事宿の下代をつとめてはるほどのお人が、なにをいわはりますねん。それこそわしに、因縁をつけてるみたいにきこえまっせ。なあみなさんがた――」

魚売りの伊吉は、そばに集まった人々に顔をめぐらした。

「因縁をつけるとは、大げさないいかたどすなあ。わたしはただ早う仲裁にと思うただけどす。それほど半蔵はんは、大荒れに荒れてはりますのかいな」

「幸い刃物を持ってではありまへんけど、出刃包丁でも持ち出されたら、一家皆殺しにでもなりかねへん怒りようどすわ。吉左衛門はん、ちょっと家の中を見ておみやす」

左官屋の手伝いをしている右兵衛《うへえ》にうながされ、かれは半蔵の家に近づき、格子窓から中をのぞいた。

家の中では、依然としてなにか物が叩き壊され、子どもたちの泣き叫ぶ声と、お鈴が半蔵に泣いて詫《わ》びる声がつづいていた。

「お鈴、わしに今更謝ったかて、もうこうなったらどうにもならへんねんで。みんなで死ぬより仕方ないわいな。お上《かみ》からお咎《とが》めを受け、首を打たれて死ぬぐらいやったら、かわいそうやけどここで子どもたちも道連れじゃ。ほんまにどえらいことをしてくれたもんや」

夫の半蔵にいわれ、お鈴がまたひえっと悲痛な声をひびかせた。

「半蔵はんが、お上からお咎めをといわはりましたけど、お鈴はん、いったいなにをしはりましたんやろ」

お米が吉左衛門と伊吉の顔を交互に眺め、声をあえがせた。

「吉左衛門はん、ともかく頼みますわ。ここは年の功《こう》どっしゃろ。魚売りは威勢《いせい》がようないと売れしまへんけど、そないな空《から》威勢は、こんなとき役立たしまへんさかい」

「うちらの目の前で、一家心中でもされたらかないまへん。おまえさん、なんとかしとくれやす」

お米が青ざめた顔で吉左衛門をせき立てた。

「下代はん、うちもいっしょに飛びこませていただきます」

鶴太には赤ん坊の泣き声がやり切れなかった。

「さすがは公事宿の丁稚はんや。子どもながら度胸があるがな」

「ふん、お上手をいうてからに。せやけど鶴太、おまえにも頼むで」

吉左衛門は、やじ馬の声援に一声返し、腰板障子をさっと開いた。

「これっ半蔵はん――」

かれは大声で半蔵に呼びかけた。

「吉左衛門、この野郎、もう辻《つじ》番所の奴を呼びおったんじゃな」

足の踏み場もないほど荒れた部屋の中で、仁王立ちになった半蔵が、両のまなじりを釣り上げ、吉左衛門をにらみつけた。

古びた茶簞笥が倒れている。

枕屛風《まくらびょうぶ》も米櫃《こめびつ》もひっくり返されていた。

「半蔵はん、少しは落ち着きなはれ。辻番所から誰もきてしまへん」

「へん、わしは騙《だま》されへんで。こうなったらもう死ぬまでのこっちゃ」

かれは手に持っていた土製の伏見人形を、吉左衛門に鋭く投げつけ、出刃包丁を取るため、台所に走った。

伏見人形は焼きが甘く、福禄寿《ふくろくじゅ》は乾いた音を立て、幸い吉左衛門の胸で砕け散った。

「や、やめときやす――」

このとき鶴太が半蔵にさっと飛びかかった。

二人が土間にどっと倒れこみ、また子どもたちの大きく泣き叫ぶ声が、辛夷の花の白く咲く夜空にひびいた。

二

「半蔵の奴、えらく暴れよってからに。もったいない、なにもかも壊してしもうて。この箪笥、もう使いもんにならへんで――」

昨夜は長屋の者が総がかりで、かれの家の片付けに当った。

お鈴は胸許《むなもと》を少し開き、生後半年の赤ん坊にまず乳をふくませた。

そのあと八つになる姉のお初と、六つの乙松を自分の両脇《わき》に寄りそわせ、呆然《ぼうぜん》とみんなの動きを見つめていた。

両の目から声もなく涙を頬《ほお》に伝わらせ、お初と乙松が不安げな顔で、そんな母親をときどき眺め上げ、ひくっと喉《のど》を鳴らした。

「お初も乙松ももう泣かんでもええ。無事にすんだんや。今夜は吉左衛門はんとこのお米はんと、わしんとこの嚊《かかあ》が、ここで泊まることにしたるさかい、なんにも心配あれへんねんで」

左官屋の手伝いの右兵衛が、母子をなだめて告げた。

鶴太に飛びかかられ、土間に倒れこんだ半蔵には、表でなり行きをうかがっていた伊吉たち長屋の男が、どっと殺到して押さえこんだ。

吉左衛門は土間の台所に近づき、出刃包丁のほか刃物類を、素早くそばに置かれていた雑《ぞう》巾《きん》に包みこみ、お米に手渡した。

鶴太や伊吉たちに押さえこまれた半蔵は、急にまるで憑《つ》き物が落ちたようにおとなしくなった。

大きく肩で息を吸いこみ、やはり両の目からとめどもなく涙をしたたらせていた。

「半蔵、おまえはいったいなにを怒り、なにがどうなったというのじゃ。みんなで死ぬより仕方がない、首を打たれるの、子どもたちを道連れにするのとは、おだやかやないやんけえ。わしは、気が変になったんやないかと心配したわいな。なにを思い詰めてか知らんけど、吉左衛門はんを頭にして、およばずながらわしら長屋の者も、できるかぎり相談に乗ったる。そやさかい、まずは落ち着いてくれや。お鈴はんはともかく、お初ちゃんや乙松がかわいそうやで。赤ん坊かてびくついてるがな」

右兵衛が、両腕をかかえて起こされ、ひとまず上がり框《がまち》に腰をすえさせられた半蔵に、やさしくいいかけた。

半蔵は両頬を濡らしたまま、黙りこんでいた。

「お米、夕飯どきやさかい、みんなに家へもどってもらいなはれ。右兵衛はんと伊吉はん、それに何人かの男と女子衆《おなごし》だけに、家の中の片付けをお頼みするのや。それと、表や格子窓の障子戸を閉めといておくれやす。開けっ放しにしておいたら、夜はまだ冷えますさかい、子どもたちが風邪を引いてしまいます」

「へえ、ならそういたします」

お米は吉左衛門に指図され、てきぱきと動きはじめた。

彼女が名指しするまでもなく、半蔵の家に残る者はそのままあとに留《とど》まり、ほかの者はそっと消えていった。

「鶴太はん、おまえ案外、度胸があるんやなあ。この半蔵はんにぱっと飛びかかっていったところなんぞ、たいしたもんやわ。公事宿の丁稚なんかしてるより、いっそ奉行所の旦那さまから十手《じって》を預からせていただき、捕り物をさせてもろたほうが、性《しょう》に合うているのとちゃうか――」

伊吉が、半蔵のかたわらでむっと黙りこんでいる鶴太を褒《ほ》めたたえた。

「伊吉はん、年下のうちがなんどすけど、冗談でもいまそんなんいわんときやす。うちには捕り物なんかむいてしまへん。さっきは相手がお長屋の半蔵はんやさかいできたことどす。

うちに度胸なんかありますかいな」

かれは伊吉をにらみつけて答えた。

「伊吉はん、鶴太を褒めてくれはるのは結構どすけど、おだて上げんといとくれやす。それに半蔵はんの気持にもなって、口をつつしまなあきまへん」

「伊吉、ほんまにそうやで。ちょっと軽率な口利きやわ。魚売りは威勢が大事なのはようわかってる。そやけどおまえの威勢はいつも口ばっかり。人をおだて上げて、その場を取りつくろうだけかいな」

「右兵衛、おまえわしに、ずけずけ遠慮のういうてくれるやないけえ。さっき、たっぷり脂《あぶら》の乗った鯖《さば》が旨《うま》かったと、ぺこぺこして礼をいうたんは、どこのどいつやな。わしはおまえが、鯖の味噌煮《みそに》でいっぱいやるのが好きなのを知ってるさかい、わざわざ鯖の半身を売り残し、持っていってやったんやで。それもおまえをおだて、なんぞその場を取りつくろう魂胆があってやとぬかすのかいな。あんまりわしをこき下ろすと、これから酒の肴《さかな》に困るようになるねんで――」

かれは右兵衛に食ってかかった。

「まあ伊吉はんも右兵衛はんも、ここは揉《も》めてるときではありまへんやろ。内輪揉めはあとで二人だけになってから、思う存分おしやすな」

「そらそうどすけど、わしはなにも伊吉はんと揉めるため、いうてるんではありまへん」

「それはわしかて同じこっちゃ。まあいまの言葉は水に流すとして吉左衛門はん、この一件、大家《おおや》の伊丹屋はんに知らせておかんでもよろしゅうおすか」

伊吉は急に分別面になり、吉左衛門にたずねた。

「大家の伊丹屋はんにかいな。そうやなあ」

かれは顔をめぐらし、半蔵の家の中を眺め渡した。

半蔵が大暴れしたにしては、ちゃぶ台はひっくり返され、箪笥なども叩き割られてはいたが、襖《ふすま》や障子戸に損傷はうかがわれなかった。

「見たところ、屋形にはなんの傷もあらしまへん。そやさかい、大家はんには知らせんでもええのとちがいますか。伊丹屋はんは口うるさいお人。夫婦喧嘩をするくらいやったら、家を空《あ》けてほかに家移《やう》りしてもらいまひょと、いい出しかねしまへん。まあ敢《あ》えて耳に入れることもありまへんやろ。放っときまひょ。あとで知れ、困ることでもできたら、鯉屋の下代をつとめているわたしが、そない指図したさかいと、いいわけしといておくれやす」

「ではそうさせていただきます」

伊吉と右兵衛が異口同音にいい、このときふと異様な気配を感じて、二人は部屋の中に同時に目をむけた。

物が散らばり、荒れ果てた部屋を片付けていた長屋の女たちが、ぎょっと動きを止めたからだった。

「お路《みち》、どないしたんやな」

右兵衛が自分の女房に声をかけた。

「おまえさん、これ、これはうなぎのかば焼き、それに旨そうなお造り（刺身）もありまっせ。こないなご馳走、ちゃぶ台からひっくり返してもったいない。罰が当りますがな。大きな出し巻き――」

彼女は、厚くこんがり焼き目のついた一つを指でつまみ上げて見つめ、ごくりと生睡《なまつば》を飲みこんだ。

目がにわかに輝いていた。

「お路、おまえみっともない真似をするんやないで――」

半蔵の腕を押さえていた右兵衛が、あわてて腰を浮かしにかかった。

「おまえさん、なにを阿呆《あほ》なことをいわはりますのや。いくら貧乏してたかて、よそさんの片付けごとをしてて、つまみ食いなんかしますかいな」

お米をはじめほかの女たちも、部屋の隅に飛び散らされたご馳走の数々を見て、驚きの表情だった。

ここでまた赤ん坊を抱いたままのお鈴が、わっと泣き声をひびかせた。

「これはいったい、どないになってますのや。今夜の夫婦喧嘩、原因はこれどすのやな」

吉左衛門は、全身から力を抜き、じっとうなだれている半蔵に、くぐもった声をかけた。

かれは依然として黙りこくっていた。

小裂売りの半蔵の家が、うなぎやお造り、子どものためとはいえ、出し巻きまで一度に夕食に供せるわけがない。なにか内輪での祝い事があったにしても、その出費は七、八日分の総菜《そうざい》を、まかなうほどになるはずであった。

それをお鈴が夫の半蔵に無断で行なったため、かれが怒ったとも単純には考えられない。お上《かみ》からお咎めを受けるの、首を打たれるのとの言葉が、吉左衛門の胸にわだかまっていたからだ。

「お米、わたしは半蔵はんを連れて鯉屋にもどり、ひと晩、泊めてもらいます。旦那さまや菊太郎の若旦那さまにも、相談に乗っていただかななりまへん。おまえはほかのお人たち二、三人とここで泊まり、代る代る不寝番《ふしんばん》をして、お鈴はんや子どもたちに目を配っていなはれ。明日になったら夫婦喧嘩の原因、なにもかも明らかになりまっしゃろ」

「へえ、そしたらお指図通りにしますけど――」

「けどとはなんやな。布団やったらそれぞれの家から運び、寒かったら、火鉢で炭をどんどん焚《た》いたらええのやがな。そこいらに散らばったうなぎのかば焼きやお造り、捨てたりしたらそれこそ罰が当ります。腐らんうちに、みんなで食べさせていただきなはれ。まさか毒なんか入ってまへんやろ」

かれは胸の中でこれからの行動をなぞり、妻のお米に命じた。

「半蔵はん、わたしの一存でそないに決めさせていただきますけど、それでよろしゅうおすやろなあ。ひと晩、鯉屋に泊めてもらい頭を冷やしたら、今夜の騒ぎぐらい、なんでもない笑いごとになってしまいますわ。男の添い寝では興《きょう》がありまへんやろけど、わたしも横に寝させていただきます」

つぎに吉左衛門は半蔵にいいかけた。

公事宿鯉屋に泊めてもらうについても、かれは手代の幸吉や手代見習いの佐之助たちにも、こっそり事情を打ち明け、隣りの部屋での不寝番を頼むつもりだった。

半蔵が一家心中を口走ったからには、それ相当の理由があってにちがいない。鯉屋の梁《はり》で首でもくくられたら、目も当てられなかった。

かれの問いかけに、半蔵はやはり黙っていた。

お鈴が夫の姿を哀しそうな表情で見上げ、お初も乙松もすがりつく目で父親を眺めた。

「鶴太、いまいうた通りどすさかい、おまえ先にひとっ走りお店にもどり、わたしからやといい、旦那さまやお店さまにお頼みしてきなはれ」

「下代はん、それでかぶら漬けはどないなりますねん」

「ど阿呆、人が生きるの死ぬのというてるときに、かぶら漬けどころではありまへんやろ。それほどかぶら漬けが心配やったら、お米に案内させますさかい、わたしの家にいき、漬物桶《おけ》に顔を突っこみ、どれだけでも食うていきなはれ」

吉左衛門は怒気をにじませた口調で叱《しか》りつけた。

「鶴太はん、かぶら漬けはあとで誰かに届けてもらいますさかい、急いで鯉屋にもどっとくれやす。さあ、早うお頼みしますわ」

「すんまへん。そやったらうちは、すぐお店にもどらせていただきます」

「お与根に、わたしと半蔵はんの夕御飯の用意をしておくようにいっときなはれや」

かれの言葉を背中でき、鶴太は半蔵の家の土間から飛び出していった。

路地木戸を走り抜けたとき、闇の中で咲く辛夷の白い花が、ちらっとかれの目をかすめた。

その夜、半蔵は食事には首をふり、鯉屋の二階の小部屋に寝かされた。

布団が二つ敷かれ、かれは窓際の一つにもぐりこんだが、吉左衛門はおろか、愛想よく自分を迎えた主の源十郎にもお多佳にも、ほとんど口を利かなかった。

「下代はん、半蔵はんは厠《かわや》へいき、いま井戸端で顔を洗うてはります。けどまるで腑抜《ふぬ》けになったみたいどっせ。これからどないしはるんどす」

吉左衛門が台所部屋にすえられた四脚膳《しきゃくぜん》の前に座ると、鶴太が小声で伝えてきた。

「こちらにご案内してきなはれ。朝御飯を食べてもろうてから、ぼつぼつ昨夜のできごとについて、きかせていただかななりまへん。旦那さまも菊太郎の若旦那さまも、ひどく興味を持ってはりますわいな。長屋のほうには、丁稚の正太をつけ喜六を行かせてあります」

しばらくあと、半蔵が肩をすくめ、吉左衛門とむかい合わせて座った。

「これは吉左衛門はんのお家から、届けられたかぶら漬けどす。先に頂戴《ちょうだい》しましたけど、旨うおしたえ。どうぞ食べとくれやす」

味噌汁を運んできたお与根が、お盆から別の一皿を半蔵の膳にのせ、明るい声でかれにすすめた。

「おおきに。ゆうべはゆっくり休ませていただきました。ご馳走にならせてもらいます」

かれは吉左衛門とはまともに目を合わせないが、小女のお与根には、しっかりした声で挨《あい》拶《さつ》を返した。

この分なら昨夜の事情をきけそうだった。

かれや主の源十郎が、手代の喜六を〈こぶし長屋〉へ行かせたのは、半蔵の女房のお鈴から一連の経緯《いきさつ》をきき、二つを突き合わせて騒動の解決に当るためだった。

そのため、子どもたちの気持を和らげる必要から、喜六は饅頭《まんじゆう》までたずさえて出かけていた。路地木戸の辛夷が、青空に鮮やかに映えて見えるはずだった。

三

「今日は急ぎの用がなくてようございました」

帳場と壁一つでへだてられた座敷に座り、源十郎が菊太郎につぶやいた。

町奉行所や同業者仲間（組合）の所用を指し、源十郎は安堵《あんど》の声をもらしたのである。

「半蔵とやらの話をゆっくりきいてやりたいが、えてしてこんなときには、思いがけない事態が突発するものじゃ。世間とはそういう皮肉なものよ」

「若旦那は厭味《いやみ》なお人どすなあ」

「わしにさようなつもりはない。世の中とはなかなか思うようにならぬと、ただもうしたにすぎぬわい。それに公事《くじ》の依頼や相談がなければ、公事宿の商いもなり立つまい。しかもそれらは、必ず突然に起こる質《たち》のものではないのかな」

「ここのところ、新しい相談がちょっと途切れてますさかい、そら大きな公事訴訟事件が、どかんと持ちこまれてくるかも知れまへん。そしたら大儲《おおもう》けになりますけどなあ」

源十郎は誰も訴訟人の宿泊していない二階を見上げ、菊太郎に答えた。

「大きな公事訴訟事件ともうすが、諏訪町の土地の争い、上京の相続をめぐる諍《いさか》いが、ここ半年余りずっとつづいているであろうが。公事が長引けば長引くほど、依頼人からの謝礼が月々入ってきているはず。公事宿とは結構な商いじゃ」

菊太郎は火鉢に両手をかざして苦笑した。

「なんや、気色の悪いことをいわはりますのやなあ。それではわたしが阿漕《あこぎ》みたいどすがな。そら公事宿の中には、たいした出入物《でいりもの》でもないのに、相手の公事宿と示し合わせ、なんやかんやと決着を引きのばし、手間賃を稼いではるお店も何軒かあります。そやけどいままでわたしは、そないな不心得をした覚えは、一度としてございまへんわいな」

「これはわしのものいいが悪かった。謝る。そなたは確かに、さような不心得のできる男ではない。それは誰よりもわしが承知のことじゃ」

「若旦那はご自分の旗色が悪いと、すぐそないにあっさり頭を下げてしまわはります。ちょっと卑怯《ひきょう》なんとちがいますか」

「卑怯といわれれば返す言葉もないが、率直とでも表現してもらえないものかな。物ごとは当人の受け取りようで、なんとでも解釈できる」

「そしたらまあ率直、そないしておきまひょ。店の中で波風を立てんのが、なによりどすさかい」

　二人は互いに顔を見合わせ、にやっと笑った。

「旦那さま、長屋の半蔵はんにきてもらいましたけど、入ってもよろしゅうございますやろか」

　このとき部屋の外から、下代の吉左衛門の声がかかった。

「ああ、吉左衛門かいな。若旦那さまもお待ちかねや。入っていただきなはれ」

　源十郎の返事とともに、すぐ襖《ふすま》が開かれた。

　まず吉左衛門が現われ、その後ろから股《もも》引《ひ》き姿の半蔵が、腰を低くしておずおず座敷に入ってきて、敷居《しきい》際《ぎわ》に座った。

「昨夜はお情けで泊めていただき、まことにありがとうございました」

　かれは髪を諸大夫《しょだいぶ》風に結《ゆ》った菊太郎に、ちらっと目を走らせ、源十郎に礼をのべた。

　諸大夫風の髪は、幕末、勤王の志士たちが茶筅総髪《ちゃせんそうはつ》とともに結ったため、尊皇髪、または尊皇風とも呼ばれた。

　公家侍は髪をだいたいこう結っていた。

　月代《さかやき》を剃《そ》らずに髷《まげ》を小さく結び、儒者や医者たちの髪形に似て、特殊性があった。

「半蔵はん、そんなお礼はどうでもよろし。それよりよく眠っていただけましたかいなあ。

わたしなんか枕が変わると、なかなか眠れずに難儀いたしますわ。いつもうちの吉左衛門が、長屋のみなさまのお世話になり、こっちこそお礼をいわななりまへん」

源十郎は半蔵の気持を解きほぐすため、気楽をよそおった。

「い、いいえ、鯉屋の旦那さまが、わしみたいな者にもったいない」

半蔵はとんでもないといいたげに、首を横にふった。

「吉左衛門、さような敷居際ではなんじゃ。もっとこちらに寄っていただかぬか。半蔵どの、すでにご承知かも知れぬが、わしはこの鯉屋の居候《いそうろう》で、田村菊太郎ともうす者じゃ。主の源十郎や下代の吉左衛門同様に思うてもらいたい」

「へえ、わしが小裂売りの半蔵でございます。何卒、お見知りおき願います」

「半蔵はん、お二人ともおまえさまの身を案じて、相談に乗ろうというてくれてはりますのや。そんな隅に座ってんと、お言葉にしたがい、火鉢のそばにずっと近づきなはれ。相談に乗ったからといい、おまえさまから銭をもらおうなどとは、誰も思うてしまへんえ。さあ、もっと寄りなはれ」

吉左衛門に強くいわれ、半蔵は二人の近くに膝《ひざ》をすすめた。

「半蔵はん、だいたいは吉左衛門や丁稚の鶴太からききました。それにしてもお上《かみ》からお咎めを受けるの、首を打たれるのと大騒ぎして、いったいなにがありましたのや。子どもを道連れに心中するとは、おだやかではありまへんなあ。わたしやここにいてはる菊太郎の若旦那にも、きかせとくれやすか」

源十郎はかれを諭《さと》すようにうながした。

かれはすでに小裂売りの家にしては、贅沢《ぜいたく》きわまる夕食の総菜《そうざい》についても、吉左衛門から告げられていた。

「へえ、こんなにまでになったら、わしももう鯉屋の旦那さまにすべてもうし上げなりまへん。わしはきのういつも通り町歩きをして、長屋にもどってきたんどすわ。そしたら女房のお鈴の奴が、えらい上機嫌で夕御飯の支度をしており、二人の子どもまでもが、なんやうれしそうにはしゃいでいました」

かれにいわれ、吉左衛門は部屋の隅に散らばった大きな出し巻きをふと思い出した。

お鈴が子どもたちの好物を七輪《しちりん》で焼いている。お初と乙松が、母親のそばにかがみこみ、出し巻きができ上がるのを待ちかまえる姿が、胸裏をかすめた。

普通なら、どこでも見かけられる夕飯前の光景にすぎなかった。

「それからどないしました」

源十郎は目顔で菊太郎を制した。

侍姿の菊太郎が物ごとをたずねれば、どうしても半蔵は、口ごもるにちがいなかったからだ。

「わしは商売荷を片付け、帳面と照らし合わせ、翌日、商いに出る段取りもすませました。そして子どもたちのはしゃぎ声をききながら、ちゃぶ台に座ったんどす。すると稼ぎが少ないため、ここんとこひかえていた酒が、銚子《ちょうし》で二本置かれていたんどす。わしはお鈴に酌をされるまま、意地汚く二本を立てつづけに飲み、さらに新しく燗《かん》づけされた酒まで飲み、少し酔うてしまいました。いつの間にやら目の前に、うなぎのかば焼きやお造りが並べられ、なんの考えもなく、それらにも箸《はし》をつけていたんどすわ。そやけど五本目の銚子を空にしてから、はて、これはなんでやろうなあと考えはじめました。わしの稼ぎが悪いさかい、日ごろご馳走いうても、魚やったらせいぜい鰯《いわし》か塩鯖《しおさば》ぐらい。お造りなんぞ、ここ何年も食べたことがございまへん。そこでお鈴の奴に、このご馳走はどうしたこっちゃとたずねたんどす。手前勝手どすけど、たらふく飲み食いして、やっと人心地がついたからなんどすやろなあ。ろくなものを食べてへん貧乏人は、哀れなもんどすわ。わしが大声でいきなりたずねましたさかい、それまで旨いなあ旨いなあと、うれしそうに出し巻きやうなぎのかば焼きを食うていたお初と乙松が、箸を持つ手を止め、きょとんとした目でわしを見ました。ところがお鈴の奴は、わしにすぐなんの返事もいたしまへん。わしの顔をじっと見るだけで、どうしてこれだけのご馳走をととのえたのか、答えしまへんのどすわ。わしは不吉なものを、このときふと感じました。貧乏ばかりさせているさかい、最初はお鈴の奴が、盗みでも働いたんやないかと思いました。つぎには辻稼《つじかせ》ぎ（売春）でもして、小銭を稼いできたんやないかと、大真面目で考えたんどす。それというのは、わしを見つめるお鈴の顔が次第に暗くなり、そのうち黙ったまま泣きはじめたからなんどす」

意を決しているせいか、半蔵は少しのよどみもなく、一気に話をつづけていた。

「うなぎのかば焼きにお造りか。酒も久しぶりに飲めば、酔いの廻るのも早かろうなあ」

「へえ、そやけどわしの酔いは、ここら辺りですっと醒めていきよりました。旨い酒と食い物が、ちゃぶ台に並んだについては、おそらくよからぬことがあってだと気づいたからどす。急に酔いを醒ましたわしは、お鈴の奴に理由《わけ》をいわんかいと、大声で怒鳴りつけました」

幼い姉弟が箸を投げすて、おびえた顔で肩を抱き合う姿が、菊太郎の胸にも浮かんできた。楽しいはずの食卓が、いま修羅場《しゅらば》に変わりかけていた。

「半蔵はん、それでお鈴はんはどないに答えはったんどす」

ちょっと沈黙が訪れたため、吉左衛門が半蔵にあとをうながした。

「盗みでも辻稼ぎをしたわけでもなく、お鈴の奴は、手ぬぐいに包んだ十七両の金を拾うたというんどすわ。赤ん坊の庄平を背負い、内職にしている仕立て物を、呉服屋にとどけにいったもどりやそうどす。拾うたそのときは、町番所にでもすぐとどけようと思うたといいます。けど包みを拾う姿を、誰に見られたわけでもなし、神さまが貧乏しているわしらにくれはったんやないかと、考えはじめたといいますねん。そやけど、そないに都合のええ話なんかありますかいな。貧乏神は千の手を持ってて、ちょっと油断してると、誰でもすぐ貧乏のどん底に引きずりこみよります。一方、貧乏人に金を恵んでくれはる神さまなんか、いてはるはずがありまへんわ。せいぜい無事息災にすごせるようにと、見守ってくれてはるのが関の山どす。十七両といえば、大金も大金。しかも手ぬぐいに包んであるからには、誰かが道端に落としたものにちがいありまへん。お店《たな》奉公をしている者が、お店から五、六両の金をくすねたら、もうこれは打ち首ものどす。十七両の金を落としたお人が、もしお店奉公をしてはったら、金が見つかるまでもちろん店には帰れしまへん。あげくは首でもくくるか、二条城のお堀にでも身投げするしかありまへんわいな。お鈴の奴は、そう怒鳴り立てるわしに、不心得を詫びよりました。毎日、子どもたちにろくな物は食べさせてしまへん。庄平に飲ませるお乳の出も悪いといわれ、わしも一時はしゅんとしました。そうかといって、十七両の金を落としたお人の身になれば、このまま知らん顔は決めこめしまへん。そのお人は今ごろどこかで首でも吊っているんやないか思うと、もう居ても立ってもおられんようになりました。同時にわしは、お鈴や子どもたちに貧乏ばかりさせている自分に、次第に腹が立ってきました。お鈴の奴が拾った金を猫ばばする気になったのは、わしが貧乏させているせい。悪いのはこのわしで、お鈴がお上からお咎めを受ける筋合いではございまへん。ともかく、このままではすましまへん。神さまは金を恵んでくれはらへんでも、人間のやることを、どこかでじっと見てはるはずどす。わしの悪事はきっとそのうちに露見しまっしゃろ。そやさかいわしがみんなを殺して、死ぬより仕方がないと考えました。わしが家の道具をこわして暴れ回ったんは、お鈴に哀しい思いをさせてきた自分に、腹が立ってかなわんかったからどす。もっとも、十七両の金は全部は使うてしまへん。酒や食い物のほか、米や味噌醬油《しょうゆ》を買《こ》うただけで、あとはすべて残してます。お鈴の奴が使うたんは一分と数十文。鯉屋の旦那さま、それに吉左衛門はん、長屋であれだけ大騒ぎしたからには、もう覚悟はできてます。悪いのはお鈴ではのうて、長年、貧乏をさせてきたこのわしどすさかい。手ぬぐいに包んだ十七両の金は、このわしが拾うて使うたことにしていただけしまへんやろか。わしはどんなお仕置きでも受けるつもりどす。どうぞお頼みします——」

半蔵はここで源十郎と菊太郎、それに吉左衛門にむかい、がばっと両手をついた。

いまごろ〈こぶし長屋〉では、源十郎が事情をききにやった喜六が、お鈴から同じ話を告げられているだろう。

かれなら十七両から一分と数十文を欠いた金を、手ぬぐいに包んだまま、預かってもどってくるにちがいなかった。

「十七両とは大金、だが使うたのは一分と少々。一両小判に印《しるし》でもつけられていれば別じゃが、半蔵、そうまで自分を責める必要はあるまい。このわしなら十七両の金、折角ゆえ先斗町か島原にでもまいり、数日、贅沢三昧《ざんまい》に使いつくしてくれる。わしとしては拾うたのがそなたの女房、ただ惜しかったとしかいいようがないわい。それにしてもどこの誰が、金を落としたのであろうなあ。吉左衛門、さような落とし物の届けは、どこからも出ておらぬのか。それに袱紗《ふくさ》ならともかく、手ぬぐいに十七両とは妙じゃな」

菊太郎は気楽な顔でいってのけた。

かれがいま胸の中でどんな処置を考えているかは、源十郎や吉左衛門にはよくわかっていた。

「若旦那さま、そうした届けはまだきてしまへん」

「ならばその金、半蔵と山分けいたそうぞよ」

「若旦那さま、冗談もそれまでにしときやす。わたしと若旦那の二人で、一分と数十文を折《せっ》半《ぱん》して出し合い、十七両にして落とし主を探せば、簡単に片がつきますわいな。半蔵はんとこの米や味噌醤油、それにゆうべのご馳走は、三条木屋町の重阿弥《じゅうあみ》から、若旦那が半蔵はんとこへ、届けさせたものとでもしてもらいまひょか」

「源十郎、そなたは貧しいわしにも金を出させるのか」

「へえ、それでとりあえず若旦那の分は、わたしが立て替えさせてもらいますけど、利子《りし》は高うにいただきまっせ。そのつもりでいとくれやす」

二人のやり取りをきき、吉左衛門の顔がほっとゆるんだ。

やがて半蔵がすすり泣きをはじめた。

四

喜六が帳場で帳面をつけていた。

主の源十郎と下代の吉左衛門は、町奉行所に呼ばれて出かけ、朝から留守だった。

「にゃあご——」

猫のお百が中暖簾《なかのれん》の下から現われた。

「なんやお百、お店《たな》さまはお与根《よね》を連れて買い物にお出かけ。店には誰もいいへんで。ほんまのところ、わしが大の猫嫌いなのは、おまえが一番知ってるはずやろ。わしのそばにきよったら、土間に放り投げたるで。わかってるやろうなあ」

「ほうそうかいな。わしはきいた、きいたぞよ——」

「こ、これは菊太郎の若旦那さま、いまおもどりどしたんか」

「いまおもどりではないわい。お百の奴が、どうしてそなたのそばに近づかぬのか、初めてわかったわい。改めてたずねるが喜六、そなたわしに内緒で、何遍お百を土間に投げつけおったのじゃ。お百はなあ、店の奥からわしのかすかな足音をききつけ、わざわざ迎えに出てきたのじゃわい。それを猫嫌いだからともうし、土間に投げつけようとは不埒千万《ふらちせんばん》。事実上、お百の飼い主のわしとしては、きき捨てにできかねるぞよ」

「わ、若旦那さま、か、堪忍しとくれやす。わしは猫嫌いどすけど、お百を土間に放り投げたるとは、いまいうただけで、これまでそんなんは一度もしてしまへん。若旦那さまがかわいがってはる猫、いくら猫嫌いのわしでもできますかいな。そないな度胸はあらしまへん」

「それは本当であろうな」

菊太郎は土間に草履《ぞうり》を脱ぎすて、板間に上がりながらお百を抱き取った。

「にゃあご、にゃあご——」

お百が甘えて小声で鳴き、菊太郎の頬を舌でなめ上げた。

「愛《う》い奴じゃ。それにくらべ、そこに座っているむさ苦しい男は、そなたを投げ殺して皮をはぎ、三味線屋に売りつけるつもりでいたそうな。これからは決して、奴には近づくではないぞよ。死んで化《ば》けて出たとて、奴はまたそなたを捕らえて、今度は見世物小屋に売りつけかねぬからのう」

「若旦那さま、気色の悪い冗談、いわんといとくれやす。なんや化けるみたいで、わしは猫が嫌いどすのやさかい」

「いや、冗談ではない。わしはまことをもうしているのじゃ」

「そないなことより若旦那さま、どこに行っておいでどしたん」

　喜六は菊太郎に座布団をすすめた。

「わしか、わしなら吉左衛門が住む長屋にまいり、路地木戸で花を咲かせている辛夷《こぶし》を見てきた。あれは見事な辛夷じゃなあ。まだ寒いともうすに、いっぱい白い花を開かせていたわい」

「辛夷の花を見に。それはそれは——」

「きいたところによれば、辛夷の樹は成長が早く、放っておけばどんどんのび、大きく半球状に広がるそうな。花は白い蕾《つぼみ》のときが見ごろ。花弁を開かせると、すぐへたるという。吉左衛門が半蔵の一件をききつけたのは、数日前の夜寒のとき。数日しかたっておらぬともうすに、あの辛夷、間もなく満開のありさまじゃ」

「春先に咲く花の中でも、吉左衛門はんとこの路地木戸の辛夷は、特に知られてますわいな。あれは東の堀川からでも、西の千本通りからでも、ぱっと咲いてる時期にはよう見えますさかいなあ。どれだけたってる樹かわかりまへんけど、なんでも伝えきくのによれば、江戸の徳川さまが二条城を築かはるとき、お城の中にあの辛夷を取り入れようと、図面を引かれたそうどす。けど敵の目印《めじるし》になるとして、おやめになったといいますわ。昔、神泉苑《しんせんえん》に植わっていた小さな木が、きっとあれほど大きく育ったんどっしゃろ。こぶし長屋の住人は、吉左衛門はんはともかく、貧乏人ばっかりどす。けどあれほど美しゅう咲く辛夷の花の樹がある長屋に住んでたら、心もきれいになりまっしゃろなあ。死んだあとも極楽に往《い》けまっせ」

「ごみごみした所に住んでいるより、それはそうかも知れぬ。だが死んだあと、極楽往生はいかがであろうなあ。あの長屋の者たちは、みんなかつかつの生活を営み、働いても働いてもなに一つ変わらないいまのありさまを怨《うら》んでいる。うまく世渡りして人の上に立った連中は、のうのうと暮らしているからのう」

「そやけど世間の上に立つと、誰もがいつしか、横着者に変わってしまうのとちがいますか」

「喜六、そなたもなかなか道理をもうすものじゃ。人間、立場や財を得た者は、どうしても横柄になり、才をそなえながら世に入れられぬ者は、正義漢にあいなる。ところが庶民の中には、意外に分限《ぶんげん》をわきまえた者たちがいるものじゃ。小裂売りの半蔵など、その最たる人物だろうよ」

「あれっ、若旦那さまは辛夷の花を見にいかはり、半蔵はんところにも、ついでに寄ってきはりましたのかいな」

「ああ、路地木戸のよい花を眺め、そのあと気持のよい連中にも会うてきた。半蔵の奴はまだ商いに出ず、ぐじぐじ酒を飲んでいたが、お初と乙松が、機嫌よく父親にまとわりつき遊んでいたわい」

「お店《みせ》の旦那さまとお店《たな》さまが、少し働きすぎたんどす、数日、休養を取りなはれと、お与えになられた銭で、酒を飲んでいるんどすな。あの半蔵、けしからん奴どすなあ」

「その半蔵とわしは、酒を酌《く》み交わしてきたが、さればさらにけしからぬわけか――」

「若旦那さままで半蔵といっしょになって、どないしはります」

「そなた、ばかをもうすまいぞ。少々の金を使いこんだだけで、一旦は一家心中まで考えた半蔵。さように生真面目な男に、わずかな休息ぐらい、許してやってもよいとは思わぬか。そなたは十七両弱の金を、おっかなびっくり持ち帰ったはずじゃが、貧しい小裂売りが、その金に目をくらませなかったのは、たいしたものじゃ。わしなど大いに見習わねばならぬ。もっともわしは、死ぬまでそうはなれまいが」

「へん、半蔵の奴は、ただ肝《きも》っ玉《たま》が小さいだけだったんとちがいますか」

「必ずしも肝っ玉が大きいのが、よいわけではないぞ。わしも肝っ玉は小さく、喜六、そなたとて同じであろう。慎重さこそ生きるうえの武器。十七両の大金、連れ合いがいきなり拾い、その一部を勝手に使いこんだとわかれば、誰でも狼狽《ろうばい》するわい。無造作に紺染めの手ぬぐいに包まれていたとなれば、ましてや驚こう」

「小汚い手ぬぐいに包まれた十七両。若旦那さまもやはり、なんか理由《わけ》ありやと感じはりますか」

喜六は帳づけも忘れ、興味をむき出しにして膝をのり出した。

「そなたも見たはずじゃが、十七両が立派な袱紗《ふくさ》ならわからぬではないものの、薄汚れた手ぬぐいに包まれていたのが、なんとも不可解じゃ。強請《ゆすり》や強盗、さような事件は日常茶飯事に起こっており、わしも源十郎もあの十七両には、そんな匂《にお》いをはっきり嗅《か》いでいるわい」

「やっぱり若旦那さまも、そう思うてはるんどすなあ。町奉行所からお呼び出しを受けてお出かけの旦那さまも吉左衛門はんも、似たようなことをいうてはりました」

「喜六、源十郎と吉左衛門が、奉行所に呼ばれて出かけたのじゃと——」

「へえ、若旦那さまがふらっと外にお出かけやして間もなくどした。旦那さまは、半蔵はんから預かり、奉行所に届けておいたあの金子《きんす》の詮議《せんぎ》にちがいない、落とし主がわかったのやろかと、つぶやいてはりました」

噂《うわさ》をすれば影、このとき源十郎があわただしい足音をひびかせ、店にもどってきた。

「旦那さま、お帰りなさいませ——」

喜六が迎えに立ち上がろうとしたとき、つづいて吉左衛門も店の土間に現われた。

「き、菊太郎の若旦那さま、店にいておくれやしてようございました」

源十郎が喉をかすれさせていった。

「そなたらしくもない。源十郎、なにをあわてているのじゃ」

「若旦那さま、これほどのこと、あわてられずにおられしまへん。町奉行所に呼ばれて出向いたところ、とんでもない結果を知らされたんどすわ。それをきいたら菊太郎の若旦那さまでも、きっとびっくりしはりまっせ」

「ほんまにこのわしも驚きました」

下代の吉左衛門が、源十郎に同調した。

「二人がびっくりした話なら、つぎには四人がびっくりするわけじゃ」

菊太郎は喜六の顔を見て微笑んだ。

「旦那さま、早うその理由をいうとくれやす」

喜六がじれてうながした。

「紺染めの手ぬぐいに包まれたあの十七両の金子、実は六日前、富小路通りの両替商『尾張屋』を襲うた押し込み強盗が、道端に落としていった物やそうどす。盗まれたのは、千両箱二つと、銭箱に納められていた三百両と小銭。連中はそのほかばらで置かれていた十七両を、腰に差していた手ぬぐいに急いで包み、端《はし》をきっちり結び、懐《ふところ》に入れて逃げたんどすなあ。けど逃げ去る途中で、市中見回りの役人の姿を見てあわて、それをうっかり落としおったんどすわ。十七両はたいした重みやないさかい、気づかへんかったんどっしゃろ。紺手ぬぐいは薄汚れていたため、一日余り誰も拾いもせんかったようどす。町奉行所では、その紺手ぬぐいの染め模様を手掛かりにして、尾張屋に押し込んだ悪党八人を、昨日、一網打尽《いちもうだじん》にしたそうどすわ」

さすがの源十郎も興奮ぎみであった。

「なるほど、それは久しぶりの大手柄じゃ。そなたや吉左衛門の驚き顔も無理もないわい」

「紺手ぬぐいの持ち主は、勘次という大工どした。手ぬぐいは内浜《うちはま》の材木問屋が、懇意の大工に配ったもので、模様は白と紺の巴《ともえ》。お奉行さまや与力さまがたは、ここ数年、市中を荒らし回っていた押し込み強盗を、思いがけず手ぬぐいを手掛かりにして、捕らえることができた。また十七両の金子を猫ばばもいたさず、公事宿を通して正直に届け出た小裂売りの夫婦に、その正直さを愛《め》で、褒美《ほうび》をとらせねばならぬ。さらに尾張屋の主の善右衛門はんには、二千両をこす大金が無事にもどったのじゃ。一割は多いとしても百両ぐらい、小裂売りの半蔵夫婦に礼として与えよと、堅くもうし渡されました。それで尾張屋善右衛門はんがわたしに、その折には是非とも立ち合ってほしいとお頼みどした」

源十郎が夢中で話をしている間に、かれのまわりに妻のお多佳や小女のお与根だけではなく、佐之助も丁稚の鶴太も集まってきた。

みんな早くも話の内容をききつけ、驚いた表情になっていた。

「おまえさま、それはようございましたなあ」

「お店さま、ほんまにそうどす。半蔵の奴は、貧乏神は千の手を持っており、一方、貧乏人に金を恵んでくれはる神さまなんかいてるはずがないというてました。けどこの世の中に、神さまはちゃんといてはるんどすわ。百両の資本《もとで》があれば、表通りに店が構えられ、きちんとした商いがはじめられます。正直はやっぱり大きな身代《しんだい》なんどすなあ。もっともあれのことどすさかい、百両、全部を独り占《じ》めにはせいしまへんやろ。きっと長屋の連中にも配るはずどす」

「そしたら下代はん、あのとき死ぬ思いで半蔵はんに飛びかかったうちにも、下代はんの分からおすそ分けしてくれはりますか」

鶴太の言葉で、鯉屋の店がわっとわいた。

二日後、鯉屋の奥座敷に、総番頭をしたがえた尾張屋善右衛門が訪れていた。

ほどなく半蔵とお鈴夫婦が、下代の吉左衛門に案内され、ここに姿を見せるはずだった。

帳場の横、中暖簾わきの柱にかけられた短冊掛けに、菊太郎の新しい俳句がはめこまれている。

——足止めて誰かと問わる夜《よ》の辛夷　宗鷗《そうおう》
路地木戸の辛夷の花を見て詠《よ》んだ一句にちがいなかった。

解説

藤田昌司

「公事宿事件書留帳」シリーズ第五作の本書は、表題作「背中の髑髏《どくろ》」など七篇を収めている。

このシリーズの面白さは、京を舞台に次々に展開される〝色と欲〟のからんだ事件の意外性にあるが、読者をとらえて離さないのは、主人公で公事宿《くじやど》「鯉屋《こいや》」の居候《いそうろう》をしている田村菊太郎《きくたろう》の魅力だ。この第五作では、菊太郎の魅力がもう一つ加わった。何と俳句をたしなむのだ。たんに風流を解するということではない。森羅万象に対して、実相観入の視点をもっているということである。

――木枯しや貰いの少ない痩《や》せ法師　宗鷗《そうおう》

（「因業《いんごう》の瀧」）

「鯉屋」の中暖簾のそばの柱にかけられた短冊《たんざく》の句である。人情の機微を描いて、いい句だ。もっともこの句、異母弟で東町奉行所同心組頭の銕蔵《てつぞう》は、気に入らぬようだ。

「……もっともらしい俳号はまだよいとしても、公事宿とはもうせあのように貧乏臭い俳句を去年の末からなぜ掛けたままにしておくのじゃ。あの短冊を眺めるたび、こっちの懐《ふところ》まで次第に痩せほそってくる気分になるわい」

と「鯉屋」の主、源十郎に言う。銕蔵は菊太郎の隔意のない弟だから、こんな憎まれ口も叩《たた》けるのだ。

こんな場面もある。菊太郎が源十郎にいう。

「人間、窮すれば道が開けるものじゃな。折れもせずまだ耐《た》えており雪椿。いまこんな句がふと思い浮かんだが、これはいかがであろう」

「若旦那さま、季節柄、はなはだよい句ではございまへんか。早速、短冊にその句をしたためていただき、取り替えてもらいまひょ」

二人の間にしばらくやりとりがあって、

――愛《め》でられてつぎに疎《うと》まる落ち椿　宗鷗

としてはいかがであろうなあ、ということになる。「兄上どのの句はいつもどこか侘《わび》しげで、哀しみを覚えますなあ」というのが、銕蔵の評だが、「夜寒の辛夷《こぶし》」という作品では、こんな風流な句も出てくる。

――足止めて誰かと問わる夜《よ》の辛夷　宗鷗

いうまでもなく、宗鷗とは菊太郎の俳号だ。気がつくのが遅れて、不明を恥じなければならないが、宗鷗の句はじつは前作『奈落の水』にも出てくる。

――すすき野や月をかすめる雁《かり》の数　宗鷗

宗鷗の句というのはもちろん、作者澤田ふじ子氏の句であろうから、作者はなかなか秀れた俳人でもあると知らされた次第だが、その美質はたんに俳句のみにとどまらず、小説家としての観察眼、つまり実相観入の視点と重なっていることに、遅まきながら気づかされた。

たとえばこういうくだりがある（「醜聞《しゅうぶん》」）。

〈日本人はお茶を飲むにすぎない行為を、「茶道」にまで高めた。またさまざまな香木を焚き、その種類を当てたり、匂いを楽しむ行ないを、「香道」とする知恵を持っている。（中略）花道もそうだが、いわばなんでもないものに付加価値をあたえ、単純なものを高い精神性をそなえた道に変える巧みな国民性を有していた。

もっとも、そうしなければならない動乱の時代背景が存在した。

数日後、合戦なり大きな商いが待ち構えているとき、武将にしろ商人にしろ、酒池《しゅち》肉林《にくりん》におぼれていては、勝つ算段がはじき出せない。

勝利するには「静寂」が必要。茶道や庭、花も香もそれに不可欠で、日本文化を代表する幾多のものの背景には、すさまじい実相が隠されていたのである〉

この深い実相観入こそが、作品全体を支えている作家精神なのだと思う。

さて、このシリーズの主要舞台として設定されているのは、いうまでもなく京の公事宿「鯉屋」である。公事宿はもちろん江戸にもあったが、京の公事宿を舞台に小説を書いたのは、澤田氏が初めてである。長い間京都に住み、京の歴史と文化に親しんできた澤田氏の作品を読むと、時間と空間を超えて京の町を歴史散歩しているような興趣にうたれる。

〈北に二条城の高い石垣が見えている。

そこから南にのびる大宮通りには、「公事宿」と染め出された暖簾《のれん》をかかげた店が、ずらっと並んでいた〉（「因業《いんごう》の瀧」）

「鯉屋」もその一軒である。「公事宿」とはと、川魚屋の二階で一献かたむけながら、菊太郎と親友の禁裏付《きんりつ》きの侍赤松綱《あかまつつな》が話している。

「公事宿は庶民の揉《も》め事の訴訟手続きを代行し、目安（訴状）や差紙《さしがみ》（出頭命令書）を、相手にとどけるのが業務。遠くからやってきた訴人に宿を貸し、書類の代行などを稼業とされている。血なまぐさい吟味物《ぎんみもの》（刑事事件）には、あまり関わりがござるまい。……」

菊太郎は十代の終わりごろまでは、品行方正、神童といわれた秀才で、武芸にもすぐれていたが、それが突如出奔し、各地を流浪して歩く身となったのは、自分は同心組頭の父が祇園の茶屋女に産ませた子であると知り、正嫡の弟銕蔵《てつぞう》に世襲の役職を継がせたいという男気からであった。菊太郎の父の贔屓《ひいき》で公事宿を開くことができた「鯉屋」の先代が、そのことを知って、京に舞い戻った菊太郎を居候として招いたという次第だ。義侠心に富み、生来の頭のよさに加え裏街道を歩いてきて人生の表裏にも通じ、情にも厚く、文武両道に秀でているとあって、今や「鯉屋」ではなくてはならない貴重な居候だ。しかも前述したように、森羅万象を通じ実相をつかみとる観察眼の持ち主とあっては……。

ここで収録七篇のあらすじを掻《か》いつまんで紹介しておこう。「背中の髑髏《どくろ》」は、しがない鋳掛《いか》け屋《や》が息子にせがまれて、背中に彫り物をする話だ。それも生半可な刺青ではない。「……尼御前《あまごぜ》が小さな髑髏《どくろ》を胸に抱え、野面《のづら》に座っている姿でございます。……」という奇怪で気色《きしょく》の悪い絵模様。相当カネもかかったはずだ。だれが何の目的で、そんな刺青を彫らせたのか。背後にとてつもない企《たくら》みが……。

「醜聞《しゅうぶん》」は、地回りのならず者たちが、町の商家をゆすり、たかっている悪事に目をつけた菊太郎が、その背後に奉行所の悪徳役人がいることを突き止め、根元を絶つ話。現代に通じる事件簿だ。

「佐介《さすけ》の夜討《ようう》ち」。料理茶屋「重阿弥《じゅうあみ》」で酒杯をかたむけた後、酔いざましに三条通りを歩いていた菊太郎は、背面からにわかに殺気を感じる。匕首《あいくち》が迫ったところで、菊太郎は素早くかわしてあごに足蹴の一撃。「ぐぎゃあ――」。魚料理の板前職人だった佐介は、飲む打つ買うの生活のすさみの果てに、幼なじみの恋女房を借金の質にとられて狂乱状態となっていた。その挙句の凶行と知った菊太郎の、これはちょっといい話。

「相続人」。小間物屋「俵屋《たわらや》」の跡目相続をめぐる争いだ。「俵屋」の先代八右衛門は一代で店を立派に築き、田舎の実弟九兵衛を番頭に迎えて片腕に。妻は田舎に置いたままだ。やがて労咳《ろうがい》で死去、九兵衛はその一粒種の修平を若旦那様とあがめているが、その反面、自分の実子の和吉に対しては、限りない折檻をつづける。あまつさえ、凶悪な面《つら》がまえの男たちの間で、和吉をひねり潰そうという企みまで持ち上がってきた。それを知った菊太郎の推理が冴える。

「因業《いんごう》の瀧」。連れ合いと心中を図ったものの、女だけが死に、男は生き残ったため、三条大橋東詰めに三日三晩さらされることになった。それが終われば悲田院に下げ渡された後、身投げ死体の処理や牢屋敷の清浄、刑場の行刑などにつかされる。さらされている男を見ようとする黒山の人だかりの中に、菊太郎は不審な人間を目撃した。二十六、七歳、美しい女子だ。見かけ通りの事件じゃない、きっと裏がある……。哀切な物語だ。

「蝮《まむし》の銭」。豆腐売りの富市《とみいち》という男が、女房のおたえが呉服問屋の次男とできてしまい、東山の粟田口で世帯をもっている、と「鯉屋」に相談を持ちかけてくる。不義密通は訴えがあればよほどの事情がない限り死罪か遠島、所払いだが、七両二分という通り相場で償いをつける手もある。だがなぜか、豆腐売りの富市は煮え切らない。目には小狡《こずる》ささえただよわせている……。

「夜寒の辛夷《こぶし》」。「鯉屋」の下代《げだい》（番頭）吉左衛門の住む長屋の木戸のそばに、大きな辛夷《こぶし》の木があり、春、夜目にも白く花を咲かせた。その奥から「ぎゃっ」という悲鳴に続いて、

「た、助けて、殺される——」。小裂売りの半蔵の家だ。家の中は滅茶苦茶に荒れ、半蔵は女房のお鈴と一家心中しようとしているのだ。夫婦喧嘩の原因は、ふだんはかつかつのくらしなのに、この日の晩めしに限って、うなぎのかば焼き、刺身といったご馳走が用意されたため、女房が何か盗みか売春でも働いたに相違ない、と半蔵が勘ぐったためだった。じつは……。ほろりとさせられる話だ。

ところで、こんな梗概《こうがい》だけでは、この小説の素晴らしさは伝えきれない。「芸術の神は細部《デイテール》に宿る」という言葉があるように、小説の醍醐味《だいごみ》もまた細部にあるからだ。そこで最後にほんの一、二、「芸術の神」が宿っている細部を紹介しよう。

〈江戸の八丁堀でも同じだが、京都東西両町奉行所の与力や同心は、役得として女風呂に入るのを許されている。

江戸ではこれが八丁堀の七不思議の一つといわれていた。だが実のところは、男湯からきこえてくる話から、犯罪捜査の手掛かりを得るのが目的とされていた〉（「背中の髑髏《どくろ》」）

〈いまなら民事訴訟事件に当る出入物や、刑事訴訟事件に当る吟味物でも、取り調べには、与力や同心の役部屋につづく白州が用いられた。

白州部屋は、長い棟《むね》をいくつも区切った造りになっている。

荒筵《あらむしろ》を敷いた足許は、漆喰《しっくい》塗りの土間。訴訟や被疑者が座る目前は縁側。一段上の畳敷きに、吟味役人が座っている。

縁側と畳敷きの小座敷の間には、厚い板戸がもうけられ、常は閉じられていた。

「ご出座である——」

小役人の掛け声とともに、この厚い板戸が左右に開かれ、開廷となるのだ〉(「醜聞《しゅうぶん》」)

こうした細部に触れられるのも、澤田文学を読むよろこびである。

——文芸評論家

この作品は一九九九年五月廣済堂出版より刊行されたものです。

公《く》事《じ》宿《やど》事《じ》件《けん》書《かき》留《とめ》帳《ちょう》五

背《せ》中《なか》の髑《どく》髏《ろ》

澤《さわ》田《だ》ふじ子《こ》

平成13年8月25日　初版発行
平成18年12月25日　14版発行

発行者——見城 徹
発行所——株式会社幻冬舎
〒151-0051東京都渋谷区千駄ヶ谷4-9-7
電話　03(5411)6222(営業)
　　　03(5411)6211(編集)
　　　振替00120-8-767643

印刷・製本—図書印刷株式会社

装丁者——高橋雅之

幻冬舎文庫

ISBN4-344-40141-7　C0193　さ-5-6